糖浆 / 著

遇见你后
明白的那些事

山西出版传媒集团
北岳文艺出版社

图书在版编目（CIP）数据

遇见你后明白的那些事 / 糖浆著. — 太原：北岳文艺出版社，2017.4 （2025.4重印）
ISBN 978—7—5378—5145—9

Ⅰ.①遇… Ⅱ.①糖… Ⅲ.①长篇小说 –中国 –当代 Ⅳ.①I247.5

中国版本图书馆 CIP 数据核字（2017）第 026503 号

书名：遇见你后明白的那些事	策　划：商爱欣	责任编辑：李向丽
著者：糖　浆	书籍设计：宗彦辉	印装监制：巩　璠

出版发行：山西出版传媒集团·北岳文艺出版社
地址：山西省太原市并州南路 57 号　邮编：030012
电话：0351 - 5628696（发行部）　0351 - 5628688（总编室）
　　　0351 - 5628695（编辑室）　传真：0351 - 5628680
网址：http://www.bywy.com　E - mail：bywycbs@163.com
经销商：新华书店
印刷装订：三河市天润建兴印务有限公司

开本：710 毫米 × 1000 毫米　1/16
字数：300 千字　印张：20.5
版次：2017 年 4 月第 1 版
印次：2025 年 4 月河北第 4 次印刷
书号：ISBN 978—7—5378—5145—9
定价：49.80 元

目 录

春之章：我心如水

第一章　友达以上 / 3

第二章　恋人未满 / 8

第三章　初识 / 11

第四章　痛定思痛 / 15

第五章　形影不离（上）/ 18

第六章　形影不离（下）/ 22

第七章　喜欢与否 / 25

第八章　缱绻决绝 / 30

第九章　心的距离 / 33

第十章　不速之客 / 39

第十一章　他的吻 / 43

第十二章　天大的玩笑 / 47

第十三章　分手总要在雨天 / 50

第十四章　处水深火热之中 / 55

第十五章　她的整个世界 / 58

夏之章：想染指

第一章　Jan 杂志社 / 65

第二章　Waiting Bar / 68

第三章　重聚 Waiting Bar / 72

第四章　他和她之间 / 77

第五章　水中嬉戏 / 81

第六章　静谧礼待 / 84

第七章　染指是意外 / 89

第八章　近水楼台 / 94

第九章　忘不了 / 97

第十章　在一起 / 101

第十一章　有意无意间的染指 / 105

第十二章　危险关系 / 109

第十三章　爱与不爱之间 / 112

第十四章　你说，因为你爱我 / 116

第十五章　过去的家 / 121

第十六章　善意的谎言 / 126

第十七章　树藤 / 129

第十八章　偏执狂 / 132

第十九章　离骚 / 136

第二十章　心里的伤痛 / 141

第二十一章　最亲密接触 / 146

第二十二章　内疚 / 149

第二十三章　爱亦无所求 / 154

秋之章：爱情狂人

第一章　汨／159

第二章　分手蛋糕／162

第三章　有多爱就有多恨／166

第四章　冰凉的手／170

第五章　优雅广场／174

第六章　体温蛋糕／177

第七章　本性毕露／180

第八章　所谓的安全感／185

第九章　误会解开／189

第十章　温差／193

第十一章　跟踪／196

第十二章　狙击／200

第十三章　失去联系／204

第十四章　他真的来过／208

第十五章　埋伏／211

第十六章　与谁人缱绻缠绵／216

第十七章　他的离开／219

第十八章　二次伤害／223

第十九章　越伤害越爱(上)／226

第二十章　越伤害越爱(下)／230

冬之章：幻想狂徒

第一章　焉知非福 / 239

第二章　痴心妄想 / 244

第三章　执着的信徒 / 248

第四章　他有何不好 / 251

第五章　偏爱成扭曲 / 257

第六章　时有时无的左手 / 262

第七章　蹊跷邮件 / 267

第八章　世事的真假 / 272

第九章　失去是另一种重拾 / 276

第十章　醒着做梦 / 281

第十一章　缘分是上帝的愚弄 / 284

第十二章　似是故人来 / 288

第十三章　梦中人 / 293

第十四章　幻想症患者（上） / 298

第十五章　幻想症患者（下） / 303

第十六章　分不清梦境与现实的人（上） / 308

第十七章　分不清梦境与现实的人（下） / 312

第十八章　爱无界限，亦无所求 / 316

春之章：我心如水

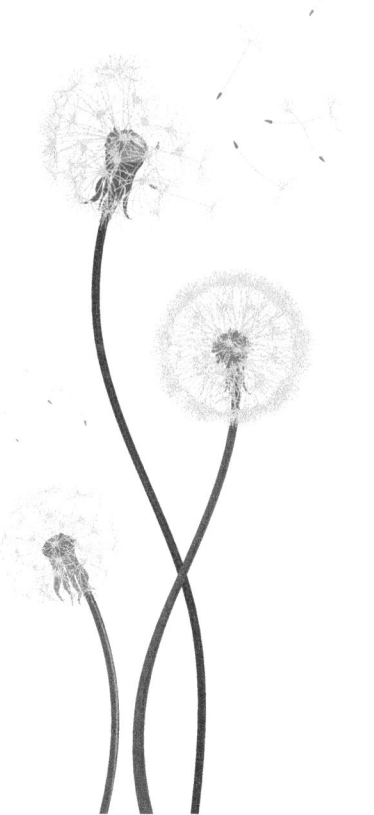

第一章　友达以上

陈雨默喜欢睡觉，特别喜欢，觉得世界上最美好的事情，莫过于在床上睡到世界末日。

"喂？"她吃力地抬起身子，手伸至最长，拿起一旁床头柜上的手机，用最最慵懒的声音说。

"我待会就到了。"电话那头的人说。

"嗯……"陈雨默说完顺手把手机扔到一边，继续熟睡过去。不清楚到底过了多久，十分钟、二十分钟，还是三十分钟。

"是时候起来了，大懒猪。"一道熟悉而又温柔的声音在她的耳边唤醒了她。

她依稀感觉到旁边的这个人正用手指轻轻地抚着自己的嘴角。他在干什么呢……半醒半睡状态中的陈雨默脑子里不断思考着这个问题，几十秒过去后她才迟钝地反应过来，猛地甩开了那人的手，用手背擦了擦嘴角，果然又流口水了。

此时的他正坐在她的床边，看着她，笑得不怀好意。而陈雨默不慌不忙地继续提起他的手为自己把剩下的口水都擦拭干净，像往常一样，根本不在意被他看到自己这么不雅的样子。为什么？因为他是曹林青。

"你什么时候来的，我怎么不知道？"起床收拾的时候，陈雨默问。

"二十分钟前。"他回答。

"你看我睡觉看了二十分钟？"

"不对，应该是看你流口水看了二十分钟。"他语气甚是认真地回答。陈雨默愣了愣，瞠目结舌地看着眼前这个人。

"你，你……该不会照相了吧？"半响后陈雨默才勉强吐出一句话来。曹林青没有立即回答陈雨默的问题，只是从口袋里掏出了手机打开相册。

"没事，照了我也只会自己欣赏，绝不流传出去。"曹林青向陈雨默走近，把手机放到她面前，让她瞄了一眼自己流着口水的睡相照片。

"哦。"看着曹林青的举动，陈雨默傻头傻脑地点了点头，拿起鞋子穿好后站起身，持续了半分钟后才迟钝地反应过来，脚狠狠地朝曹林青的脚踩了下去……

在去学校的路上，陈雨默依然昏昏欲睡，脑子昏昏沉沉，眼睛睁不大，仿佛随时能睡着。到了学校，在校道上分别的时候，陈雨默依然挽着曹林青的手臂不愿放开。

"我不想上课，我要回去睡觉，好困。"她搓着眼睛不耐烦地跟他说。曹林青拿开了她快要把眼睛搓红的右手。

"你乖，怎么像个不肯上学的幼儿园小朋友？"曹林青说道。陈雨默瞥了他一眼，无话可说，乖乖地到阶梯室上课去了。

一进门瞄了两眼，就看到一个同学向自己招手，陈雨默走到她旁边坐了下来，可是屁股坐到椅子上的那一刻陈雨默就后悔了。

"默默，我看到了，刚在校道和你一起走的那个高个子帅哥，你男朋友吗？"同学问。

此时的陈雨默很想赠她"少八卦"三个字，但并没有，只是笑笑说："呵，他是我哥。"为了避免引起不必要的麻烦，通常别人问自己这问题的时候陈雨默都会回答这个固定答案。

"是吗？那太好了，介绍我认识吧。"陈雨默又后悔了——好像惹来了更大的麻烦。

下课后曹林青给陈雨默来电，说有些事情，晚点走，让陈雨默在阶梯室等等他。虽然感觉不耐烦，可陈雨默还是乖乖答应了，因为没有曹林青在身边的陈雨默会感觉很不自在的，她心里很是清楚这一点。等了一会儿，陈雨默似乎又开始犯困了，趴在桌子上，又睡了过去。

不知道睡了多久，陈雨默感觉手麻麻的，就连呼吸也很吃力，塞得让她透不过气的鼻子和快麻痹的手让她再也无法继续酣睡如泥。她猛地坐起身，开始心急如焚地翻找包里的那支滴鼻液，好让她那苟存残喘的鼻子有再次顺畅地呼吸到新鲜空气的机会。可是陈雨默并没有像往常一样如愿地从包里找到它。

"该死的，居然落在家了！"她烦躁起来，开始搔头抓耳，嘀咕埋怨着。

"喏！"陈雨默缓缓抬头，出现在她眼前的是一只拿着滴鼻液的修长的手，是曹林青。

陈雨默二话不说接过滴鼻液，那是在她日常生活里不可缺少的东西，她已记不清楚多少个晚上因为鼻子堵塞无法入睡，都是这支名为"滴鼻液"的东西拯救了她。

"你怎么会有它？"陈雨默疑惑不解，为什么曹林青有滴鼻液，并知道自己现在这一刻非常需要这一玩意儿。

"我知道你不定时需要它，所以特意为你买了一支随身带着。"说完曹林青的嘴角微微上翘，是一个温柔至极的笑容，在陈雨默面前，曹林青总会展现出这般能让冰雪消融，让人沉醉其中的迷人表情。而这时的陈雨默都只会呆呆地看着眼前这个人。

"走吧。"曹林青转身提起脚步离开，陈雨默急起直追，跑到曹林青身边又紧紧扣住他的前臂，像只生怕迷失的小羔羊一样紧紧跟随。

"今晚吃点什么，饭堂？"曹林青问。

"不要，我要吃你做的。"陈雨默摆手摇头表示一万个不愿意，并噘嘴娇嗔着要求曹林青亲手下厨做给自己吃。曹林青当然是义不容辞地答应了，对于陈雨默的一切无理要求，他总是有求必应从不拒绝的，这样一直宠溺着她，曹林青早就习以为常，所以这一次也不例外。

买完菜回到陈雨默家的那栋大厦一层，看见许多住客都停驻在大堂里头，有的徘徊不定，一脸心烦气躁，在周围晃荡着，时不时向着大厦保安埋怨："哎呀，电梯什么时候能修好，都等那么久了。"原来是两台电梯故障，正在抢修。

"那怎么办，曹林青，我肚子好饿。"陈雨默皱起眉头，不知所措地抬头看着他。

"不想浪费时间等是吗？走楼梯怎么样？"看到曹林青甚是认真的表情，陈雨默心里瞬间一阵寒凉。过了一会儿才勉强结结巴巴低声无力地说出"十，十几层……"几个字来，没等陈雨默把"啊"这个感叹词说完，曹林青已拉着陈雨默走到楼梯间口。

就这样，即便陈雨默一万个不愿意，还是别无选择地乖乖紧跟着曹林青，尾随其后，提着沉重的脚步向着十三层迈进。他们了无间断一层一层地往上爬，直到走到接近第十层，陈雨默感觉自己已筋疲力尽，她停住脚步，看着走在前面不远处的曹林青，见他不曾为自己有所驻足回眸，失落不已，自顾不暇只好一屁股坐到梯级上好好休息一番。

"怎么了？"不知什么时候，曹林青走回到陈雨默身旁，还是以一如既往那般柔情似水的声音问她。

"曹林青你混蛋！"此时的陈雨默闷闷不乐地坐在那，撇过头去。

"累了是吗？"曹林青站在她身旁，轻抚着她的头问。

陈雨默依然撇着头没理他，心想：明知故问！

"还有几层就到了，我背你吧。"说完，曹林青便走到她跟前蹲下身子，示意让她伏到自己的背上。

而她，当然不会跟这小子客气了，二话不说就爬上了曹林青那宽厚结实的背。其实陈雨默早就知道他会这么做，一开始就知道。像曹林青这种会照顾人又对陈雨默体贴入微的人，岂止一次这样背起她，大街大巷引来众人目光他也不在乎。而与他相处一年有余的陈雨默已经很是了解这个人的脾性，自己对他提出再过分的要求，只要撒撒娇，他也会义不容辞地答应。陈雨默仔细回想，发现他似乎还真的没有拒绝过自己，也没对自己发过一丁点脾气。他一直就这样像大哥哥一样宠溺着她，一点也不像是个只比陈雨默大两岁的同年龄段的大男孩。

陈雨默在曹林青的背上，手指拨弄着他那乌黑浓密的短发，把玩着。

"陈雨默，你再弄我头发我就把你扔到地上。"说话语言犀利，语气却没有一点杀伤力，曹林青对陈雨默说话总是那么轻声细语的，就算装凶也凶不到哪去。陈雨默才不相信他真会把自己扔到地上呢！

"谁让你长那么高，我平时仰着头跟你讲话已经很辛苦了好吗，更别提能看到你头顶长什么样了,就算你是个秃子我都有可能不知道!一米九!一米九什么概念,找遍学校都没个比你高的,我一米六也不算矮了是吧,站在你旁边就成袖珍小妹妹了你知道吗!"陈雨默凑在他的耳边噼里啪啦地说了一大堆,仿佛憋屈在心里已久的对他的怨言都一口气统统爆发出来。

曹林青忍俊不禁,笑出了声,一下没持住力差点把她从背后滑了下来,托着她幼细的大腿往背上蹭了下,摆正姿势再走几步,终于到了陈雨默家门口。

第二章　恋人未满

吃过饭后，曹林青接到朋友的电话，说有事，陈雨默就让他先行离开了，她明白就算再依赖一个人，也不可能要他在自己身边寸步不离。但她知道，在自己最需要曹林青的时候，他一定会在自己身边，为自己排忧解难。陈雨默的世界只有曹林青，但曹林青的世界却不只有陈雨默，他还有他的家人、朋友，但曹林青却把一天大部分时间都给了她，陪她去上课，陪着她吃饭，陪她各种娱乐，就算有时候晚上没事在家，他都特意留下来陪着她，直至她熟睡过去才悄无声息地离开。

大概是怕她一个人会孤独寂寞吧。在外人看来，这样两个人的关系一定非比寻常，若非情侣关系，一个人怎可能为另外一个人付出如此之多？但事实并非如此，他们暂时还未确立男女朋友关系，他充其量也还只是她很好很好的朋友。

收拾好东西后，陈雨默窝在沙发上，觉得无聊，正想着要干点什么，还没开始思考就听到从隔壁邻居家传来的声音。

"你能不能冷静点先听我说！"

"冷静，你要我怎么冷静？当初口口声声说会爱我一辈子的人是你，现在搞外遇的人是你，提离婚跟我抢孩子的人也是你！"

相互呵斥的吵架声后尾随着东西摔落粉碎的声音，乒乒乓乓地传入了她的耳中。

"你别发疯行吗！算了，孩子你喜欢就抚养，婚我是离定了！最受不了就是你现在这个样子！"

"现在到底是谁错了？难道要我乖乖坐着听你说你爱上别的女人了，

让我成全你们祝福你们,是吗?你有病吧,卓先生!好啊,离就离,现在我不但要孩子的抚养权,我还会分走你一半家产!"

到这里,陈雨默再无心思凑着耳朵去八卦这两夫妻吵架的内容,而是跑到房间,关上门,窝到被窝里,彻底阻绝那些令她厌恶不已的声音传到自己耳朵里。就在这只剩漆黑一片、伸手不见五指的房间里,她又陷入那段不堪回首的回忆中。

那是在陈雨默读初中的时候,晚上本已熟睡好一阵的她感觉口渴,想到大厅喝口水,却不料听到爸妈在房间里吵架的声音。

爸:"这个家是没法再继续了,离婚吧。"

妈:"离婚可以,但我要姐姐。"

爸:"不行,姐姐给我,妹妹归你。"

妈:"你怎么可以这样呢?明明是你自己在外面搞外遇在先,现在怀疑妹妹可能有些自闭就不想要她,跟我抢姐姐了是吗?"

爸:"你还不是一样,不想要妹妹!算了,两个都归你,我统统不要,那行了吧?"

妈:"我怎么养两个孩子,你给我的赡养费很多吗?"

那天,陈雨默在房间里足足哭了一个晚上。

从小陈雨默就没什么朋友,周围的人不论男女都比较喜欢姐姐,就连爸妈也一样。大概是因为她和同龄人确实不一样,她这个年纪的小朋友通常都是活泼好动,惹人喜爱,但她却总是习惯一个人安静地待在一旁,从不主动与别人说话,有时爸妈喊她的名字,她都半天没有回应。走在喧闹的大街上看着人来人往,她感觉害怕,害怕与人接触,害怕喧哗热闹。她没有幽闭恐惧症,反倒一度怀疑自己有广场恐惧症。

等到再长大些,陈雨默才明白自己根本没有什么自闭症,只是性格太过内向罢了。可在她清楚知道这一点之前,也就是在她读初中的时候,爸妈离婚了,妈妈带着姐姐移民到了 A 国生活,爸爸带着她。这样的生活没维持多久,她初中毕业那年,爸爸再婚了,后妈一句"不想和这孩子生活在一起"爸爸便迫不及待地为她选了间寄宿高中读书。即便如此，陈雨默还是觉得很庆幸，爸爸只是把自己赶到学校，还会定期给自己生活费，而不是赶出家门，狠狠抛弃，置之不理，这也算是一种关心吧。

高中毕业，爸爸与现任妻子生了孩子，就搬到新买的房子住了，而陈雨默便一个人回到原来在妈妈名下的两室一厅的房子居住。只是早已人去楼空，物是人非。除了房子，一切的一切都跟以前不一样了。

其实现在的陈雨默已经比以前好很多了，虽然朋友还是不多，但和身边的人聊上两句是不成问题的，只是到人多的地方还是会慌。不过这都没关系了，因为现在有陈雨默的地方就会有曹林青陪伴在身旁。

那天上完课，走的时候发现天空乌云盖顶，就料到要下雨，陈雨默和曹林青两人想用最快的速度赶回家，只是没想到还是走了不到一半路程，就下起了滂沱大雨。

回到陈雨默家，两人都湿透了，陈雨默拿出上次两人一起逛街买的运动套装给曹林青换上。曹林青洗过澡后，她看着他走出浴室，看着他头发湿溜溜，水滴了一地，才想起要给他拿毛巾擦头发。陈雨默拉着他走到沙发前，自己一下蹦到沙发上，提起毛巾为他擦起头发来。看着窗外逐步变大的雨势，她对曹林青说："看来短时间内是不会停了，等雨小一点再回去吧。"

"好。"他轻声回应。

有时候两人的气氛可以暧昧不清到一种程度，却都默契地从不主动说穿。这大概就是所谓的"友达以上，恋人未满"。

陈雨默就坐在沙发那头看着她的小说，看着在沙发上酣睡如泥的曹林青搂着她给他盖上的外套，鼻间传出轻细的呼吸声的模样，像极了个可爱的孩子。

她不由自主地凑近了他的脸庞，想用自己娇小水润的嘴唇在他俊俏的脸上留下一抹无形的唇印，就这样蜻蜓点水般轻盈地一吻。

她一度怀疑这不经意的一下会让他仿似睡王子那样苏醒过来。见他颇有动静，陈雨默立马弹起了身子，拿起小说坐回原位挡住眼帘，时不时撂下书本偷瞄他的动静，最后确定他只是换下睡姿继续熟睡才松了口气，在心里喜滋滋地偷乐了下自己的"偷袭成功"。

第三章　初识

陈雨默走到阳台，望着窗外的景色，雨水滴答滴答地掉在地上，像是在弹奏一首悦耳动听的小曲，拨动着她的心弦。她手伸出窗外，一滴雨水落在了她的手上，细细如丝，引起她的思绪万千，勾起了当年那段如梦似幻的邂逅记忆。

那天，乌云盖顶，下着微微细雨，是大学最后一天的新生报到注册日，陈雨默独自一人撑着伞，踏着浅浅的雨水路，伴随着雨滴从雨伞掉落的滴答滴答声走去学校。那是被雨水和枫叶染指的秋天，秋风微澜，吹皱了那张还未曾写出他们故事的白纸。

就在那棵飘落尽火红色枫叶的枫树下，陈雨默看见了他。看见了他高大的身影，那张俊俏的脸庞，高挺的鼻子，还有那摄人心魂的双眸，那都是她最熟悉不过的了。雨水透过枫树的空隙打湿了他乌黑的头发和干净的白衬衫，在他的脸庞蔓延滑落，看上去，他像在流泪。

雨侵坏瓮新苔绿，秋入横林数叶红。那一幕情景，美得像首诗，像幅画，像还未来得及诉说就被埋葬的前尘过往。

"曹林青。"陈雨默一遍一遍地默念着这个自己一直铭记于心难以忘怀却又不曾向任何人提起过的名字。她以为在毕业那天连"再见"都没去说再也不会遇见的人，这一刻，他又出现在了她的面前。就这样不由自主地向他走近，一步，两步，三步……在温润的雨里，她看清了他的容颜。

走到他面前时，陈雨默把手伸至最长，举起了撑着伞的右手。那一刻，她和他在同一把雨伞下，他们第一次靠得那样近，近得可以清晰听见彼此的呼吸声，陈雨默了感受到他鼻子里呼出的温润的气息。不知曹林青是否知晓，那时候，陈雨默的心紧张得怦怦直跳。

"你是要去J大学报到吗？"陈雨默用最轻的声音问他。他的嘴角微微上翘，是一个淡雅如雪的笑容。

"是。"曹林青也轻声回应了她。

"那一起走吧。"陈雨默把伞递给了他，曹林青也小心翼翼地接过伞。随后他礼貌地道了声"谢谢"。

虽然心脏紧张得快要从喉咙跳出来，但却没有把那种兴奋的心情写在脸上，陈雨默的脸部表情和语气依旧是平平淡淡的，也没有更多的话语。

一路上他们没有说话，或许曹林青未曾记起过她，又或者，他根本不知道她在自己的生命里出现过，并曾经和自己无数次擦肩而过。

"你是哪个系的？"到了校门口的时候，曹林青终于开口和她说话了。

"艺术系。"陈雨默知道曹林青为什么会问自己这个问题，完全不是因为他对她萌生了兴趣，而是学校是分系报到的，不同系在不同的教学楼报到，如果两个系的教学楼隔得远，他们在某个校道上的分岔路口就必须分离。

"计算机系的教学楼是那栋。"走到那个分岔路口时，陈雨默突然开口对曹林青说，随后她像个小孩子似的指了指右手边的那栋建筑物。曹林青愣了愣，用疑惑的眼神看着她，没等他说话陈雨默又接着说："计算机系在四楼。"停顿了几秒钟陈雨默才鼓起勇气说出最后一句话，"再见，曹林青同学。"说完她迅速转身扬长而去，逃离了那把伞，还有曹林青，容不得他说出任何一句不认识她或记不起她的话。想必曹林青很是疑惑不解，为什么她会未卜先知自己的事。

陈雨默注册完正向校门口走去，"等等！"忽然有个人迅速地追了上来，挡住了陈雨默的去向。来人的面容氤氲在微微细雨中显得暧昧不清，陈雨默缓缓抬头，渐次清晰看见对方面部轮廓，她的心跟着咯噔一下，是曹林青。

"还你雨伞。"曹林青把雨伞递到她跟前。

"这是你的雨伞，现在还给你。"陈雨默抬头看了看他温柔的眼神说。

"你认识我吗？"他问。

"我不认识你，但我见过你上百次了。"陈雨默凝眸细视着眼前这个人，用最平复自然的语气跟他说。曹林青听她这么说，一脸疑惑。

"我们读的是同一所高中。"陈雨默看着他，停顿了几秒后又继续说，"两年前，有一次在学校，我的U盘不见了，第二天广播站读出一则U盘的失物招领，我就去了。我问那个DJ是谁帮我捡到的，他说是他的朋友，叫曹林青，3班的，从那个时候起，我就开始注意你了。"

"那，那雨伞呢？"曹林青并没惊奇他们是高中同学的巧合，而是问了一个陈雨默也不知该从何说起的问题。

"大概一年前我淋着雨在街上晃荡，累了走到一个公交车站坐了下来，不久后你就出现了，递给我一把雨伞。那时夜晚黑漆漆的，我都还没来得及看清你的样子，你就淋着雨跑走了。"

"我……"他蹙起眉头，眼光流离，轻轻地动了下嘴唇，只吐出了一个字，轻声细语得好像没有说任何话。

"那刚才你怎么会知道我……"

"高三考试前，我到老师办公室偷看了你的志愿表，后来我的志愿填得和你的几乎一模一样。"跟他交代这一切的过程，陈雨默的语气依旧是异常淡然，面无表情。

"我怎么什么都不记得了？"曹林青张了张嘴巴，但迅速又抿合了，欲言又止，但最后还是说出了那句陈雨默最不想听到的话。原来，陈年过往，她都不曾在他的记忆里出现过。

陈雨默低下了头，人在不开心的时候总是会低垂眼帘，因为，不开心的记忆在脑袋下层，她不想让曹林青看到自己失望到想哭的样子。陈雨默努力地抬头，用最最平复自然的眼神看着他，湿润润的眼睛却没有流出眼泪。

"高三那年，每天在饭堂和你不期而遇似乎成了必然事件，不论早餐、中餐，还是晚餐时间，转身抬头，只要仔细找，总能在人群中看到你，因为你个子真的很高。平均每天都可以见到你三次，只要看准同一时间，等在同一地点，就必然能等到你出现。那时候我总是想，早晚有一天，我会认识你的。"曹林青满含深情地看着眼前这个人，陈雨默还能看到，他的眼底里闪过一丝泪光。大概曹林青是被她说的话打动了，仿佛有千言万语想要告诉她，但一时间却无法表达出来，只是沉默寡言。那种感觉是难以言喻的。

"我该走了。"她说。

"能不能告诉我，你叫什么名字？"正当陈雨默转身之时，他问。

她笑了，首次在他面前展现出的浅浅的笑容。

"陈雨默。"她回答。

那一瞬间，仿佛雨停了，喧嚣声停止了，校道上匆忙的人群和车流消失了。仿佛这个世界就只有陈雨默和曹林青两个人，她终于寻找到生命中那个与她契合的灵魂，感觉他们从未分开过。

陈雨默真希望时间可以永远停驻在这一刻，曹林青把她牢牢地记在了他的心里。而曹林青依然呆呆地站在原地，注视着这个渐行渐远的女孩。

"两年前，有一次在学校，我的U盘不见了。第二天广播站读出一起U盘的失物招领，我就去了。我问那个DJ是谁帮我捡到的，他说是他的朋友，叫曹林青，3班的，那个时候起，我就开始注意你了。"

"大概一年前我淋着雨在街上晃荡，累了走到一个公交车站的凳子上坐了下来，不久后你就出现了，递给我一把雨伞。那时夜晚黑漆漆的，我都还没来得及看清你的容颜，你就淋着雨跑走了。"

"高三快考试的时候，我到老师办公室偷看了你的志愿表，后来我的志愿填得和你的几乎一模一样。"

"高三那年，每天在饭堂和你不期而遇似乎成了必然事件，不论早餐、中餐还是晚餐时间，转身抬头，只要仔细找，总能在人群中看到你，因为你个子真的很高。平均每天都可以见到你三次，只要看准同一时间，等在同一地点，就必然能等到你出现。那时候我总是想，早晚有一天我会认识你的。"

那个女孩的声音、话语余音绕梁，像回音般在曹林青的耳边回荡，周而复始。而那些黑白、无声却又跌宕起伏的关于她的记忆，此时像走马灯剧场般在他的脑海里一一倒映。

曹林青终于记起了他们之间发生过的事情，而那一刻陈雨默却不知道。

第四章　痛定思痛

不知不觉间，陈雨默也酣然入梦了，在梦里，她似乎又见到了那个过去曾在她生命里重要得无以复加，以为他就是她的整个世界的再熟悉不过的人。

"不走行吗？"陈雨默哭天抢地地乞求他留下，脸上早已哭得梨花带雨。

"只是两年而已，很快就会回来的。"因为那是家人的要求，对于陈雨默，自己再怎么不舍，也都已无能为力。即使他是一直喜欢着这个女孩的。

"现在的我，除了你就什么都没有了，你是知道的！"陈雨默看着眼前这个白净腼腆的男孩，那是她和姐姐从小到大的玩伴。

本以为爸妈姐姐都离开了自己，至少还会有他的陪伴，但现在他却说他要离开这里，到遥远的国度留学。不管她怎么极力挽回，都已无济于事，他还是执意要转身离开。她曾经是他的宝贝和整个世界，但忽然有一天，却变得什么都不是了，他说他要离开，遥远的国度才是他的未来。她又再一次亲眼目送重要的人离开自己，又再一次被抛下，天翻地覆，一瞬之间。

陈雨默还清楚记得自己在看着他转身离开的那一刻有多恨他，是恨之入骨，恨到心里，恨到肺里。就在那一刻，她的心随同他离开的身影而裂开，她的灵魂被他的影子切割得支离破碎，而那些过去对他的种种感情和期待，也在那一刻尘埃落定般变成死灰化为乌有。

虽隔了如此之久的时间，她偶尔还是会像这样痛定思痛地想起过去的那些不可触碰的记忆，它们像道永不磨灭的伤疤，不管再过几个世纪，依然牢牢地印在她的心里。现在回想起这个叫易肆的人，想来他已在另一个陌生的国度广结宾友，陈雨默只不过是他唱腻了不愿再唱的老歌谣，碍于情面不好丢弃的旧行李。

当陈雨默在房间里醒来时，发现自己的枕头湿了一片，原来当一个人梦见自己哭，其实她是真的在哭。接着，她迫切地跳下床想找到曹林青的身影，又想他会不会已经走了呢？打开房门首先听到的是电视机吵闹的声音，果不其然，曹林青还未离开，他坐在沙发上看着电视。

曹林青看她涕泗横流的样子，吓了一跳，随后拿起纸巾走到她跟前，为她擦去脸上的涕泪，关切地问道："怎么睡个觉都能哭成这个样子，是不是又做噩梦了？"她没有作声，只是一把环抱住了眼前这个高大魁梧男子的腰，脸埋在他的胸膛。这个女孩虽然有一米六的身高，但却身材瘦小，一张娃娃脸，白皙的皮肤，齐刘海，过肩的长发，看着特别惹人怜爱。许多时候，陈雨默就像这样忽然之间无故地抱住曹林青，不需要任何理由。

过去陈雨默也跟曹林青讲述过她父母的事、易肆的事，他也是像现在这样把她拥在怀中，然后轻声细语地告诉她："我不会的，不会像他们那样离开你的。"

那已是高三毕业后的暑假的事情了，易肆离开后，就真的只剩陈雨默一个人孤苦伶仃地过日子，没有任何人可以依靠。对走路都感觉站不稳的陈雨默来说，她能一个人独立生活简直是无稽之谈。

"走啊，全都给我走，我一个人也可以活得好好的！"桌子上的东西被摔碎一地，她无助地坐在地上，每天就这样以泪洗面，已是用尽全力的发泄之举都显得那么苍白无力。

她到底多少天没有吃东西，多少天没有出门，多少天彻夜难眠，连她自己都记不清楚了。在那段悲痛欲绝的日子里，她心里憋得难受至极而又无从发泄时，曾经尝试过一拳捶到硬物上，或是拿起小刀在手脚上划道口。看着鲜血汹涌而出的情景,她反倒有从未有过的舒服和身心释然的快感。精神紧张无法入睡是最糟糕的时候,吃完一瓶又一瓶镇静药才得以安然入睡,像染上毒瘾般,想戒也戒不掉。

直到有天,真的饿到不行,家里可以吃的东西都吃光了,她才步履蹒跚颤颤巍巍地走出家门,结果走着走着,就无力地晕倒在大街上,引来了不少围观的人群。半昏半醒间,她感觉被谁抱了起来,然后她就真的彻底昏了过去。

再醒来的时候,她发现自己已在医院的病床上吊着点滴,迷糊间看见一个高大的身影走进了病房。

"感觉怎么样了?"那个人问。

陈雨默就只是一直木木愣愣地盯着眼前这个人,一副黯然神伤的样子。

"是你送我来医院的吗?"说话声音低沉无力,大概是刚醒过来浑浑噩噩头脑不清的关系,停顿了良久后,她才勉强吐出一句话来。

"嗯。"他点了点头,"医生说,你是因为营养不良,血糖过低所以才会晕倒的,让你好好吃点东西。"他耐心地给她重复了刚刚医生跟他说过的话。

"医生还有说别的吗?"她想到自己所做出的那些极端的举动,想必不只是血糖过低这么简单。

"没有了。"他说。

最后他给她买了粥,留下了自己的电话号码给她,便离开了医院。

第五章　形影不离（上）

炎夏傍晚时分，太阳逐渐收敛起它刺眼的光芒，万里无云的天空在夕阳的照映下，涂上了一层橘黄色，显得格外瑰丽。因为陈雨默白天没课，他们一天没有见面，此时的她正百无聊赖地横躺在沙发上，犹豫不决了将近一个小时，最后才下定决心，拿起身旁的手机打给曹林青。

"喂，曹林青，我……"她脸贴紧手机低喃着，可又欲言又止，话说到一半就停顿了下来。

"你在家？"手机那头的人问。

"嗯……"

"没带你家钥匙，快开门吧，我在楼下。"听到曹林青这么说她先是小惊讶了下，然后屁颠屁颠地跑去给他开门。开门的一刹已经看见来人的身影。

"你刚刚在电话里想说什么来着？"他关上门后问。

"曹林青，我长智齿了，好疼怎么办？"曹林青见她用手捂着右边的腮帮子，一副泫然欲泣的痛苦样。他抓起她的手腕拿开那捂着脸的手掌，右边的脸果然肿了起来。

"哟，你脸怎么胖了那么多？"他扬起嘴角微微一笑，手指戏弄般地轻轻戳着这个女孩微肿的脸蛋。

本以为告诉曹林青他能为自己解决这一棘手的问题，谁知道他只顾着取笑自己。她噘起嘴角，愤怒地看着眼前这个人，那眼神几乎可以把曹林青杀死了。

"长智齿牙龈发炎了，走吧，带你去看牙医！"看着她这副表情，曹林青认真起来，拉起她的手就转身想往外走。

"我不要，好恐怖的！"她摇头晃脑表示一万个不愿意，并摇身一变，仿佛可怜兮兮的小羔羊做出跪地求饶状，像极了个不论妈妈怎么哄都誓死不要去上学的幼儿园小朋友。

面对这样楚楚可怜的陈雨默，最后曹林青当然是于心不忍地松开了抓住她的手。

因为大牙牙龈的位置酸痛无比，曹林青看她是没法吃饭了，就下楼买了粥，顺便到附近的药房买了些消炎药。其实他心里清楚，只吃点消炎药是治标不治本的，如果智齿生长不正引起了牙龈发炎，就必须到医院把智齿拔掉，可陈雨默这怕麻烦的娃又不愿去看牙医，自己也别无他法了。

吃了粥和消炎药后，因为药效的关系，陈雨默感觉有些犯困，一溜烟蹿到房间的床上，很快熟睡过去。睡觉的过程中她感觉曹林青时不时在她的床边走过，有时还在她旁边坐下来，偶尔有一块冰凉冰凉的东西贴在她肿痛的右腮上。因为实在困，曹林青摆手舞弄些什么她都懒得理会了。

第二天醒来，她发现自己的枕边搁着一个已冰凉不再的冰袋，回想昨晚朦胧睡梦中的各种状况，她瞬间明白，昨晚曹林青忙来又忙去地折腾了一晚上，就是为了给自己肿胀的右腮替换冰袋。想想他这么做肯定一晚上没怎么好好睡觉了。陈雨默摸了摸她的右腮帮子，惊喜地发现已经消了肿。

曹林青为她付出的爱可以达到的程度，大概早已超乎了她可以想象的范围。想到这里她感动得几乎流出眼泪来。

她换好了衣服走出客厅，看见正准备着早餐的曹林青。

"怎么样好点了没？你今天要不要去上课？"看到陈雨默从房间走出来，他问。

"曹林青，我要去看牙医。"她用水汪汪的大眼睛感恩戴德地看着他。

"你受什么刺激啦？"他的脸上是一副诧异万分的神色。只是隔了一个晚上却有如此天差地别的变化，实在让他摸不着头脑。

"那你什么时候去？"他有些不敢相信，颇加谨慎地继续套话。

"下课就去，你不用陪我去学校了，你今天又没课，在我这好好睡一觉吧。"曹林青看她坚定不移的眼神一点都不像是在开玩笑。

"那我陪你去看牙医吧，下午下课去学校接你。"其实这时的曹林青感觉特别受宠若惊，一向任性不讲理的陈雨默居然学会关心起他来了。只是心里再怎么愕然也没有喜形于色。

吃完早餐和消炎药，陈雨默就真的屁颠屁颠地走出了家门，只剩石化了的曹林青依旧呆若木鸡地坐在那，一时间还没回过神来。

一觉醒来的曹林青发现时间不早了，提起手机想给陈雨默打电话，却发现手机没电了，充电器也没带在身上，就想着不管她下课没都先去学校再说，再晚些到牙科诊所看牙医的人恐怕会多起来。

走在路上，准备过马路到对面的地铁站口搭地铁，绿灯亮起，前方一群人已经一起过斑马线，曹林青加快了脚步赶上绿灯，刚踏出马路却看见前方不远处一个女孩正跪在地上找东西。曹林青看到女孩不远处的地上已被路人踩得粉碎的眼镜尸骸，看来那女孩的眼睛近视度数相当深，没有了眼镜就不能继续行走了。大概是她刚过马路，在人群碰撞中眼镜掉到了地上。见绿灯闪烁不停，快转成红灯，曹林青走到女孩身旁抓起她的手臂将她一把拉了起来，想先带她过了马路再说。

"林萎儿?"原来曹林青是认识这个女孩的。

"你眼镜已经被踩碎了，你能看清东西吗?"曹林青问她。

"是林青? 遇到你真是太好了，你能带我到附近的眼镜店配一副眼镜吗?"她腹热肠慌地请求着眼前这个人，虽只有过几面之缘，但她知道他是值得信赖的人。

曹林青提手看看表，虽然时间不充足，但总不能把她丢下不管，就带着她去了最近的眼镜店。到了店铺曹林青就急切地说他有急事要先走了，女孩特意问他要了手机号码，说有机会要谢谢他。

他离开眼镜店时陈雨默下课的时间已经过了近二十分钟，又赶上高峰期，地铁塞满了人，等了好几班地铁才挤进车厢。一进一出地铁站走路又花了好一段时间。曹林青心急如焚却无济于事。

"曹林青你迟到了!"见来人气喘吁吁匆忙赶来，陈雨默怒气冲冲地起身就往相反方向离开。

"对不起，来途中发生了点小意外！"看他越叫陈雨默越是跑，他赶上她身旁一把抓住她的手腕。

"我都等你将近一个小时了，打你手机又不接！"她横眉怒目地瞪了他一眼，狠狠甩开他的手，语毕就头也不回地走了。看来她是真的生气了。期间他不放弃地跟在她身后。曹林青怎么会因为陈雨默的一句话就就此善罢甘休。

"你不要再跟着我，我自己去看医生！"陈雨默对着身后的人放声怒吼，说完转头跑到拐角处溜进了小巷，想就此躲过曹林青的跟踪。

她以为自己已经把他抛至身后，彻底斩断了他的跟随，放下警惕正要走出巷口时，却突然被一双结实有力的手臂从身后轻轻环绕住了脖子。他的胸膛紧贴着她的后脑勺，下巴轻倚在了她的头顶上，然后有道清澈动人的声音跟她说："别动。"

微风吹拂过他们的脸颊，虽然刚刚还被突如其来的举动吓了一跳，但听到"别动"两个字，她就真的乖乖地站着一动不动了。因为她听到了那道充满磁性的声音，同时嗅到了他身上独有的味道，感受到熟悉到可以哼出频率的心跳，这些都是她最熟悉不过的了。所有的不快仿佛都随风而去，风流云散。

"昨晚整晚都在你家，我手机早就没电了。刚刚在路上遇到了朋友，她有些麻烦，为了帮她所以就耽搁了一段时间。"见她一直沉默不语，曹林青耐心地解释着。其实陈雨默的心里早就不再生他的气。

第六章　形影不离（下）

　　两人到了牙科诊所，他排队挂号，轮到陈雨默的时候，医生带了口罩，诊断着她嘴里的那颗智齿。镜片下的眼睛寒光闪闪，她很是害怕，果然医生说："这牙要马上拔掉。"那一刻陈雨默心里哭得心都碎了。

　　拔牙时打了麻醉，所以不疼，可是看见医生在自己口腔里像拔萝卜似的使劲，即使没有痛感一样觉得很难受。她出来的时候右边大牙牙龈位置都塞满了棉花，曹林青走到她跟前，点了下她鼓鼓的腮帮子问："怎么样？"她只是呆呆地摇了摇头表示没事。医生给她开了消炎药，说过二十分钟就能把棉花拿掉。

　　离开诊所，陈雨默说肚子饿了，两人先去吃了些东西，准备回家时又撞上了下班高峰期。才走近地铁站口，看到熙熙攘攘的人群，陈雨默不由自主望而却步了，因为看到这一情景，她的广场恐惧症又发作了。

　　"我们坐公交吧，应该人不会那么多。"她眉头紧蹙，拉着曹林青就往回走。

　　"要不搭计程车吧，公交车人应该也会很多。"

　　她没理会曹林青说的话，看到公交车来了，里头的人还不算多，瞄准了最后一排两个靠窗的空位，屏气敛息投了币后，健步如飞，一股劲拖着曹林青到那个位置上坐了下来，她终于松了口气。

　　不管自己再怎么任性妄为，这里离家毕竟还有很长的一段距离，坐计程车实在是太不切实际了，宁可忍一忍搭公共交通工具，多人也罢，也不浪费那个钱。她心里是这么想的。

　　公交驶到一个红绿灯，一辆小货车尾随其后，想挤进大巴右边剩下的窄窄的空道上。砰啪一声，车上的乘客都被吓了一跳，货车碰到了巴士后车窗，巴士车窗玻璃被压碎，散落得到处都是。

陈雨默感觉脸上有一下刺痛感，手摸了摸脸颊，随后她惊恐万状地看着手指上染上的一点点血渍，脑子里一片空白。曹林青发现她的不妥，托过她的下巴扭头看她的右脸，果真被弹出的碎玻璃划了道口。司机在车头大声问有没有人受伤，随后开了车门，没等司机下车，曹林青就已经怒气冲冲奋起直走下车，要找货车司机理论一番。

"你怎么开车的，我朋友的脸都被玻璃划破了！"曹林青走近那人，揪起他的衣领，状貌狰狞怒斥道。

"我赶时间，也不是故意的，你抓着我也没用啊！"对方是名中年男子，不高不矮中等身材，不过站在曹林青旁边也有些显矮了。毕竟是自己不对，见眼前这个血气方刚的年轻人凶巴巴的样子，货车司机也没怎么发飙，这个时候最重要还是大事化小，小事化无。

曹林青抓住他的手松开了，采取实际行动，拿出手机报警。这个过程陈雨默坐在车上，全程目睹了，在跟曹林青相处的这一年多的时间里，他对她的态度永远是那么温柔敦厚，现在这个模样的曹林青她还真的是第一次见到。

陈雨默惊慌失措，下了车走到曹林青身后。货车司机看到走来的这个女孩长得眉清目秀，白皙无瑕的脸蛋上确实有道玻璃划破的伤口，要是就此毁容，自己的责任可大了，想到这里才开始惶恐不安起来。

不久后警察就到了，把肇事司机抓了起来，送陈雨默和曹林青到医院包扎好伤口，又带回警局，给两人录了口供，说经过调查后会正式起诉肇事者，要求他赔偿损失，有消息就打电话通知他们。一切处理完毕，他们离开了警察局。

在医院诊室里，医生为陈雨默处理了伤口，给她开了药，以为曹林青是她的男朋友，没有对陈雨默说什么，反倒一直嘱咐他好好照顾女朋友，注意手的卫生，不能经常触摸伤口，饮食要清淡，不能吃酱油之类的东西不然会色素沉着，不能让伤口感染发炎不然会留疤诸如此类。医生孜孜不倦说了一大堆，陈雨默几乎什么也没记住，反而看着一旁的曹林青听得分外认真，时不时一边点点头表示明白。

　　走出诊室后两人在领药区的长椅上坐了下来，等候拿药，陈雨默扁着嘴，一副闷闷不乐的表情，心里想着自己怎么会倒霉成这个样子，一天往医院跑两次，受伤的还都是右脸，真是祸不单行。曹林青见她这副样子，心想肯定是害怕万一毁容了怎么办。

　　"没事啦，不用担心，要是毁容了没人要，那我要你好了。"能看出来曹林青在说这句话的时候是非常认真的。

　　"曹林青，闭上你的乌鸦嘴！"陈雨默没好气地回答他。

第七章　喜欢与否

那天在阶梯室上课，一个长相清秀的女孩坐在了陈雨默的旁边。虽然她和陈雨默是同班同学，可她们并不熟悉，陈雨默只是知道有这么一个人，并知道她的名字叫林萎儿，从未和她有过交谈。

"雨默同学，你脸怎么了？"林萎儿见她的脸上包扎着，好奇地问道。

"没什么，只是不小心被碎玻璃扎到。"说完陈雨默轻轻弯起嘴角对她笑了笑。

"哦，严重吗，会不会毁容啊？"陈雨默瞬间翻了下白眼。这才发现她是个八卦又口无遮拦的人。林萎儿不知道"毁容"两字现在是陈雨默的死穴，万万不能提及呀。

"雨默，那曹林青是你男朋友吗？"见陈雨默沉默不语，她继续问。在陈雨默看来，这是个令她意外的问题。

"你认识曹林青？"陈雨默问。

"我们见过几次面，算是朋友吧。你还没回答我的问题呢。"林萎儿没再看投影，而是转过头盯着陈雨默，看来要是不得到答案，她是不会善罢甘休的。

"不是，我们只是朋友。"

"可我总看到你们出双入对的啊。"

"只是很好的朋友而已，真的。"陈雨默也不明白自己为什么要努力解释那么多。

"是吗？那真是太好了！前两天我在马路上遇到了些麻烦，幸亏他出现帮了我，不然我可糟糕了，一直想谢谢他来着。"提及曹林青的时候，林萋儿的脸洋溢着满满的幸福感。

陈雨默回想起前两天曹林青迟到，原来就是因为帮助这个女孩。

"待会下课他会过来找你吗？"林萋儿问。

"嗯，会的。"

"那我待会找他说几句话！"看着林萋儿那兴奋不已的表情，陈雨默真的不知道该说什么好了。一米九了不起吗？长得好看了不起吗？是女孩都应该要喜欢你曹林青吗？她在心里不屑地嘀咕着。

老师宣布下课的一刻学生都不约而同地收拾好东西往外跑，林萋儿见陈雨默慢条斯理不慌不忙地收拾着东西，就知道她要等曹林青过来找她一起回去。见曹林青来了，林萋儿迫不及待地一溜烟跑了出去，站在曹林青跟前与他聊了起来。

"林萋儿？原来你也是艺术系的？"曹林青有些意外，他知道林萋儿也在J大读书，却没想巧合到和陈雨默同班。

"是的，能跟你单独聊两句吗？"

林萋儿看曹林青的眼神里有着特别的情愫，这点在旁边不远处看着两人一举一动的陈雨默是感觉得到的。曹林青点了点头答应，随后给了陈雨默一个眼神示意让她再等下自己，他们就转移到了一个比较不那么喧哗吵闹的地方。就这样两人离开了陈雨默的视线。

良久后，两人大概是聊完了，曹林青走回来摸了摸正倚着墙低头看着手机的陈雨默，示意她"走吧"。两人就这样并肩地走着，谁也没有先打破这份默契的寂静。再过了好一会儿，陈雨默终于忍不住出声问道："你跟林萋儿很熟？"说话语气是那么小心翼翼。

"没有啊，我姐朋友的妹妹，只是见过几次面。"

"那她刚找你说什么？"陈雨默想刨根问底问个究竟。

"她约我今晚吃饭，说我帮了她，要谢谢我。"

"那你怎么回答的？"陈雨默颇加谨慎起来，不得不承认此时的她确实有点小紧张。

"我拒绝啦，我说我今晚约了你。"他的嘴角微微上扬，露出的是一个坏坏的笑容。

"你干吗拿我当挡箭牌?"

"才不想去那些无谓的应酬,我跟她又不熟!"在回答陈雨默这些问题的过程中,他的表情、语气、态度表现得不痛不痒满不在乎,像是在述说着别人的事情,这一点让陈雨默很是疑惑不解。

"很明显她喜欢你呀,你怎么可以这样一副若无其事的态度?"陈雨默终于把那个最重要,也最想知道答案的问题问了出来。其实说白了就是在问"她喜欢你耶,你会喜欢她吗?"。陈雨默最关心的,也莫过于此。

"她喜欢我?不会吧,你怎么知道?"曹林青听到这么一个结论,是一副非常出乎意料的表情。为什么所有男人在感情方面永远是那么后知后觉?曹林青对陈雨默的感情也一样,他们最初认识的时候,陈雨默早已明说自己一直关注着曹林青并喜欢着他,为什么他永远是一副仿若不知、若无其事的样子?即便他对陈雨默的好是无可挑剔的,但一直以来,他都从未向陈雨默表明过他对她的心意到底怎么样。其实陈雨默心里一直很想知道答案。

其实哪有那么多会留疤的伤口,陈雨默在看着脸上伤口慢慢愈合然后结痂,最后如她所愿地完美愈合了。在这个过程中,反倒曹林青比陈雨默本人都还要紧张,处处叮嘱她注意这个注意那个的。那时陈雨默心里就在想,他会不会是害怕真的要兑现如果破相了,就会负责她终身幸福的承诺,所以才会如此紧张。

曹林青跟陈雨默说过几天他要去参加一个好朋友的生日派对。问陈雨默要不要跟他一起去。他是知道陈雨默不喜欢去那种场合的,可那是朋友的要求。曹林青的朋友们一直没见过陈雨默,过去曹林青因这个传说中的陈雨默实在太多次推搪过朋友的邀约,这次趁着生日派对的好机会,朋友们一致要求,千叮万嘱曹林青要把女朋友带上,并用"不然你就别来了"威胁,即使曹林青本人已经屡次强调解释说"都说了她不是我女朋友"。

当时陈雨默不假思索爽快地答应了,令曹林青很是意外。其实曹林青不知道,当一个人喜欢你的时候,他会试图走进你的世界、你的朋友圈,甚至为你做许多自己不喜欢的事,为的只是更加了解你,更好地跟你走在一起。

那天曹林青就真的带着陈雨默去了他朋友家。朋友是在自己的自建房子里办生日会，房子三层，加上阳台四层，阳台用来烧烤，底下两层都布置好了各种玩的吃的，可谓一应俱全。

刚到时，朋友们见到陈雨默特别热情，给她递饮料、拿吃的，还缠着她问这问那的。面对他们的热情款待，陈雨默都笑嘻嘻地该答的答，该回应的也不失大方地回应。她总不能让朋友们觉得"曹林青怎么会跟这么奇怪的人在一起""这人真没意思"诸如此类。

随后他们就挟持了曹林青到另外一边摇骰盅喝酒。陈雨默摇了摇头挥了挥手表示不会玩，婉拒他们后就偷偷溜到屋子里别的地方去看看。

走到二楼的阳台，她手撑着护栏看了看屋外的景色，长舒了口气，陈雨默想在这待会，透透气，屋内太喧哗吵闹。

"陈雨默。"突然背后有个人拍了拍她的胳膊叫她，是个女孩子的声音，陈雨默感觉很熟悉，好像在哪听过。女孩站在了陈雨默旁边，递了瓶果汁给她，她才看清了她的面容，是林萎儿。

"谢谢，你也在这啊！"陈雨默接过果汁说。

"嗯，我是今天生日寿星仔的朋友。"停顿了下她又说，"你是跟着林青来的吧？"

"嗯，是啊。"陈雨默一直看着远方的景色，没看她。

"你跟林青认识很久了吧，你喜欢他是吗？"林萎儿又像上次聊天时那样，转过头盯着陈雨默看，看来这个问题也一样，她非要知道答案不可。

"是的。"陈雨默干脆利落地回答道。

"他知道你喜欢他的吧？"说到这里，她弯起嘴角满意地轻声冷笑了一下接着说，"可他却一点表示都没有，看来他不喜欢你哦！"说完向陈雨默微微一笑，头也不回地转身离开了。

陈雨默垂下眼帘，她不解为什么林萎儿会料事如神般说对她和曹林青之间的事，不解为什么她要跟自己说这些话。

切了生日蛋糕后，陈雨默就被曹林青的一个朋友逮住，抓去玩游戏。而这些破游戏要是输了，罚酒都是难免的，就这样陈雨默被频频灌酒，在这个过程中，还听到有人说："你醉了有曹林青送你回家，怕什么！"

其实曹林青一直在担心陈雨默自己一个人会不会闷坏了，只是朋友玩得兴起，自己很难抽身。看现在这种情形，他的担心是多余的。

快散场的时候曹林青迫不及待地跑去找陈雨默，找到陈雨默后，他目瞪口呆地看着醉意浓浓的她。陈雨默居然被灌醉了，这是他始料未及的。他一把背起她，离开了朋友家，在公路上拦了辆出租车回家。

第八章　缱绻决绝

　　回到家后，陈雨默感觉全身都在发烫，脑子昏昏沉沉，手摸了摸被汗浸湿的脖子，烦躁不安地说了声"好热"后，就洒脱地把两只累人的高跟鞋踢掉，接着就开始脱那件黑色外衣，因为屋里没有开灯，她就毫不犹豫地把那条窄到勒腿的裤子也脱掉了，扔到旁边的椅子上。可似乎热腾腾的感觉也没有减去多少，她正想把身上那最后一件勉强遮住臀部的长T恤衫也一同脱掉时，就被曹林青阻止了，他走过来紧紧抓住了她的两只手臂说："都快脱光了还脱，你没发现我在这啊。"

　　"你干吗？我好热！"陈雨默挣脱着，想甩开他的手。

　　"热也不能在屋子里裸奔啊，你不怕感冒，我还怕要去医院挂眼科呢。"在他那温柔的声音里，陈雨默听这话怎么感觉有些刺耳。

　　"什么呀，你是在关心我还是在损我？"看陈雨默稍微平静没有再胡来，他才松开手。她有机可乘地握起拳头捶了他肚子两下。

　　人是不是在喝醉了以后，脑子都会变得迟钝。曹林青微微扬起嘴角对她浅浅地笑着，笑得像个孩子般好看。陈雨默在想如果这样的笑容永远只属于她一个人……

　　陈雨默伸出双手环住他的脖子，两手相扣，仰头凝视着他，深邃而真挚。

　　没有穿高跟鞋，赤脚站在地上，陈雨默的头只到他的衣襟位置，而脸只到他的胸膛。

　　"怎么了，要不要我给你弄杯蜜糖水解解酒？"每次她沉默不语地凝神细视着曹林青的时候，他和她说话的语气总是那样柔情蜜意，像对小孩子般。宠溺的语气和眼神，娓娓道来的情愫，让陈雨默觉得曹林青是她的全部，亦是她的唯一。

想到这，陈雨默情不自禁地踮起脚尖，蜻蜓点水般轻吻了一下他的嘴唇。当她脸贴近曹林青的脸，想再一次触碰他的唇和他吻得更热烈的时候，他却撇过头去。

"好了，陈雨默小朋友，别再胡闹了。"说完，他摸了摸她的脑袋，拦腰横抱起她，放到了房间的床上。

在他的声音里，陈雨默感受到了大人对小孩子的那种宠爱。这让她觉得，他真的把自己当成一个天真无邪的三岁小孩了。这是件好事还是坏事，她心里不大清楚。

曹林青为陈雨默盖好被子后转头就走，她急忙问："你去哪？"她伸手轻轻地抓住了他的手指。

"给你倒杯热牛奶。"他语气淡然，让她感觉怪不自在。

"我不要热牛奶，你不许走。"她更进一步的紧地握住他的手。房间里，黑暗的氛围中，他看着她那宠溺的眼神，是那般无尽地引人遐想。

曹林青在她床边的椅子上坐了下来。那是陈雨默想要的，她不要热牛奶，不要水，不要毛巾，什么都不要，只想要曹林青陪在自己身边。

"曹林青。"

"嗯？"

"你喜欢我吗？"在酒精的麻醉和催促下，她用慵懒的声音不假思索地说出了异常不妥的话。

"不喜欢。"他果断地回答，话里没有夹杂任何特别的语气。

陈雨默很是不服气，双手撑着床，歪歪扭扭，有些吃力地坐了起身。

"你骗人，你明明就喜欢我，坦白承认了会死吗？"说着便开始张牙舞爪，拿手用力捏曹林青的脸蛋。

"哎，痛痛痛！"他直直喊疼，努力用手把捏着他脸的手掰开。看着他痛得龇牙咧嘴的滑稽样，陈雨默忍俊不禁地笑了出来。曹林青用一只手就把她细小的双手都牢牢地拴住，不许她再动弹，生怕她会对自己的脸再次造成威胁。陈雨默抿着嘴唇，用楚楚可怜的眼神凝视着他。

"你抓得我好疼，等下我的手过敏又要红成一片了。"她低声对他嘟囔着，摆出一副小羔羊般的可怜兮兮样。

方法确实快而有用，曹林青立刻松开了扣着她的手。就这样，在黑夜昏暗的房间里，她浑浑噩噩，几乎看不清他的模样，他们沉默地凝视着彼此，久久不再说话。

"你真喝多了，快躺下休息吧。"他沉默良久后吐出这句话，并不是陈雨默想要听到的话。

"你别扯开话题呀，你都还没说你喜欢我。"看他沉默不语，陈雨默又补了一句，"快说。"他还是没有任何反应，无尽的是那她看不准、说不清、解释不了的迷离眼神。那个时候，他到底在想什么，陈雨默很想知道。

"你看你那紧张样，我都听到你扑通扑通的心跳声了。"她继续以自己的直觉胡扯了两句。

"哪有！"

陈雨默看出来了他那心虚的表情，而且看到他开始脸红不已。趁曹林青不注意，陈雨默伸出双手粗鲁地拉扯他的衣服，想解开他的衬衫纽扣。

"让我看看，你的心里到底装着谁。"

"喂你……"曹林青试图伸手阻止，可是已经晚了，有颗纽扣已经脱离岗位，一溜烟滚到地上，他的衬衫敞开至胸口，露出胸膛的曲线。

陈雨默再次伸手，但这一次不是要捏他，也不是要解纽扣，她努力把手伸至最长，用手掌轻抚着他的脸颊，这张她转身抬头总能看到的脸，这个在她身边总是与她形影不离的人，她不相信，真的不相信，他对她的嘘寒问暖、关怀备至是毫无缘由的。她一直坚信，曹林青心里装着的那个人，一定是她。

陈雨默的脸缓缓地向他靠近，情不自禁地。其实她刚刚还没吻够。她知道如果曹林青真的不喜欢她，应该会毫不犹豫地把她狠狠推开的。但她相信，他不会，一定不会。

可就在陈雨默的嘴唇快要触碰到他那水润的双唇的时候，她彻底被酒精麻醉了，扑通一声，头跌在了他的胸膛上，开始呼呼大睡起来。在那一刻，她听到了，他的心脏确实在怦怦跳。

"全世界的人都知道我喜欢你，就只有你不知道。"那个叫曹林青的人趁她睡着了以后才肯承认这一事实，而那一刻她却不知道。

第九章　心的距离

这年陈雨默和曹林青身处的这个小城市天气特别炎热,也难免频频有台风来袭。虽然有时候热久了反而希望打场台风,台风过后感觉就没那么热了,可听电视上说这个被命名为"猎鹰"的台风来势汹汹,不可轻视。这场台风就在下午登陆了 Z 市,这个并不是最繁花似锦,却生活舒适宜人的小城市。

他们刚刚下课,看着外面台风呼啸,大雨倾盆,两人都顿时望而却步,还只有一把伞,那把陈雨默一直带在身边,风稍微大一点都不舍得用,视如珍宝的雨伞,那是她与曹林青的"定情之物",她是这么认为的。经过商量两人一致决定,免得跑来跑去了,在学校饭堂吃了晚餐再说。

"陈雨默,如果我离开你两个星期,你会怎么样?"面对面坐着吃饭的时候,曹林青意味深长地向陈雨默提出了这么一个问题,一听就知道这话有言外之意。

"什么离开两个星期,你要去哪啊?"低头吃着饭的陈雨默抬头目不转睛地注视着眼前这个人,仿佛有种不好的预感。

"我问你'如果'。你先回答我!"他的表情明显紧张起来,大概是料到陈雨默有所察觉。

"两个星期而已,又不是永远!"她说话的语气十分平复自然,完全不是曹林青想象中天要塌下般严重。

"慢着,你该不会有了绝症什么的吧?"停顿了一会儿陈雨默又补了一句,当然她明显只是开开玩笑。

"不是,是我要和我姐去加拿大探望爸妈。"曹林青凝重的眼神完全没有因为她开的玩笑而有所减少,看来他真的很慎重地要跟陈雨默交代这么一件事情。

陈雨默呆呆地凝睇曹林青几秒后,继续低下头吃饭,只是表情却变得那么惝恍迷离,没有说任何话。

走的时候大雨稍有减小,两人迫不得已只能撑着那把伞一起并肩走回去。回家的路上风太大,果然把那把伞吹歪,伞骨上的扣子都脱开了,陈雨默看着皱起眉头心疼不已,仿佛都快要哭出来了。

回到家换了干净的衣服,陈雨默就立马捧着伞在腿上折腾来折腾去,要把它修好,结果半天没弄好。曹林青见她如此紧张,走到她身旁轻抚着她的脑袋说:"笨蛋,你会修吗?"

见她还是没有说话,继续低头鼓弄着那把伞,他继续跟她说:"给我吧,我迟些拿到外面去修。"陈雨默这才肯停下来,乖乖把伞交给他,皱着眉头再三交代曹林青记得去修,随后才乖乖回到房间在电脑前写大学老师布置的专业论文。

这样两人各忙各的宁静,似乎维持了两个钟头,就被突如其来的一片黑暗打破了。

"搞什么,停电了吗?"陈雨默瞪大眼睛,张着嘴巴惊讶地看着眼前漆黑的电脑屏幕,手扶着额头,感受着周围伸手不见五指的氛围,几秒后反应过来要出去探个究竟,激动地拍案而起,看不见前路,跌跌撞撞地走到客厅。"哐"一声,陈雨默脸上是一副龇牙咧嘴的表情,弯下腰,手抚着那刚刚和桌子狠狠碰个正着的小腿。

"喂,你没事吧?"不知从哪走过来的曹林青扶着她的手臂关切地问道,然后就开始滔滔不绝地唠叨来唠叨去,"走步路都会撞到桌子,你真的是笨得可以……"把陈雨默扶到沙发上安顿好以后,他纵横自如地走到电视下的工具柜前,拿出螺丝刀和手电筒,然后走到不远处的电箱前,打开了电箱门,把电闸拉下,再用螺丝刀鼓弄了几下保险丝。感觉他比陈雨默更了解这间屋子里任何一件物品的摆放位置和屋内的走动线路,仿佛他就是这个家的男主人。

"没有跳闸,保险丝也没有断。"他转过头来对陈雨默说,她呆呆傻傻地看着他，漆黑的房子里，看不清他的面容，却对他有种种难以言喻的感觉。

数秒后陈雨默反应过来，她应该看看别人家是否也停电了。视线从他的身上移开，爬到沙发上站起来，头探出窗外，看到对面楼层确实也是黑漆漆的，没有一户开着灯。她转过头去，张大嘴巴正想和曹林青说。

"咚咚咚"，这时候却有人在外头敲门。曹林青去开了门，是楼层管理保安叔叔，他说："受台风影响，小区电力设施严重受损，所以停电了，专业人士正在抢修，过一会儿就会恢复供电了。"

"好，谢谢。"曹林青礼貌地和保安叔叔道谢后，就关上了门。

那一刻，陈雨默欲哭无泪，只记得她刚刚呕心沥血在电脑前找遍资料做的论文，全都不翼而飞了。她无力地陷到沙发上，窝在里头，手和头都倚放在沙发扶手上，做无奈状。

"你的腿怎么样了，要不要我给你擦下药油？"他问。

"不要管我，让我一个人自生自灭吧。"

看到她无精打采的样子，他走了过去，坐在她身旁，轻轻地抚了下她的头问："怎么了，该不会是怕黑吧？"每次在看到陈雨默莫名其妙，也不知道她想怎样的时候，他总会耐心地，用温柔的声音问她怎么了，陈雨默爱听他这样问。

"我没有幽闭恐惧症，我只有广场恐惧症。"她用平淡的语气跟他解释着。

"是哦，忘了你喜欢待在又暗又静的地方。"真不知道他是真忘了，还是假忘了。他们俩都静静地窝在沙发上，沉默良久。

"我们现在就只有在这等的份吗？"陈雨默明知故问，目的只是单纯地想和他说话。

"嗯。"曹林青敷衍地回答，大概连她的问题都没听清楚。陈雨默扭过头瞄了他一眼，原来他在全神贯注地看着手机，点着手机屏幕。她一气之下，用手捏着他的耳朵就使劲扭。

"曹林青，你有没有在听我说话！"他直直喊疼，然后抚着那只红通通的耳朵，可怜兮兮地看着她说："陈雨默，你疯啦！"

"哼。"她细哼一声，撇过头去，又趴回到沙发扶手那，表示不满。

"听我说话，和我聊天可以吗？"陈雨默意味深长地跟他说。

"好。"他回答，那是他最最温柔的声音。陈雨默回想过去，发现，不管她怎么欺负曹林青，他都从未发过脾气或是生过她的气。

没有空调的夏季夜里，外面台风呼啸，雨水打到窗户上发出噼里啪啦的声音，掩上窗户，只能留下一条细细的缝隙，感触着不时从窗外偷偷钻进来的细微凉风。额外寂静的夜晚，听不到任何电器发出的吱吱声响，只剩墙上大钟滴答滴答着对谁的冷漠回应。

曹林青把手机放在了旁边的桌子上，全身上下和头都惬意地挨在沙发背上，好像已做好准备，要全心全意地倾听她要说的话。

"曹林青，有件事情一直很想问你。"

"什么事？"

"照高中毕业照的时候，那个帮你打领带的人是谁？"

高中毕业前的毕业合照，大部分学生都追逐打闹着提着相机或手机和同学合照纪念的时候，陈雨默只是一个人站在一旁，在远处的人群里凝睇着他的容颜。不久，她清楚看见，轮到曹林青他们班照毕业照的时候，一个扎着马尾的高个子女生走到曹林青跟前，伸出手帮他把没戴好的领带打好，还整理了下他白衬衫的衣领，那女生翘起嘴角对着他嬉笑，他们周围都洋溢着暧昧不明的气息。

陈雨默刻意转过视线去观察曹林青的表情，但在刺眼的阳光正面照耀下，她看不清，也不愿去看清。当时陈雨默就在想，如果站在他跟前帮他整理领带的那个人是自己，那该有多好。

"什么打领带？"曹林青转过头，疑惑地看着她问，一脸装聋卖傻的样子。不知道他是真忘了，还是假忘了。

陈雨默没有回过头去看他，依旧无动于衷地趴在那，也懒得跟他继续纠结下去。可是，她又真的很想知道。

"再给你一分钟，快给我想起来，不然……"

"哦，我想起来了，照毕业照的那个时候啊……"她话还没说完，就被曹林青毫不留情地打断了。

"嗯，当时你在哪看到我了？"庆幸他终于想起来了，可却是一副天真无邪、小孩子般的好奇表情，和她探讨着无关痛痒的问题，这时陈雨默才发现自己是如此没有耐性的人。

"那不是重点，快说那个帮你打领带的女人到底是谁！"陈雨默坐起身来，依在了曹林青的旁边，像刚刚那样又拧着他的耳朵，嘴巴贴近他的耳边再次强调着这一问题。

"这……重要吗？"说完曹林青把她的手压回到沙发上，随后握起拳头，把她的小手严严实实地裹在手里，不准她的手再胡作非为。陈雨默抿着嘴，不服气地瞪着他。

"他跟你挺般配的嘛，高个子，身材好，笑容甜，特别是对你笑的时候。"她开始答非所问，左手用力慢慢一根一根地掰开他的手指，拯救她可怜的右手。顺利脱离曹林青的魔掌后，陈雨默顺势狠狠推了他的胳膊一下，他毫无防备，果真如她所愿地躺倒在沙发的那头。

"哼！"陈雨默高声恶狠狠地向他哼了一声后，窝回到沙发另一头，又趴回到那个她最爱的位置上。

"好了，小默默，我错了，那个只是普通的同班同学而已。"见她不搭理，曹林青开始用小羔羊般可怜无辜的语气认错。其实曹林青如果真的生气了，扭头就走，陈雨默会瞬间就号啕大哭起来。她比谁都害怕他生气，怕他再也不理她，可是陈雨默知道，曹林青一定不会。

"真的只是同班同学而已？"

"是。"

"和她现在还有联系吗？"

"没有很久了，我发誓。"他乖乖诚恳地回答。

"真的？"

"嗯，真的！"陈雨默没有偷看他此时是什么表情，因为她知道，只要是曹林青说的，就一定是真的，就算他其实是在撒谎，她也会相信那是真的。

"曹林青，你有后悔认识了我吗？"两人就这样，坐在沙发上，隔着一点似有似无的距离，继续聊着天。

"为什么这样问?"他还是一样,从不轻易回答她的问题,又或许是刻意回避。

"你不像以前一样喜欢笑了,以前我总能看到你笑的,不论是和朋友吃饭,还是和朋友走路聊天的时候……"

曹林青一动不动地坐在那,似乎在思考着什么。

"是不是因为,总是面对着我。因为我不是个开朗的人,而且还有点孤僻。看到我你根本快乐不起来吧,笑更是谈何容易。是不是每个在我身边的人都觉得不快乐,都会有想离开的冲动。"说这段话过程中,不论是表情、语气还是她的心,都是那样平复自然,不带一丝情绪,就像只是在讲述别人的事情。陈雨默自己心里到底是在埋怨自责、伤心难过,还是毫无感觉都已模糊不清了。大概早已对那些感觉习以为常,麻木不仁。

"不是这样的,听我说,他们的离开,和你没有任何关系。"曹林青转过身正准备和陈雨默做思想工作,跟她说点什么的时候,陈雨默拿在手里不停玩转的手机,在她失手的那一刻,沿着沙发边缘,跌宕坎坷地掉落到了地上。

她跳下沙发,在黑暗中,靠着从窗外透进来的几丝光线,摸着地板瞎找。她的手触及一件疑似手机的物体,正想把它抓起来的时候,一只大而温暖的手同时也握住了她的手背。

"如果我们早点认识就好了。"只见曹林青单膝跪在了地板上,右手牢牢地握住了陈雨默的手,在离她最近最近的地方,面对着她低声细语地说。

虽然曹林青没有正面回答她的问题,可是她却已经知道答案。

陈雨默扭过头,一眼不眨地凝视着他的脸,努力想看清眼前握着她手的这个人的模样、神态、表情、轮廓,他的一切一切。

他们靠得那样近,近得仿佛她只须把头轻轻一仰,就可以毫不费劲地吻到他,那么亲密无间的近距离。

如果这场大雨可以留住他,那陈雨默会希望,它永远不要停下来。

第十章　不速之客

这场雨，连续下了有一个星期之久，在之前陈雨默一直向老天抱怨着喊停，可当它真的要停下来的时候，却有那么些许不舍。

这个风起云涌的台风并没有真的把曹林青留下，台风过后，他还是要逾期离开。前一天晚上曹林青的姐姐给他打电话，说公司突然有些紧要的事情，让他自己一个人先上飞机，而他姐姐会晚几天再过去。听到这一消息，最开心的便是陈雨默了，屁颠屁颠跟去机场说要给曹林青送机。

那天到了机场，曹林青到柜台办理好登机牌后，陈雨默就抓着他说要拍张照片留念什么的才让他走，心想就算人不在身边也能看看照片睹物思人，望梅止渴。

差不多到点，曹林青要过安检了，只见陈雨默只是一直呆呆地看着自己，依依不舍极了。

曹林青手扶起她的腰将她一把拥入怀中，和风细语地在她耳边对她说："伞已经修好了，放在老位置上，要等我回来。"她的脸一直埋在他的胸膛，流出的眼泪已浸湿了那件干净的白衬衫，吸一吸鼻子，在未来的两个星期，这将是最后一次品吸他身上独特的体味。

陈雨默没有说任何话，头依然埋着，点了点头表示"知道了"。最后是陈雨默主动松开了环着他背部的手，因为她心里知道，要是自己不先放开，曹林青可能要误了飞机都还不舍得放开自己。

曹林青过了安检，到候机厅等候，两人就这样依依惜别。别人都说两个人分别一定是被留下的人比较伤心，因为她是被丢下的那个人，只是这次陈雨默完全没有伤心难过的感觉，因为她知道，曹林青还是会回来找她的。她也会乖乖等他回来。

在坐车回家的路上，她无聊拿出了手机细细翻阅刚刚在机场照的照片，却出奇地发现其中一张照片中，曹林青的背后有个她非常熟悉的面容，她心里咯噔了一下，紧张得屏气敛息，反复戳动手机屏幕放大再细看，她瞬间神色仓皇，惴惴不安起来。她终于确认了真的是那个人，那个只要再次出现都会令她心乱如麻的人。

回到家里，陈雨默一直徘徊不定，坐立难安，心想那个人为什么要回来，要是他真的回来了，肯定是会第一时间来找自己的。

果然当天下午时分就有人按响了陈雨默家的门铃，打开门的一刹那，陈雨默还是不能佯装镇定，小诧异了一下，虽然她早有心理准备要见到易肄这个人。这个她两年前看着他离去的背影那一刻，就以为不会再相见的人，在两年后的这一刻又出现在了她的面前。

"雨默，好久不见。"说完易肄伸出双手轻轻抱了抱眼前这个他两年没见的女孩后，很快便放开了。

陈雨默把他请进屋里后便问："为什么回来？"她看着易肄，没有向他客套地问好，而是直截了当地提出想问的问题，回应极其冷漠。

"为了接你一起到 A 国生活，那是你妈妈的意思。"见陈雨默这般冷言冷语，他也没有多说废话，而是跟她直奔主题。

"我是不会去的，我现在过得很好，你走吧！"这个陈雨默曾经视为如同家人般重要的人，现在看来却是那么疏远。对于这帮她过去恨之入骨，现在已可有可无的亲故，想想都知道，他们提出的任何请求，她都是不会搭理的。

"可是你妈妈她……"

"够了，以后别来找我，不想见到你。"易肄话说到一半就被陈雨默毫不留情地打断了，她走到门口开了门，示意他离开。感觉她对他的态度已漠然到了极点。这样漠若冰霜的氛围，对话根本无法继续。

"等你冷静些，我再和你聊吧。"说完易肄便提起步子走出了她的家门。

接下来的两个星期里，陈雨默做任何事情都只有她自己一个人，易肆以为她两年来都还是自己一个人生活，更是对她倍加关心，有时给她买吃的，帮她各种忙，有时陪她去大学上课，很多时候她下课走出校门时已见他在门外等候着自己。

即使陈雨默对他为自己所做的一切都漠然地拒绝了，甚至见到他就避而远之扭头就走，但易肆还是冤魂不散似的死缠硬磨为她做各种事。而在现在的陈雨默看来，就算他为自己做再多，出于怜悯之心也好，或于心有愧想将功补过也罢，都只是徒劳无功，她是不会领情的。

直到有一天，陈雨默再无法忍受这样死缠不休的易肆，在河边的马路上，她停了下来，走到河边的水泥石栏旁，手和身体都倚靠在那，等待着跟随在自己后头已久的易肆。

他见陈雨默停了下来，便走到她的身旁，也与她并肩倚在石栏上。那是晚上的江河边，河水静悄悄地流淌着，闪动着粼粼的水光，河面上，那些岸边树丛的倒影在一弯一曲地蠕动着，像极了一个醉汉。微风拂过两人的脸庞，流过陈雨默耳尖，带起了她的长发，轻舞飞扬。

她终于忍无可忍要跟他说个清楚。

"什么时候回去？"

"不回了，除非你跟我一起走。"

"哼，我是你的随身物品吗，说留下就留下，说带走就带走？"对话的过程中，陈雨默没有转过头去看他一眼。

"其实主要是你妈，她想见你，她现在非常需要你。"

"呵，她需要我？她需要我当初就不会把我丢下！都把我当球踢滑不滑稽！"说到这里她开始有些激动起来。

而后两人沉默良久不再说话，陈雨默转身拂袖而去，但没走几步被易肆狠狠地抓着手臂扯了回来。

"你妈妈的身体本来就不好，你知道的，这些年她因为太过操劳现在得了肾衰竭。她只带着你姐姐都变成这样了，更何况是把你也一起带上！有时候你能不能不要只会怨天尤人，多为别人想想！"此时易肆就这样抓着她，面对面语气激动不已地跟她说出了这么一番话。

听到这一消息后,陈雨默先是难以置信,诧异了一下,然后她终于明白他这次回来的真正目的,那是多么荒诞至极的要求。曾经她还有那么一瞬间以为,易肆回来是因为他对她难以忘怀。

"所以你要我跟你一起过去是为了什么,把我的肾摘给她是吗?"

"你姐姐做过检查,HLA 配型相似程度太低,她希望你去试试,亲属做移植手术,成功概率很大。"易肆耐心地向陈雨默解释着她妈妈现在岌岌可危的处境。

此时陈雨默心如刀绞般难受,她真是看透了这帮人,不需要你的时候就把你抛下置之不理,需要你的时候却不顾一切地利用你。他们根本没有顾及过她的感受。想到这里,陈雨默红了眼眶,眼泪不禁从眼睛中汹涌而出,蔓延滑落至脸颊,在白皙的皮肤上留下一道曲折的线。她想甩手就走,但却被易肆抓得更紧了,是她再无法逃脱的紧。

"陈雨默,那是你妈,你不能见死不救!"易肆两手紧抓陈雨默的胳膊,微摇晃了两下,即使眼巴巴看着她泪如雨下,也顾不了那么多了。

"她明明知道,我跟爸爸生活的话一定不会有好日子过,可她还是绝情地抛下我离开了。你明明知道,那时的我除了你就什么都没有了,明明知道,没有你我会孤独到死掉,我乞求你,哭天抢地地乞求你不要离开我。你知道,在你转身离开的那一刻,我有多恨你吗?"她终于对他说出了这几年来心里的种种憋屈。此时的陈雨默已抽泣不止,仿佛说完这些话,已用尽她全身的力气。

"对不起,真的对不起。"看着陈雨默这般伤心难过,易肆心疼地将她拥入怀中,在她耳边连声低喃着"对不起"。但这么一句简单的对不起又怎能化解那些在她心里早已根深蒂固的恨与悲。

"你凭什么?你凭什么跟我说这些话?她又有什么资格要求我为她这么做?"她猛地一下狠狠将易肆推开,说:"你替我转告她,就算她要死,我也不会去看她一眼!"说完便绝情地转身扬长而去,不留一丝情面,正如当初他们待自己一样。

第十一章　他的吻

　　自从与易肄那一次谈话后，陈雨默的心里就一直无法平静下来。他说的那些话总是在她的脑海里反复回响，她总是想着自己这么做会不会太绝情了，这种紧要关头是否应该把怨恨都先放到一边，跟随易肄到 A 国看看她的情况。

　　如此自相矛盾的心理，仿佛一边是魔鬼缠绕在她耳边说："都是她自找的，生病了也是她的事，她对你不仁你就对她不义。"另一边又是天使的恻隐之心在劝阻着说："当初也不是她想这么做的，快去看看她吧，她再怎么不好也是你妈妈啊。"

　　有时候她甚至精神紧张得彻夜难眠，她已经失眠了好几个晚上，有时就算睡着了也是做着朦朦胧胧的梦，根本睡得不深沉；也好几天没有去学校上课，在这样的精神状态下，食欲都大大减少了，更别提去上课或干别的事。

　　直到曹林青回来那一天。他回来的时候，先是回家摆放好了行李，然后就迫不及待地跑到陈雨默家，想给她一个惊喜。而令曹林青始料未及的是，开门的她并没有表现得喜出望外，只是淡淡地说了句"你回来啦"就转身回了房间，语气是那么平淡无奇。

　　随后曹林青也随着她进了房间，坐在她床边问她怎么了。而她摇摇头说没什么，只是这几天没睡好，精神不大好。看来陈雨默还没有准备好跟他说这件事情，但凭着曹林青对她的了解和察言观色，他就知道并不是那么简单，在他离开的这两个星期里，陈雨默一定发生了什么事情。

　　下午两人学校都有课，曹林青问陈雨默要不要去上课。其实她的心里很不想去，但为了避免曹林青发现她的不妥和各种质问她发生什么事的机会，就算精神再糟糕，也只好硬着头皮跟他一起去了。

只是让陈雨默万万没想到的是，自己都好几天没去上课躲着易肆了，他依然还不死心地时不时在家楼下或是学校等候着自己。

下课的时候，陈雨默在教学楼大堂等着曹林青，远远就看到在学校大门附近慢慢向自己走近的易肆。陈雨默的第一反应是扭头就走，只是易肆怎么会那么轻易放过守候已久的狩猎目标，他也加急了脚步跟随在她的后面。陈雨默走到楼梯间一把推开通道门，钻了进去，直通到了操场上，易肆也尾随其后跟了进去。这一幕恰恰被刚到教学楼大堂的曹林青看到了。

来到空旷的操场的塑胶跑道上，陈雨默松了一口气，以为刚刚易肆没有看到自己，现在已经暂时成功摆脱了那个人的跟踪。

"陈雨默！"刚放下警惕，却听到易肆在身后不远处叫住了自己。陈雨默听到他的声音她身体瞬间颤抖了一下，心跳开始扑通扑通紧张起来，过去这几天因为易肆跟她说的那些事已经把她弄得心烦意乱，精神恍惚，她真的不想再与他说任何话。可是现在再怎么逃都没用了，一览无余的操场，跑哪都只是死路一条。

"走，我们到别的地方去谈！"易肆走到陈雨默的身旁一把抓起她的前臂，粗鲁地要拉她走，说话语气冷漠到极点，恶狠狠地瞪着陈雨默。大概是因为在这段时间里他对她的曲意讨好和低声下气的劝服，她都毫不领情，连易肆这个算是好脾气的人也开始觉得不耐烦了。

"你干吗？放开我！"易肆也没有交代清楚要把她带到哪去，陈雨默害怕起来，边喊着放开，边极力反抗起来。

庆幸的是曹林青很快就赶来了，拆开了两人的手，一把将易肆推开，挡在了陈雨默的身前。这时的陈雨默，已忍无可忍，委屈得落下眼泪，她转身就跑，容不得他们多看一秒自己没用得哭出来的样子。可惜迟了一点，那都被曹林青和易肆收进了眼底。易肆想追过去，但被曹林青移了移步子，抓着胳膊拦截了。

"我要尽快带她去 A 国见她妈妈，你别妨碍我。"易肆用坚定不移的眼神看着眼前的曹林青，虽然他的身高也不矮。听到这句话，曹林青清清楚楚地向易肆了解了整件事的情况，两人开始谈判起来。

"你是她的男朋友吧，看来她不愿意去 A 国大部分都是因为你。"易肆灵敏的思维瞬间就猜出来这么一个可能性。

"她不愿意去的原因绝对不会是我，她不想去你再怎么逼她也没有用。"曹林青回答。

"你放手吧，不然她不会跟我走的你知道吗？"易肆说话的语气和表情都渐渐激动起来。

"过去因为你们一而再，再而三地抛弃她，她得了情绪病，严重到厌食、自残，要吃镇静药才睡得着你知道吗？"而曹林青更是开始激动不已，跟易肆说起过去陈雨默种种不堪的惨痛情况。这两个人男人说话的气氛从谈判渐渐演变成了争执。

听到曹林青说的话，易肆的难以置信溢于言表，他呆若木鸡地站在那说不出任何话，大概他也吃惊得暂时还想不到要继续说些什么。

"我会找机会问她心里的想法，在这之前，请你离她远点。"曹林青的语气迅速恢复平静，说完，便转身离去。

曹林青回到家，看见低着头坐在沙发上泣不成声的陈雨默。其实她也不想的，不想受那么一点委屈，那么点逼迫就哭，如此不中用。可是在那种时候，眼泪就是不由自主地夺眶而出，那些液体在眼眶打转了好一阵，怎么拼命努力想将它们憋回去，都已无济于事，只能眼巴巴地看着它们放肆地跑出一滴又一滴。那都不是她能控制得住的。

曹林青走到陈雨默的身旁坐了下来。

"陈雨默，我们在一起吧。"曹林青在旁边低声说，他说这句话时，感觉是从未有过的认真。陈雨默并没有因为他的语出惊人而给出任何反应，而是低着头继续一下一下地吸着鼻子抽泣着，大概哭得她的气道已经容不得她想停下来就能停下来。

"这样如果你留下，我就可以光明正大地照顾你，即使你离开，我也可以名正言顺地等你回来。"意思就是：不管你离开与否，我们的关系永远不会断开。

"我一直都喜欢你，你是知道的吧！"说这些话的过程中他的语气表情神态都是那么平复自然，好似早已做好了总有一天要跟陈雨默说这么一番话的心理准备。

"你为什么……不早说，万一……不回来了呢？"她的哭腔说话含含糊糊，但还是能听清她要说的话。只是一句话过后，陈雨默比原先哭得更惨烈了。

其实曹林青不知道陈雨默不去 A 国，是早就把他考虑在其中，而且他是很重要的一部分原因，她比谁都害怕要与曹林青分离。

曹林青转过身子面向陈雨默，然后用双手捧起了她白皙的脸蛋，拇指轻拭了她眼底下的余泪，看着眼前这张哭得像大花猫的脸，和这双哭红了的大眼睛。他看她的眼神总是那么深情款款，引人遐想。

随后曹林青的脸渐渐向她贴近，鼻子轻轻触碰了她的鼻尖，下一步当然是毫无保留地吻上她的嘴唇。两人的双唇相互接触，左右摩擦着，或是轻轻地挤压缠绵，一下又一下。

陈雨默先是被突如其来的吻弄得有些惊慌失措，却没有任何反抗的意思。这个霸道而又温柔的吻，是她无可抗拒的心理慰藉。在陈雨默认识曹林青这将近两年的时间里，他还是头一次用这种方式对待她。

不知道过了多久，他松开了缠着她的唇，随后一把将她拥入怀中，嘴巴贴近她的脸，低声细语地在她耳边跟她说："笨蛋，你不回来我就去 A 国找你，我是不会让你离开我的！"陈雨默的脸埋在他温暖的胸口上，双手紧紧地环着他的腰，仿佛稍微松松手他就会灰飞烟灭在她的眼前。听到曹林青这么说，她又再一次不能自已地流下眼泪。

他终于在她面前亲口承认了喜欢她的事实，并用行动将对她的这一切真心真意表现得淋漓尽致。

第十二章　天大的玩笑

在某个晚上，陈雨默和曹林青两人抱在一起坐在沙发上看电视的时候，曹林青很直白地问了陈雨默是否想去 A 国探望她的妈妈。陈雨默在易肄面前只是逞强不管母亲的生死，其实心里非常担心。

当陈雨默点头坦然地告诉曹林青说她想去的时候，曹林青抱住她的手更用力了些，然后告诉她，他会等她回来，说完便蜻蜓点水般轻吻了下她的额头。有他这句话，陈雨默即使走也走得安心乐意多了。

但曹林青的这个承诺，都还未开始兑现，就被那突如其来的状况狠狠打碎了。

那天陈雨默刚下课，手机就响了起来，是一个陌生的号码。上课的时候坐她隔壁的林萎儿问她要了手机号码，陈雨默还以为是林萎儿打来的，她接了电话，却是个不认识的人。电话中的人提到曹林青的名字，她说她是曹林青的姐姐，陈雨默才恍然大悟反应过来连声说"你好"，而她也没有多说什么，只是礼貌地说要约陈雨默出来谈谈。

陈雨默来到咖啡馆的时候，坐在窗边的一个女人向她招了招手，她便走过去坐了下来。服务员走来，陈雨默就随便点了杯摩卡，咖啡很快便送到了她的面前来。

那个女人一头微黄的大波浪卷发，魔鬼般前凸后翘的身材，穿着一身包臀职业短裙装，显得大腿修长，脸浓妆艳抹了一番。她对陈雨默微微一笑，媚态横生，妩媚万分。看她也是二十五六岁的样子，那种气质是陈雨默这个二十岁出头的青涩少女所没有的。曹林青的姐姐递给陈雨默一张名片，就连举止都是那般娇媚。

陈雨默接过名片礼貌性看了一下，曹芩沁，一家陈雨默不认识的上市公司的高级行政助理。

"曹小姐，你找我有什么事吗？"陈雨默收起名片，谨慎地问。

"据我所知，你和曹林青在一起了是吗？"曹芩沁举起手中的杯子轻轻喝上一口便放下，每一举止都还是那么优雅动人。

"是的。"陈雨默坦然地承认了，她不觉得这是件多不见得光的事情，没有必要隐瞒，更何况现在面对的人是曹林青的姐姐。

"刚不久前一个移民局的朋友告诉我，我和林青移民C国的申请已经批下来，不久后我和他就会一起去我们父母那定居了。"

陈雨默停下了拿着小汤匙胡搅着咖啡的手，稍有反应，抬头哑然失色，眼神呆滞地看着眼前这个和曹林青长得有几分相似的人。

"我们的父母定居在C国，所以以子女关系申请亲属移民是很快的事情。这件事我都还没告诉林青呢，就迫不及待地告诉你了。"见她不说话，曹芩沁耐心地向她解释着。

陈雨默想想自己妈妈申请自己移民A国也确实是这样，情况相似。只是陈雨默一直在脑海里反复回想，曹林青确实从来没有向她提起过这件事情。

"所以我希望，既然你已经决定离开，就跟他趁早分手吧。反正你们俩天各一方，也不可能在一起了，就别耽误了他时间，误了他前程，你说是吗？"曹芩沁说这番话的过程中语气还是一样客气平和，温柔得似乎对方没有任何理由拒绝她的要求，但到了陈雨默耳中，却怎么听都觉得分外刺耳。

此时的陈雨默低着头，早已吭不出任何声音，因为曹芩沁说的话，彻彻底底地戳中了她的泪点与痛点，毫不留情。

前些天还顾虑重重是否去A国，只是因为害怕失去曹林青。可现在，现实仿佛在不断告诉她，就算你再怎么努力也没有用，就算你对他再怎么痴缠不放也没有用，他根本就不属于你，从来都不属于。

为什么命运总是那么爱捉弄人，一开始让你毫不费劲地拥有，等到你对他百般依赖，像吸毒般上了瘾，戒也戒不掉，甚至你已视他为你的整个世界的时候，却要把他从你的身边夺去，要你们再没有相见的机会，像在跟你开一个天大的玩笑一样荒谬绝伦。

"不好意思，我有点急事，先走了。"说完陈雨默便起身扬长而去。因为她知道，如果自己再不走，就会在这个初次谋面的人面前哭得一塌糊涂。

走出咖啡馆，陈雨默就真的再忍无可忍，双眼泉涌般流出眼泪。她走在大街旁的人行道上，全身无力地依偎到粗壮的街灯柱子上，低头放声大哭起来，不管走过的路人，用多么奇怪异样的眼光看她，她也顾不了。

她无助地蹲下身子，哭得无法抑制，这一次她真的痛彻心扉，哭得入心入肺。因为那一刻，她觉得自己真的要失去曹林青了，将要与这个她爱得入心入肺的人分开，天翻地覆，一瞬之间。

第十三章　分手总要在雨天

陈雨默提着啤酒瓶在街上晃荡着,眼睛都哭得红肿起来,能哭出的眼泪都已经流干,她别无选择,似乎就只能想到用酒精麻醉自己这么一个办法。这已经是她目前为止喝的第三瓶酒,即使她本身并不是那么喜欢喝酒。

她百无聊赖地走到海滨公园的湖边,那是她与曹林青昔日常常一起散步的地方,那些曾经的相附相随、追逐喧闹,眉宇间和风细语与对方说过的对白与约定,此时都抽丝剥茧,一一浮现在她的眼前。

陈雨默在冰凉的石凳上坐了下来,提起酒瓶又往口中痛快地灌了一大口。眼前是一湾清澈的湖水,蓝得深湛,蓝得温柔恬静,清澈的湖面上倒映着翠绿的榕树,起伏着一层微微的涟漪。现在一切都是那么寂静恬雅。

她已经挂掉了无数个曹林青打来的电话,后来甚至关了机,想必现在的曹林青一定气急败坏地满世界找着陈雨默,去了她家,去了学校,走遍她最爱耗着的地方。也许曹林青找过的地方陈雨默都停留过,只是每一个地方她都不会久留,因为她害怕见到曹林青,害怕一不小心就会碰见他。

与曹岑沁见面后晚饭也没心思吃,一直在街上游荡了几个小时,陈雨默回到家的时候已经是深夜。并没有看到曹林青的身影,她紧绷的心瞬间放松下来,因为她根本不知道见到他该说些什么,心想避得了一时就一时吧。

她身心疲倦,走路都感觉那么颠簸无力,手在不断颤抖着,连倒杯水都显得分外艰难,也不太清楚是因为没吃东西太饿,还是因为别的原因所造成的不良反应。

她打开了刚刚在药房买的镇静药瓶盖,手抖动得多摇晃出了几颗药,她也顾不了那么多了，一下子把掌心中的药抛到嘴里，喝口水，一口气把它们都吞到肚子里。直至药效发作，她也记不清楚是经过怎么样一个过程，就自然而然深沉睡去了。

第二天早上，陈雨默是被门铃的夺命追魂响所吵醒的。她吃力地起身，头晕目眩，全身发软，走路一撇一拐仿佛马上就要摔倒的感觉，她一把开了门，却一时没想到那铁定会是曹林青。

"陈雨默你昨晚搞什么，打你手机也不接！"他愤然而入，平时对陈雨默总是那般温柔的他，第一次对她这样厉声呵斥起来。诧异地看着她脸色苍白、萎靡不振、站都站不稳的样子，抓起她幼细的左手手腕，手臂上几道大大小小的伤痕使他骇目惊心，四处张望，还发现了桌子上的药瓶和散落一桌的药丸。曹林的心里瞬间寒战了两下。

"以后不要随便上来，把我家钥匙还我。"她甩开了他的手，有气无力地跟他说着。

"陈雨默你在说什么，到底发生什么事了？"曹林青百思不得其解，明明他与她只是一天没见，如此短暂的时间，到底发生了什么可以把她弄成这个样子。

"你都要移民了，还留着钥匙有什么用？"

"我可以不去啊，我会留下。一直没有告诉你这件事，就是不想看到你现在这个样子。"曹林青终于明白她为什么会这样，且用他最最坚定无疑的话语告诉她，自己并没有打算离开。

"你的父母都在那边，可以吗，你真的可以不去吗？"她说话的声音已是低沉得无以复加。即便这几天的陈雨默已经因为各种事哭得够累了，但说到这里，她还是无可抑制地流下眼泪。在转身的一刹那，她再无力支撑她的整个身子站立，就这样一下子晕厥了过去。

"要是你早一点告诉我，你也终有一天要离开，那当时的我一定不会喜欢你的，更不会跟你在一起。"在曹林青送陈雨默去医院的过程中，她曾苏醒过，张开眼睛隐约对曹林青说了这么一句话。坐在病床旁看着陈雨默躺着的样子，曹林青不禁想起两年前。

他那天在围观的人群中发现这个虽长着一副精致五官的娃娃脸，脸色却惨白得吓人的美丽女孩，长发散开了一地，他瞬间想起他曾与这个女孩有过一面之缘，而且那次的相遇是那般如梦似幻。经过那一次相遇后，想必是很难再忘记这样一个人。

　　于是在所有人都只是在一旁冷眼旁观时，他已付诸行动，不假思索地抱起她，把她送到最近的医院。医生给她做了全身检查后，把她安置在病房。

　　当医生问起他是她的什么人，曹林青只是简单说是她的朋友。医生直白地告诉曹林青，经检查，精神科医生确诊她患有情绪病，手脚上的伤痕是伤心难过、精神过度紧绷而自残所致；还发现病人有滥用镇静药的不良习惯，让曹林青好好照顾病人。

　　曹林青回到病房看望陈雨默时，在她面前他却只字不提关于她有情绪病的事。就这样这件事被曹林青彻底隐瞒起来，只有他一个人知道，所以直至现在，陈雨默对自己有情绪病这件事依然全然不知。

　　再次醒来的时候，陈雨默发现自己在昏暗的病房内，正躺在病床上吊着点滴。她的床边正坐着一个人，他拨弄了下她遮挡住眼睛的发丝。

　　"曹林青吗？"她低声问，光线昏暗的病房里，只有陈雨默一个病人，她看不清眼前这个人的容颜，却不假思索，自然而然地喊出了"曹林青"。

　　经过一番休息，她的精神与体力已经恢复了不少，她歪歪扭扭地坐起身，缓缓伸出右手想再一次抚触这个她爱得死去活来的人的脸。还未曾触及，就被那人用力地一把拥入怀中。

　　"我不知道，从来不知道，我的离开会给你带来如此大的伤害。"那人把她抱得紧紧的，嘴巴贴在她的脸颊旁，柔情细语地跟她说。但就在他抱住陈雨默的刹那间，她却发现眼前的这个人根本不是曹林青。

　　那一刻陈雨默很失望，真的很失望。曾经她还妄想过，曹林青真的可以逃开约束，不顾一切地跟她在一起，但现在想来，那真的是件不可能的事。

"我们明天就订机票，我明天就收拾行李，我要离开这里，越快越好，妈等不及了，我也等不及了。"说这句话的时候，陈雨默也抱紧了易肄的背部，吸着鼻子带着哭腔抽泣着。

看来她是铁定心思，要比他更先一步离开。而这一切，恰恰被站在房门外已久的曹林青看到。

出院后不久，陈雨默就到学校教务处办理了休学手续。正好曹林青今天也有课，她离开的时候就给他打了通电话，说有事跟他谈，想着都到了这种地步，总得有个了断。

在教学楼大堂外等着的时候，曹林青的班级也下课了，人陆陆续续地走出来。茫茫人海中，陈雨默一眼就看到了曹林青，只是他的身旁还有林萎儿与他并肩走在一起，谈笑自若。

曹林青也很快找到正在一旁等着自己的陈雨默，低下头与林萎儿交头接耳说了几句后，两人就分别了，曹林青穿越过人海，走到了陈雨默的面前。他想像往常一样，一手揽起她的背部就带她走，可是这一次陈雨默却躲开了，就这样两人往回家的路上走着。

"刚刚才知道，原来我姐让林萎儿一直留意着我们，难怪我们才在一起，我姐就知道了。"见两人都沉默良久，气氛尴尬，曹林青就将方才从林萎儿口中得到的消息告诉她，即便现在对陈雨默来说，一切都已不再重要。

"所以你姐姐根本不希望我跟你在一起。"她的语气异常平静，那是多久以来都未曾有过的。

"你不用听她胡说的，她是不是找过你？"

陈雨默加快了脚步，曹林青也配合地加快走路节奏。霎时间有种不好的预感掠过他身体每一条敏感的神经线。

这时是下午时分，灰意朦胧的天空早已落着绵绵细雨，湿润的气息无声无息地氤氲了整个城市。在陈雨默还没说出那句话之前，雨水恰似应景般落得愈渐大，而这时，她突然停下了前行的步伐。

"曹林青，我们分手吧。"她终于忍痛说出了那两个字，大雨如注，雨水恣意肆虐着两人衣裳和身体的每一个部分。

"你说什么?"在淅淅沥沥嘈杂的雨水声中,他隐约听见她说的话,却有过怀疑自己听错,不死心地想重复再听清楚一些。

"我说,我们分手。"当她再次说出这句话时,声音变得气竭声颤起来,刚刚淡定自若的感觉已不复存在。

雨打湿了她的脸庞,浸湿了她的眼眶,分不清脸上是雨水还是泪水,分不清身上是冰冷还是伤痛,更分不清心里在哭泣还是在滴血。

昏黄的街灯下,墙壁上映出了他的剪影,修长而又好看。她只敢低下头凝着眼泪细看这剪影,不忍抬头直视他此时此刻是痛到何等模样。因为她不想再一次承受被抛弃的痛楚,所以别无他法地选择先行离开。

第十四章　处水深火热之中

陈雨默临走的前一天，在家里收拾着行李，却整理出了许多曹林青的东西，衣裤和其他物品。

想想自从陈雨默向曹林青提出分手的那一天，直到现在他们都一直没有见过面，曹林青更没有过给她打一通电话，陈雨默也曾试过数次打给他，但都是关机的语音提示。她感觉曹林青就这样无声无息地消失在了她的生命里。

这一天陈雨默打算最后一次尝试打给曹林青，却出乎意料地打通了，"嘟——嘟——"她的心里不知不觉有点小紧张起来。

"喂？"不一会儿，他就真的接了电话，声音是那么低沉无力，仔细细听，他身处的地方十分吵闹，响着令人身心澎湃的重金属音乐，有许多人谈话呐喊的声音，时不时还传来许多杯子碰到一起发出的砰砰声响。她想他大概在酒吧。

"是我，"停顿了一刹，她继续说，"在家整理出了很多你的东西，什么时候有空，我给你送过去吧。"说话语气平淡如水，不再有更多的感情。分手了，不再是朋友了，关系变了，就连说话都变得那么拘谨而又小心翼翼。

"我现在在外面，今晚去你家拿吧。"

"嗯，好。"短暂的通话就这样结束了，是否再多说一句话都已感觉是浪费时间。

晚上曹林青给她打电话说他到了，这时的陈雨默正在外头买要带上飞机的日常用品。她告诉他自己在附近买东西，已经买好了，让他在家门口等会儿。

出电梯门的时候，已见着曹林青倚在墙上等候，等得不耐烦了，他提起打火机点燃了一根烟，用修长的手指夹着，缓缓放到嘴边，浅浅吸上一口，却闷了好久才轻轻吐出来。烟圈静静飘动着，弥漫了他的周围，他惆怅的眼神淡然掠过，扑朔迷离。

过去和陈雨默在一起的曹林青从来不抽烟的，到底是什么时候开始……

她轻盈地走向他，眼前的曹林青和昔日阳光帅气的样子相比，简直是判若两人。他的脸色十分憔悴，精神萎靡，嘴巴的周围都长满了密密麻麻的须根，贴近他的身旁一嗅，更是一身浓郁的酒气。那一副失意颓丧的模样，看着令陈雨默心疼不已。

"等很久了吗？"

"还好。"他凛若冰霜地回了她两个字，继续漫不经心地依靠在那抽着他的烟。

掏出了钥匙开了门，走进了屋内，陈雨默开了那盏节能灯，那是昏暗而不刺眼的黄色灯光。曹林青便自然而然地走到倚在墙边那个玻璃装饰柜跟前，那里摆放着一个精致漂亮的水晶烟灰缸。一次两人一起逛街时，陈雨默在精品店看到，一看就喜欢得爱不释手，明知道没用但还是买了回家，一直摆放在玻璃柜的柜面上。

他提起手中的烟，往烟灰缸里抖了抖手中那根烟燃烧出的余灰。

"你是不是好多天没有去上课了？"

"这几天你都在干吗？"

"曹林青你回答我！"陈雨默凝望着眼前的人，连续问了几个问题他都还是默然不语没有回答，她心里憋急了，最后再补上了一句。

"看来你还是挺关心我的嘛。"说完他的嘴角扬起一个玩世不恭的笑容，只是眼神里充斥着怅然若失的迷离情愫。他捂熄了烟，顺手就把烟头丢到了烟灰缸里，动作是那么洒脱。失去了陈雨默的曹林青是否已变得放纵不羁，对别的一切都满不在乎起来，包括他自己。

当陈雨默准备扭过身子，去给他拿那袋子东西的时候，曹林青手用力抓起她的胳膊，把她推到墙壁上，将她死死地摁在那。陈雨默想挣脱他的钳制，抬起右手正要甩落他抓着自己胳膊的手，却被曹林青适时地拽住了手高高举起固定在了墙上。

他俯下身子，另一只手托起她的脸颊吻了上去，像是释放心底抑制已久的汹涌激流，这个水深火热的吻，使两人都不断喘息着。

他的力气很大，不是陈雨默这种弱质纤纤的女孩想反抗就能成功的，更何况她现在面对的是曹林青，这个她也一直爱得死去活来的人。

他狂热的吻，吻红了她的眼眶，吻湿了她的脸庞，触动了她依然爱她的心弦。陡然间，他松开了牵制住她的双手。

陈雨默以为，曹林青会就此罢休，但给她一百次机会她都依然意想不到的是，他抱起她走到那张长沙发旁，将她一把扔到沙发上。

幽暗的灯光下，她隐约可见曹林青那凛冽到极点的脸部轮廓。那一刻陈雨默心里开始怀疑，眼前的人到底还是不是她从前认识的那个曹林青。

陈雨默哭喊着要他停下，腿胡踢晃不断挣扎着，抽出右手往曹林青脸上狠狠地扇了一巴掌。

在这之后，一切都停止了，唯独剩下陈雨默的抽泣声。

这时曹林青也幡然醒悟自己刚才到底做了什么，抱起陈雨默将她温柔地拥在怀中，低声细语地在她耳边说："对不起，只是想着，要是再不这么做，恐怕以后就没机会了。"细听他说话的声音就能感觉到，大概他也流泪了。

此时此刻，两人就这样紧紧地深情相拥在一起，久久不再放开。

第十五章　她的整个世界

那天晚上，曹林青是在陈雨默家客厅的长沙发上熟睡过去的，她给他盖了被子。大概喝了很多酒，直至第二天早上，他都还没有醒过来，易肆已在陈雨默家楼下等着。她把家里钥匙放在了桌子上，并留了字条。离开的时候，她回眸恋恋不舍地凝望着他熟睡的样子，看了好久才提着行李静悄悄地关上门离开，但直至最后，他依然酣睡如泥，浑然不知。

到了机场，两人办了登机手续，易肆就拿了陈雨默的超重行李去做托运，让她乖乖在那等着。

每个提大大小小的沉甸甸的行李的过路人都行色匆匆，在陈雨默的身边疾步掠过。

这里，是广阔空旷的机场，每天都有数千架飞机从这里起飞又降落，有过多少人在这里与重要的人含泪告别，又有多少人在这里与久违不见的人欣然重逢。这一次，她似乎真的要离开，离开这里，离开曹林青，那个她早已爱得烙入骨髓的人。

回来与否，下一次回来是什么时候，回来时他是否还在这，一切的一切都还是个未知数，不曾有过答案，她怎敢向他许出任何承诺，或提出任何要求。想到这里，她又禁不住再次红了眼眶。

所有手续都办理妥当，正当他们踏入候机厅，准备登机的一刻，陈雨默的手机响了起来，来电显示着那个她最最熟悉的名字。

"陈雨默！"随即，她的身后传来了一声声嘶力竭的呼喊声，她转过头去，熙熙攘攘的人群中，她看见了他愁眉不展的面容。陈雨默接了电话，抬起手机贴至耳边。

两人就这样隔着关口和来来往往的人群，情深似海地凝望着对方。

"我会等你的，多久都会等，在你回来之前，我不会离开这里。"电话里的声音低沉沙哑，却有着毋庸置疑的坚定。

"因为曹林青，真的不能没有陈雨默。"说完这句话，他潸然泪下，而陈雨默早已一下一下吸着鼻子，泣不成声，她哭得像个孩子似的。

那一瞬间，感觉飞机起飞的轰隆声隔绝了，身边的喧嚣声停止了，机场内匆忙的人群消失了，仿佛这个世界上就只剩下他和她两个人，时间倒退，彼此又回到了初次邂逅的那个场景，时间就这样华丽地停驻在这一刻。

催促乘客登机的广播响起，易肆拍了下陈雨默的背部，示意她到点该上飞机了。她什么都没有说便挂了电话，转身离开的一瞬间，她才愿放声号啕大哭起来，为的只是不让曹林青看到。

那些在脑海里荡气回肠的美好回忆，还有他那触动心弦在耳边流过的声线，奏出了那篇凄美动听的乐章，两两走过的沿路旅程，如歌在记忆中。

事情并没有因为任何高声叫喊的争取而剧变，那一天，两人从此隔天与地。

两年后。

在 A 国，陈雨默妈妈的身体逐渐康复，移植手术过后，陈雨默也很快恢复精神别无大碍，一家三口一起生活，和好如初。她稚嫩的娃娃脸未变，但气质上却多了几分成熟，两年了，彼此一定都多多少少有所成长。

而她的心里，一直有着一个日夜挂念、难以忘却的人。

易肆和陈雨默聊起是否过几天打算回 Z 国一事，陈雨默回答他已收拾好了行李，订好了机票，过两天就会回去，她说反正拿到了 A 国的居民证，可以随时来探望家人。而易肆说他完成学业就会回 Z 国，到时两人再聚。

就这样易肆没有多问，陈雨默也没有多作解释，两人心里都明白，陈雨默回 Z 国是为了什么。

搭了十几个钟头的飞机回到 Z 国后，已经是晚上七八点了。

她放好那个沉甸甸的行李箱，手忙脚乱地掏出开门的钥匙，忘记了哪把钥匙开哪扇门，急躁地对着门锁孔试完一把又一把，鸡手鸭脚，几分艰难才把门都打开，无奈地叹了口气，拾起大包小包的行李进门。

"陈雨默。"这时，她听到有人在后面叫她的名字，是从楼梯间传来的，熟悉的声音。

眼泪在她的眼眶里瞬间凝满了，徘徊不定地不断打转，最终延着脸部轮廓蔓延滑落下来。用手背随意地擦了擦眼泪后，转身面向了他，在被泪水覆盖住的模糊的眼睛里，她看到了那她最熟悉不过的容颜，过去转身抬头总能看到的那张好看亲切的脸。

此时此刻她觉得，那些所谓的什么仪态、淑女形象都无关大局，就算让曹林青看到她涕泪滂沱的丑样子也所谓了，因为他是曹林青，无时无刻都宠着她，照顾她，对她关怀备至，让她依靠依赖的曹林青。她的世界，不能没有他。

"曹林青，你怎么会在这啊？"即便对曹林青的出现有些愕然又惊喜，虽然凝着泪，却依然保持淡定的态度问他。

"刚大厦保安告诉我你回来了，见等电梯的人太多，我心急，就跑楼梯上来了。"他耐心地解释，原因却瞬间让陈雨默感觉啼笑皆非。

"你怎么知道我回来啦？"

"两年来我隔三岔五地往你家跑，总是想着哪一天你就回来了。"

陈雨默把挂在肩膀上的手提包扔到地上，就连扑带爬，迫不及待地一步步走下楼梯。曹林青就站在那，那个她只要迈出一步之遥就触手可及的地方。

"你还喜欢我吗？"她走到他跟前，双手捧着他的脸颊仰着头轻声问。

"当然。"言简意赅的两字，陈雨默却从他的语气里听出了毋庸置疑的肯定。她抓起他的后脑勺就往下按，陈雨默站在比他高一级的阶梯上，往常赤脚只能勉强超过他的肩膀，而现在这样，她和他的嘴唇就可以毫不费劲地亲密接触到。她深深地呼吸着，轻轻吻着他的唇，这一次她发誓自己绝对不会再轻易地放开他。

曹林青也抬起了双手紧紧地揽住她的腰，随之陈雨默也进一步双手环扣住他的脖子，好像生怕下一秒他就会随着黎明的到来在她眼前消失，她又得再一次与他分离。

曹林青把她抱得更紧了，紧得让她有种窒息的幸福感觉。他们的心实实在在地贴在了一起，他们的心脏跳得快速，感受到彼此扑通扑通的心跳声，但似乎已分不清楚，那分别是谁的心跳，仿佛只差那么一点点，他们的心脏跳动频率就可以保持共鸣，然后灵魂也随之合二为一。

全身的血液脉搏，仿佛都在一下一下地澎湃跳动。触电般的感觉透过他的唇，一跃而过她的每一条神经线。

那一刻，陈雨默清楚知道，曹林青是她的整个世界。

夏之章：想染指

第一章　Jan 杂志社

"嘿，若瞳，给点笑容，我知道你的招牌扑克脸很好看，可是你这次拿的是全省平面模特冠军耶，是不是该开心一下？好，请给我一个迷倒众生的笑容！"

在杂志社的摄影棚里，在摄影师滔滔不绝的唠叨声中和摄影器材频频眨眼般的闪光灯下，侯若瞳不停地转换着动作表情。

像这样的工作状态，对她而言就像吃饭睡觉一样平常，她早习以为常，现在的她在镜头前可以表现自如。镜头前的这个女孩，身材高挑，一张仿佛上帝细心雕刻削饰过的近乎完美比例的瓜子脸，染过微黄颜色、尾部略卷的中长发，三七分的斜刘海下有一双晶亮的眸子，明净清澈，灿若繁星，仿佛那灵韵也溢了出来。

为了配合摄影师的要求，平时总爱摆出一副高傲扑克脸的她也专业地展现出莞尔的好看笑容，一颦一笑之间，高贵的神色自然流露，让人不得不惊叹她清雅灵秀的光芒。

"那么快就拍完啦，好像才用了几个小时不到呢。"来人的脸上总会无时无刻带着这种妩媚的笑容，至少侯若瞳每次见到她时，她都是这个样子。她眼前这个中年女人，把中长发染成了陶红色，妩媚极致的相貌足以让看到她的每一个男人都情醉入迷，脸上的妆容浓淡适中，只是嘴唇上的口红分外鲜明。这个女人虽然已经四十来岁，却风韵犹存，典雅端庄，犹胜夏日里的艳阳。

"蒋妈妈好。"因为眼前这个中年女人，是这家杂志社的社长兼总编辑，并且与侯若瞳有着非比寻常的关系，所以每次见到她，侯若瞳都会客气地问好，展现出标准的礼貌笑容，态度可谓毕恭毕敬。

摄影师向那个女人点头示意后，便离开了摄影棚。

她用她修长的手指，轻抚着侯若瞳白皙无瑕的脸蛋，手部细腻柔软，留着长指甲，涂上了黑色指甲油。她做出轻抚侯若瞳脸蛋这一动作时，像极了个魔女。

"在别人看来，你是多么出类拔萃，只不过是培训了短短几个月的时间，参加过几次拍摄工作而已，就赢得了今年全市平模大赛的冠军，真是个不可多得的人才，我女儿果真没有介绍错人呢，你说是吗？"从蒋妈妈的这番话中，侯若瞳听出了百般恭维，看来因为这次比赛的优异成绩，侯若瞳瞬间成为这位蒋女士和她的 Jan 杂志社的宠儿。

"对了，我交代泺缌和你谈的事情，她跟你说了吗？"

而此时的侯若瞳确实是哑言默语不知道说些什么才好，说些客套谦虚的话又给人感觉太过虚伪，最后也只好付诸一笑，以此回应。

和那位蒋妈妈谈话完后的侯若瞳感觉松了一口气，不知道为什么，每次和她谈话，侯若瞳都感觉有股莫名的压迫感，而侯若瞳的寡言少语也使两人每次的谈话都时不久矣。

拍摄结束后的侯若瞳总是第一时间跑到化妆间卸妆，因为除了工作时间之外，她真的不喜欢那层厚厚的化妆品在脸上逗留太久。在卸妆的过程中她的手机响起，手忙脚乱间侯若瞳瞄了瞄手机屏幕上的来电显示，便接了那通电话。

"喂，怎么了，蒋大小姐？"

"若瞳，宣传海报拍摄完了没？"电话那头是蒋泺缌温柔好听的声音。

"别忘了我们今晚约好了在酒吧见面。"没等侯若瞳说话，蒋泺缌又插上了一句。

"好，我快好了，待会见！"挂了电话后，侯若瞳回想起蒋泺缌，前天就一直强调要约她今天在她们平时经常会去的那家酒吧见面，说有事要谈，当时蒋泺缌就一副神秘兮兮秘而不宣的表情，这让侯若瞳不禁联想到了这会不会就是刚刚蒋妈妈所说的，交代给蒋泺缌与她谈的事情。

晚上八点，侯若瞳走进了 Waiting Bar，那个欧式设计的酒吧。侯若瞳每次来都感觉自己走进了一个光与影的梦幻领域，那无与伦比的视觉效果，总让她感觉亦真亦幻。

不假思索，侯若瞳就自然而然地走到了平时她们最喜欢待的桌子去，那是角落靠窗的位置，较为安静。

蒋泺缌已经点了一杯酒坐在那等着侯若瞳了，奇怪的是，蒋泺缌旁边还坐着一个女孩，那是现在与侯若瞳朝夕相处，她最熟悉不过的好室友。

"林陌洵你怎么会在这里？"侯若瞳惊喜地拍了拍她的肩膀问道，随后坐了下来。

"来给名模侯若瞳开香槟庆祝咯，第九届全市平面模特大赛冠军耶，你以为真的是浪得虚名哦！"看着林陌洵那嘚瑟样，侯若瞳都开始怀疑拿冠军的到底是不是自己了。

而蒋泺缌一直神秘兮兮要与侯若瞳谈的，也只不过是与侯若瞳签约，成为 Jan 杂志社的专属模特这一事情。在侯若瞳看来那并不是什么特别值得高兴的事，这种签约合同就等同卖身契，一签就是几年的时间，合同里有诸如"在这段时间里，一切遵循公司安排"等不平等条约。侯若瞳不喜欢受束缚，但基于是蒋泺缌她妈妈的意思，而彼此间又堪比家人那么熟悉亲密，侯若瞳却之不恭不好推搪。最关键的是，当初自己头脑一热尝试做平模也是为了在无聊的大学生活中多赚些闲钱，反正现在她达到这一目的了，其他都变得不那么重要，因为钱在她心里一直尤为重要。

第二章　Waiting Bar

　　在她们聊得兴致至极的时候，侯若瞳却无意间转过头看向了她的两点钟方向，此时此刻的侯若瞳就这样静静地看着那张 14 号桌。

　　那些一年前的记忆都在这一刻不期而至，她感觉周围的喧嚣声停止了，周围的人流甚至酒杯碰撞的声音都销声匿迹，所有侯若瞳脑海里仅存的关于一年前生日那天的琐碎片段，像走马灯剧场般在她的眼前一一浮现开来。

　　一年前，她刚满十八岁那天凌晨十二点整，她来了这家 Waiting Bar，并发生了一些至今依然让她难以忘却的事情。

　　"喂，董和煦，你人在哪里？"董和煦明明约了侯若瞳这天晚上在 Waiting Bar 里为她庆祝十八岁生日，已经坐在那等了男友半个小时侯若瞳开始搓手顿脚，不耐烦间给董和煦打了一个又一个的电话，却都还是无人接听。

　　"若瞳，对不起，突然有些事情，今晚没法给你过生日了。"好不容易等到董和煦接了电话，在电话那头的他却说出了让人意兴阑珊，这般伤人的话来。

　　早已气急败坏的侯若瞳，没等董和煦多做解释就一下挂掉了电话。但让人意想不到的是，侯若瞳并没有因此而愤然离去，而是不假思索地点了各式各样的酒，试完一杯又一杯，而且每次都是一饮而尽。

　　直到连侯若瞳自己都不得不承认，她的大脑已经感觉醉意朦胧。颠颠簸簸地从洗手间走出来后,目酣神醉的她坐到了别人的桌子旁都还懵然不知。

"这位小姐,你坐错台了。"不知从哪走来的男人,说完那句话后便在侯若瞳对面的位置坐了下来。

"你说谁坐错了,桌子上写着你的名字啊?"侯若瞳托起腮帮子,眨巴着眼睛,理直气壮地与对面那位男人说。

见他不说话,侯若瞳摇了下自己的脑袋,想看清楚那男人的表情与面容,可似乎再怎么努力,就凭着侯若瞳现在昏醉的神智,能索取到关于这个男人的信息还是极其有限。

一头乌黑亮丽的利落短发,虽然样子模糊看不清,但凭着侯若瞳一向很准的直觉,通过他好看的面部轮廓,浅灰T恤配上黑色夹克衫的整齐衣着,她就知道,肯定是个长得非常帅,而年龄是在三十岁左右的成熟男人。而这个男人似乎早就意识到,跟一个醉酒女人讲道理根本是对牛弹琴。

"今天是我的生日,跟我说句生日快乐好不好?"当那个男人正想起身离开,侯若瞳却把手搭在了那个男人的前臂上,抿着嘴细声撒娇卖俏着,示意请他不要离开。

经过那一次侯若瞳才知道,集醉态与孤独于一身的她,居然可以无赖到扯着一个陌生人不放,甚至到放下平日高傲的姿态哀求对方不要离开的地步,这与平时高傲自满的侯若瞳简直就是判若两人。

"生日快乐。"她眼前的这个男人就真的舒心顺意地用他充满磁性的好听声音,说出了那句侯若瞳想听到的话,温柔而又细腻。

"谢谢!"这个时候的侯若瞳难免会有些许感动,两手抚脸,用感恩戴德的眼神凝视着他。

他想拿起自己的酒杯喝口酒,却被侯若瞳捷足先登抢过酒杯,沿着台面慢慢移动到她自己跟前,然后喝掉了那杯子里本不属于她的酒。

这恰恰说明了,你永远无法预料一个醉酒之人下一步的举动会是什么。虽然这句话更适合形容神经病,可有的时候,喝醉的人跟神经病也只是一念之差。

就连侯若瞳自己都记不清最后她是怎么倒下的。只知道自己是在窗外刺眼的阳光照耀下醒来的，醒来时发现自己身处酒店的单人房内，值得庆幸的是，自己身上的衣物都完好无缺。但她再怎么努力回想，都已记不清那个男人的模样。

离开的时候她还试图询问了酒店前台，昨晚把自己送到这里来的那个人什么时候离开，有没有留下什么东西诸如此类的问题。最后也只能查到那个人在入住登记时用的姓氏是"宋"，就连名字也没有过多透露，而其他关于他的信息更不得而知了。

第二天从杂志社签约拍样片回到学校后的侯若瞳，在宿舍走廊，正要走进她住的409宿舍时，手机却响了起来，是一个陌生的电话号码，又或者是一个曾经记录在手机通讯录里，只是删除了很久，而现在这个号码的主人又无故来电。

"若瞳是我，好久不联系。"电话那头的人的声音是侯若瞳非常熟悉的，但同时他的真人却陌生到记不起样子。

"我可不想见到你啊。"侯若瞳用轻浮傲慢的语气回他。

但在她撇过头去的转瞬间，她就真的看到了董和煦这个人。此时此刻他就站在侯若瞳所住的那栋宿舍楼下，提着手机在耳边，静静地仰望着四楼走廊围栏后的侯若瞳。

而她也转过身子面向了董和煦，俯瞰着眼前近在咫尺的他。

"我跟她分手了，我们还能不能做回朋友？"忽然他开口说了这样一句话。

"不可能，董和煦，以后别再打给我。"说完侯若瞳毅然决然地挂掉了电话，转身头也不回地走进宿舍关上了门。

而董和煦这一莫名其妙的要求，更让侯若瞳不禁回忆起了一年前那些她都快要忘记得一干二净的关于他的事情。

那天早上，侯若瞳从酒店前台准备离开时，却碰巧遇到了董和煦，就在酒店大堂离她的不远处，他身旁还搂着一个女人，两人相互缠搂着一起

走出了酒店大门。

随后侯若瞳气急败坏地抽出手机，给董和煦打了电话。

"在哪？"侯若瞳用尽量保持着沉着冷静的语气问他。

"待会在老地方见，我有话跟你说。"他话不多说就挂了电话。

半个小时后，两人在大学附近那家甜品店见面。

"我们分手吧，若瞳。"一坐下，董和煦就说出了这么一句话。

"那个女人是谁？昨天你没来酒吧，就是因为和那个女人去开房是吗？你们在一起多久了？瞒我多久了？你脚踏两条船多久了？"侯若瞳喜怒不行于色，依然保持着一副沉着冷静的样子，一口气直截了当地问了他最犀利的问题。

"你跟踪我了吗？"

"我才没那个闲情逸致，所以你承认这一切咯？"

"若瞳，我们不是一不小心才走到这一步的，我受够了，受够了你这副趾高气扬的样子，你每次都这样，我真的受够你了侯若瞳，没有人会受得了你这种人的，我们到此为止吧。"董和煦说话声音不算很大，但怎么听，都是一字一句刺在侯若瞳心里的怒斥，说完，董和煦就起身，顷刻离开了甜品店。

待他离开后，侯若瞳才肯让抑制已久的眼泪放肆地从眼眶中流出，因为她真的没有办法做到在这种人面前做出哭哭啼啼的可怜样。

明明是董和煦出轨在先，却可以理直气壮地把责任都推到她的头上来，难道还要她跪在他的面前说"我错了，请你原谅我"之类的话？

对，侯若瞳就是有着这么一颗高傲庞大的自尊心，那是董和煦所承受不了的。

第三章　重聚 Waiting Bar

蒋泺缌约好了侯若瞳今天要到杂志社拍摄杂志封面，因为下个月推出的新一期 Jan 杂志，是以在平模大赛中一炮而红的新人侯若瞳作为主角，杂志中还专门为她设定了一个让读者可以更加了解她的采访专栏。

每次去杂志社，侯若瞳就第一时间跑到蒋泺缌的办公室找她。

"有没有搞错啊，一切都安排好了，那个摄影师现在才说有事，他要改期就改期？哎，现在谁是老板？"在办公室门外的侯若瞳就听到蒋泺缌疾言厉色地跟她的秘书说话，凶相毕露。

"可是他说他真的有急事，我也没办法啊泺缌姐。"

"好了，不是你的错，以后不要再跟他合作就是了，你先出去吧，我想想办法。"待她的秘书垂着头怯怯地走出了办公室，侯若瞳往里瞄了瞄，才蹑手蹑脚地走了进去。

"谁惹我们蒋大小姐那么生气啊？"她在蒋泺缌办公桌前的椅子坐了下来。

"你说我现在临急临忙地往哪找一个专业摄影师。"蒋泺缌手肘撑在桌上，托起腮帮子一副苦恼的样子。

"是安排待会帮我拍封面的摄影师？"

"嗯，是啊。"

"对了，我怎么会没想到他呢！"将泺缌兴奋地坐直了身子，双眼一亮的感觉。

"谁？"侯若瞳好奇地问道。

"专业摄影师咯，他是我爸妈的朋友，刚才来了杂志社，现在在我妈的办公室跟她聊天，我现在去找他帮忙。"蒋泺缌说完就迫不及待地站了起来，提起步子准备走出办公室。

"你现在就去化妆间找化妆师先帮你化好妆，待会我们准备好设备就可以立即拍了。"蒋泺缌走到门口停住了脚步，转过头叮嘱了侯若瞳，好像急切得一分一秒都不能浪费似的。

"好，大小姐遵命！"回答了她后，侯若瞳心里就在想，这个女强人，跟她做朋友还好，要是做同事一起工作，一定会被她咄咄逼人的姿态弄得喘不过气来。

在侯若瞳化好了妆，换好了衣服走到摄影棚时，远远在忙乱的人群中，她第一眼就看到了那个高大伟岸的身躯，蒋泺缌口中的专业摄影师。他正在调试着摄影器材，一边指挥着身旁的工作人员和灯光师摆设好道具，调节好光线等。

当他将手中的单反数码摄像机托起至左眼前，右手的食指连续按了几下快门，当随便拍摄周围的景象以做进一步调试时，无意中将站在不远处静静凝望着自己的侯若瞳也拍入了镜头内。这一刻他注意到了她的存在，并不由自主缓缓地垂下了托着摄影机的手，要用肉眼更进一步看清，她娇艳百媚的美丽容颜。

侯若瞳也轻轻皱眉，仿佛若有所思，对眼前这个男人，她有种似曾相识的莫名熟悉感。

此时此刻两人就这样静谧等待，时间像停止一般，他们面面相觑。

让她目不转睛，无法移开视线的男人，那一刻她也终于看清了他俊美的面容。一头乌黑亮丽的碎短发，犹如精雕细琢般好看的面部轮廓，透着棱角分明的冷峻，摄人心魂的深邃眼眸，高挺的鼻子，最令人如痴如醉的莫过于他轻薄的上唇上那修饰得弯弧有致的好看胡子，那使得他整个人全身上下都散发着一种无人可挡的成熟男人的独特韵味。

在拍摄的过程中，侯若瞳还是第一次在陌生摄影师面前显得有些紧张。

拍摄完毕后，他把摄影机交给了蒋泺缌让她过目一下拍摄的照片。在蒋泺缌喊出一声收工后，全部人都放松了紧绷的工作状态，开始收拾现场的东西。只见蒋泺缌跟那个男人道谢，他也点头回应，轻声说了句"不用谢"后，便转身离开了摄影棚。

换好衣服后，从更衣室走出来的侯若瞳四处张望，发现他已不知所踪，只剩蒋泺缌还在摄影棚隔壁的桌子旁，点击着笔记本电脑，一张一张过目刚刚所拍的照片。

"泺缌，刚刚的摄影师呢？"侯若瞳走到蒋泺缌跟前拍拍她的肩膀问道。

"刚刚走了，怎么啦？"直到侯若瞳走到她身旁说话，她才缓缓抬头回答道。

"那他叫什么名字？"侯若瞳皱起眉头颇有些紧张地追问。

"宋堇晞！怎么，你对人家有兴趣？"蒋泺缌噘起嘴角，笑盈盈的，一副不怀好意的表情。

"宋堇晞？"侯若瞳稍微提高了声调又再一次重复了那个名字。

说完没等蒋泺缌接话，侯若瞳就急切地提起脚步追了出去。

跑出了杂志社门口，她四处眺望周围的一切，试图从中搜寻到宋堇晞的身影，连续两声汽车解锁的哔声传来，她顺着声音望向她的四点钟方向。

侯若瞳终于从停靠在路边的一辆开篷跑车里看见了他，她急不可耐地跑到他车子的另一边停了下来。

"宋先生，我们是不是在哪里见过面？"她看似突然出现在了他都面前，然后说了一句不管怎么听都像是老套的搭讪的开场白。

听到侯若瞳这么说，靠在车旁的宋堇晞不禁低垂眼帘，微微扬起嘴角淡雅一笑。

"上车吧，带你去一个地方，解答你所有的疑惑。"他用淡淡的语气说。

随后侯若瞳鬼使神差似的就真的上了他的车，心里也没有过多顾虑，他会不会就这样把自己给卖了。

不久后，宋堇晞把侯若瞳载到了那条她最熟悉不过的街道，他在

Waiting Bar 门口对出的路边停下了车子。

"原来真的是你。"侯若瞳转过头看向了那个他一年前只有过半面之缘，但到了今时今日依然无法忘记的人。

"反正都来了，进去喝杯酒吧。"他下了车，关上了车篷，侯若瞳也跟随其后下了车，就这样两人一前一后走进了 Waiting Bar。

宋堇晰自然而然地走到了 14 号桌前，提了提手示意请侯若瞳坐下来。

"要喝点什么？"两人都坐下来后，宋堇晰问。

"Whisky，我记得那天你酒杯里的酒，是 Whisky！"侯若瞳凝眸细视着眼前的宋堇晰，甚是认真地回答他。

"看你的记性还挺好的嘛。"他转头向服务员点了两杯酒。

"我还记得我让你跟我说生日快乐。没想到我喝醉酒会是那副德行，太丢脸了。"侯若瞳托起腮帮子做出无奈状。

"那你记得之后发生什么事了吗？"他两手重叠搭在了桌子上，身子微微前倾，仿佛将要宣布一个惊天大秘密一样郑重。

"还真想不起来了，快给我说！"她的身子也不禁好奇地跟着倾前，仿似早已做好了洗耳恭听的准备。

"那天你喝了我的酒后就醉倒在桌子上了，我不好翻你的东西，也不知道你住哪，就直接把你送到附近的酒店。"

"然后呢？"

"然后？我就走啦。"

"就这样？没有发生什么吗？"

"没有啊，你想发生什么？"

"欸，一般男人不是应该都会……"谈到这里，侯若瞳感觉有些不服气，刨根问底，即使难堪也要追问下去。

而宋堇晰看到她那可爱的表情，又再一次垂下眼帘，嘴角微微翘起好看的弧度，扯出一个坏坏的笑容。

"嗯，一般男人会，可是我对小妹妹不感兴趣。"说完他想拿起酒杯，嘴角还残留着笑意。

"什么嘛！"侯若瞳心里顺不平，伸手阻止了宋堇晰的动作，又像一年前见面那样抢过他的酒杯将杯里的酒一饮而尽。

"我对大叔也没有兴趣。"她将酒杯一下放回到桌上,嘚瑟地回了他这么一句话。

离开了 Waiting Bar,宋堇晞给侯若瞳留了他的名片,说摄影师和模特之间肯定会有许多合作的机会。最后他们在 Waiting Bar 的门口分别了。

第四章　他和她之间

晚上回到大学宿舍的侯若瞳向正在宿舍里睡懒觉的林陌洵激动地诉说着她今天的奇遇。林陌洵说这是所谓的缘分,命中注定会遇到的,不管时隔多久,要遇见迟早有一天都会遇见,啧啧感叹着两人缘分不浅呢。

而侯若瞳是嗓大调高直言反驳她说不可能,虽然他是长得很帅,但自己并不喜欢大叔,严重怀疑他已经结婚了都说不定。

"大叔摄影师?是我的口味哟,那他叫什么名字?"林陌洵一提到帅哥就直流口水的花痴样,真让人不忍直视。

"喏,名片!"侯若瞳没好气地掏出名片拿给林陌洵看。

"宋堇晰,专业摄影师宋堇晰哦?"林陌洵激动不已,猛然从床上坐起身。

"就宋堇晰啊,干吗反应那么大?"侯若瞳就坐在她的床边,被她夸张的反应吓了一跳。

"哎,你不知道他?"

"他在摄影界可是很有名的,拥有非凡的摄影天赋,年纪轻轻就在全国各种大大小小的摄影比赛中拿到很多奖,被时尚媒体圈捧为商业摄影奇才!那天晚上你遇到的人居然是他,太意外了。"在介绍宋堇晰的过程中,林陌洵双手捂着脸,笑容可掬,完全沉浸在了她自己的世界里。

"那他今年多大?"侯若瞳终于忍不住问了一个她一直很好奇的问题。

"二十九!"

"果然是个大叔。你怎么会知道那么多?"

"我上的摄影选修课老师做的 PPT 就有提到他啊,还是个女老师哼。"

"你什么时候报的摄影选修课，我怎么不知道？"

"这个不是重点，重点是课后我还上网搜了关于他的资料，好消息是他还真没结婚，坏消息是她的女朋友是安梵娜！"

"安梵娜又是谁？"侯若瞳皱起眉头问，感觉自己够孤陋寡闻的了。

"你也不知道？安梵娜啊，知名一线模特，跟你一样是你们杂志社的签约模特啊。"

"哦，你这么说，又好像是真的有听说过她的名字。"这个时候的侯若瞳抬头不断回忆。

但最后都根本没想起来，就被林陌洵给毫不留情地打断了，说她向摄影课老师报了名要参加市里的一个摄影比赛，得了奖还有奖金，让侯若瞳帮她问问宋堇晰能不能帮忙抽空教她摄影什么的。

侯若瞳觉得这死丫头实在太无理取闹了，这种要求都说得出来。在林陌洵的百般纠缠下，侯若瞳还是沦陷了，答应帮她打电话问宋堇晰，至于人家愿不愿意不在自己的控制范围内。

侯若瞳原本以为宋堇晰会以抽不出闲暇时间为由就此拒绝，然后林陌洵可以就此罢休，事情就这样告一段落，但令侯若瞳最始料未及的是，宋堇晰居然二话不说就爽快地答应了，时间约在了后天下午两点，地点是海滨公园。

那天宋堇晰带上了他的私人珍藏，而林陌洵也带上了她前两天与侯若瞳一起精挑细选、性能和配置都算不错的单反相机。

一开始侯若瞳还以为林陌洵下了那么重的本是为了认识宋堇晰，后来才发现她是真的喜欢摄影。

在海滨公园这个山明水秀、风景优美的湿地公园，一草一木都是那么娇嫩青翠，公园内还有一块软软的沼泽地，周围长满了芦苇，是鸟儿喜欢停留栖息的地方。

那两个摄影发烧友在公园内到处游走，宋堇晰一边给林陌洵示范，托起照相机拍摄了几组图片，一边为她讲解着摄影知识和技巧，然后让林陌洵自己也试着拍几张照片，寻找合适自己的感觉。

而在一旁默默跟随两人的侯若瞳郁闷至极，她对摄影没有任何兴趣，却要被林陌洵拉来做陪衬,当人肉背景。

于是她走到树荫下的长木椅旁坐了下来,手肘撑着椅子扶手,手掌托起腮帮子,百无聊赖地依偎在长椅上,昏昏欲睡起来。

"咔嚓。"侯若瞳也不知道自己闭目养神了多久,就听到耳边传来一声照相机快门的声音,她微微张开眼睛,发现那个该死的臭丫头林陌洵在偷拍自己的睡颜。

"哈哈,拍到了!名模侯若瞳流口水的不雅睡相照,你说这照片卖给杂志社能卖多少钱呢?"林陌洵嬉笑着脸,露着不怀好意的笑容,转头还跑去把她的得意之作,给在不远处的宋堇晰看。

侯若瞳见这一情况,啼笑皆非,便站起身好笑又好气地追赶着林陌洵,想要教训她一顿,却被隐藏在草地里的一块小石头绊到了鞋子。侯若瞳以为自己将要狠狠摔个正着,与可爱的草地来个最亲密接触,胸前却意外地被一只强壮有力的手臂及时揽过护住,她得以慢慢站稳。

"谢……谢谢。"侯若瞳转头偷偷瞄了瞄身旁的宋堇晰,涨红了脸尴尬万分地跟他说。

"没事,小心摔着。"宋堇晰低声细语地在她耳边说,随后放开了扶着她的手。

其实当时两人都不知道,在场的第三个人林陌洵,不但见证了所谓英雄救美的全过程,还反应及时地托起了胸前的照相机,把那美好的一瞬间画面记录了下来。事后林陌洵偷偷地把照片给侯若瞳看,她心里才暗暗感叹,林陌洵这丫头说不定比宋堇晰更有摄影天赋。

侯若瞳万万没想到,见到宋堇晰女朋友真人不是在 Jan 杂志社,而是在一场户外摄影活动中。那天宋堇晰给侯若瞳打来电话,说他的朋友过两天将组织一场户外摄影交流活动,有兴趣的话可以带上林陌洵一起去看看。林陌洵当然不会放过任何机会,不假思索答应了宋堇晰的邀请。

恰恰是那场摄影活动,侯若瞳第一次见到传说中的一线名模安梵娜。那天她并非与宋堇晰一同参加摄影活动,而是摄影活动快要结束,她才开车来到的现场。安梵娜下车时,因为她出众靓丽的外表,毋庸置疑,全场人眼光都不由自主地落在她的身上。

一头长而飘逸的直发披在肩上，脸上铺着一层淡淡的妆容，身穿水蓝色丝绸短裙，披着月白色纱衣，纱衣里可以看见她白皙的胳膊，凹凸有致的火辣身材，她整个人都散发着妖娆妩媚的成熟女人韵味。

安梵娜一见到宋堇晰就亲热地双手环住他的脖子亲了他一下，看似好久不见的情侣难得见上一面的感觉。宋堇晰看着眼前的女朋友柔和细语地问她怎么会在这。

安梵娜松开了环住他脖子的双手，牵起宋堇晰的手，柔情蜜意地回答他说："我们不是约好了今晚吃饭吗？工作完我就提前过来找你了，很惊喜吧？"大概是两个大忙人好不容易抽出空余时间，约好了晚上一起吃饭。

就这样，活动结束后，宋堇晰跟他的朋友以及侯若瞳她们俩打了声招呼，致意要先行离开，揽着安梵娜的腰上了车，两人一起离开了活动现场。

大概，安梵娜是大部分男人一看就喜欢上的类型，风姿绰约，有着妖艳媚惑的成熟女人气质。而这是侯若瞳这个未满二十岁的青涩少女所没有的，即便她的容貌已长得比同龄人成熟，而又娇艳欲滴。

第五章　水中嬉戏

就在今天中午，蒋泺缌才来电告知侯若瞳明天要出行外地拍摄，为将要刊登在时尚杂志上的汽车广告拍摄宣传画。因为要刊登于接下来连续几期的杂志页面里，而且被指定了拍摄地点在A市，距离较远，所以杂志社打算将几期的宣传画一次性拍摄完成，保守预计最多要两天时间，让侯若瞳收拾好行李，准备明天前往A市。两天一夜的工作行程，食宿公司会替她安排好。

蒋泺缌还嘱咐侯若瞳对这次工作要加倍认真，这桩生意至关重要，不容有失，特意邀请了宋堇晰进行拍摄。她还与侯若瞳坦言，因为是她强力推荐侯若瞳做这次广告的代言人，要是侯若瞳在工作的过程中有所差池导致无法完成，会令她很难堪。虽然蒋泺缌这么说，使侯若瞳瞬间备感压力，但侯若瞳是真心明白蒋泺缌的好意，连声说着明白，也恳请蒋泺缌相信她，尽量让蒋泺缌放心下来。

第二天到了A市，侯若瞳和宋堇晰还有其他工作人员先到了订好的酒店，安放好各自的行李。吃过中午饭，准备好一切东西后，当天下午就开始了拍摄工作。拍摄地点是在海边，怪不得会选择在A市，因为有海又离Z市最近的城市，便是A市了。

在连续一个下午的忙碌后，他们总算完成了一天要完成的工作量。其实比预期进度要快，还剩下一小部分，估计明天一个早上就能完成。见此情况，宋堇晰和这个案子的负责人商谈后宣布收工，拍摄工作明天再继续。

回到酒店后的侯若瞳感觉累坏了，一溜烟跑到床上很快便熟睡过去，直到晚上六点多，被同事敲门叫醒，一同到酒店的餐厅吃晚饭。吃过饭后侯若瞳撇掉了几个同事，决定一个人到外面走走。其实 A 市和 Z 市的城市生活环境或是经济方面都大同小异，也许就是因为 A 市的周边多了一片海，所以这座城市让人感觉诗情画意，舒适惬意。

不知道走了多久，侯若瞳走到了处于 A 市的北区的一个大型娱乐广场，名为"中天广场"。广场外边，有许多当地居民和游人都在那休闲玩耍。

当侯若瞳看到这一热闹非凡的场景时，感觉过于喧嚣而望而却步，准备转身往回走时，却发现自己好像迷路了，此时她就这样呆呆地愣在那，回酒店应该往哪个方向走，她懵然不知。

对于她这个连东南西北都分不清，路标路名也从来不认的路痴而言，要找回酒店的位置，大概是件无比艰难之事。

当她正扫视周围想要找个样子看上去比较善良，起码不像坏人的路人问路时，发现远方有个熟悉的身影向她的方向缓缓而来。

侯若瞳迫不及待地飞奔过去要与他打招呼。

"大叔，好巧哦，你也来这啦！"侯若瞳和颜悦色地向眼前的宋堇晰打着招呼。

"远处就看到你，以为认错人了，你在这干吗？"他说。

"你……能不能带我回酒店？我迷路了。"侯若瞳皱起眉头，摆出楚楚可怜又尴尬的表情向宋堇晰坦言。

"酒店就在前面，拐几个路口就是啊，那么近你都迷路了，真是笨得可以！"宋堇晰说话柔声细语，像是跟一个小孩子说话的语气。

"是啊，呵呵，先带我回去吧，求你了。"即使这时的侯若瞳对于他"笨得可以"的评价不满到了极点，但基于自己有求于人，这种屈辱也只好自己默默承受。

侯若瞳走在前面，蹦跶着脚步，一边向宋堇晰晃了晃手，示意要他加快脚步，走在她的前面带路。侯若瞳自己不知不觉走进了广场外的一个音乐喷泉，晚上八点，音乐准时响起，伴随着侯若瞳"哇"的一声惊叫声。

地面上的一个个孔里同一时间喷洒出了一条条高高的水柱，随着音乐的节奏，喷洒出的水柱也跟着高低起伏。偶尔喷泉会喷洒出几条抛物线状的幼细水线条，直线与曲线和谐融合在了一起。融汇出变幻莫测的形态，无与伦比的视听效果，成为 A 市北区域一道亮丽的风景线。

而侯若瞳被这突如其来的喷泉弄得全身上下都湿透了，她依然愣在那，一时没反应过来。在喷泉暂时停住的短短十秒时间里，她看到了在喷泉外的宋堇晰因为她的狼狈样忍俊不禁，笑得无法停歇。他笑得如此开怀的样子，侯若瞳还是第一次看到，瞬间她也有种哭笑不得的感觉。

在快要响起第二轮音乐前，侯若瞳不假思索地迈开了步子，向宋堇晰奔了过去。

"那么好笑啊，一起来吧！"说完便拉起他的手一起钻进了喷泉之中。

"看你现在还笑不笑我！"侯若瞳任由那一条条水柱对她喷洒，抬起头嘚瑟地对着在跟前的宋堇晰说。

而宋堇晰也不由自主地对侯若瞳笑逐颜开。

"哼哼，我要报仇了！"半响后宋堇晰也开始实施他的报仇行动，想把侯若瞳抓到最大的水柱处冲个痛快。没想到她反应快速立马逃跑，溜走的时候还不忘挥动了下手，给他泼上一脸水。此时此刻两人像小孩子似的在喷泉中追逐嬉戏着。

在侯若瞳的高跟鞋一不小心踩进了小孔里，差些就要崴脚摔倒的一刻，宋堇晰用他结实有力的手臂揽住了她纤细的腰，将她一把扶了起来，她就此意外地跌入了他的怀中。她慢慢站稳，抬头静静凝望着眼前这个湿透了衣服和头发的男人，依旧好看的面容轮廓，惹人陶醉。

此时此刻两人就在喷洒的水滴间，互相凝睇着对方的容颜，眼神满含款款深情，引人遐想。

回到酒店，两人在房间外走廊分别，宋堇晰还千叮咛万嘱咐侯若瞳回去要第一时间换上干衣服，吹干头发，不然很容易感冒。

第二天上午完成了拍摄工作后，吃过中午饭，所有人都拖着行李上了长途车，准备回 Z 市。

第六章　静谧礼待

因为连续几天工作疲累，上午上完课，侯若瞳一整个下午都在宿舍的床上呼呼大睡。林陌洵怎么叫她都不愿起床，也懒得理她，最后就屁颠屁颠找男朋友约会去了。

不知道睡了多久，终于被手机来电吵醒，接了电话才知道是侯若瞳的一个很要好的高中同学阿欣打来的，说今晚有个高中班级的同学聚会，因为班级许多同学都知道侯若瞳当了模特，百般嘱咐阿欣一定要把侯若瞳叫上。念在太久没有与他们见面聚会，侯若瞳爽快地答应了，问了时间地点后就挂掉了电话。

晚上九点，Top Par KTV 布满了熙熙攘攘的人，侯若瞳走到 KTV 门口，才猛然想起董和煦是否也会出现在这里。她和董和煦是高中同班同学，高中毕业那年，最后的毕业聚会也是在一家 KTV 里举行，那天晚上大家都喝了许多酒，在酒精的促使下，董和煦心血来潮，拿起了麦克风奔到了房间那个小小的舞台上，当着全班同学的面大声疾呼着"侯若瞳，我喜欢你"几个字。

曾经以为董和煦对侯若瞳的爱绝不是小孩子玩泥沙般儿戏，可只是一年不到的时间，所有的一切都已变得物是人非。

侯若瞳径直着身子走进了 KTV，找到相应的房号，一把将门推开，宽敞的房间内已坐了许多人，很多都是曾经熟悉得不得了的面孔与身影。见侯若瞳来了，阿欣和其他几个同学都扑了上来说要抱一下知名模特，又问起为什么不是和董和煦一起来，并指了指那边早早到来，已在那边桌子和其他人摇骰子喝酒的他。

于是侯若瞳坦言，她和董和煦已经分手了。没想到话音刚落，一个调皮的女同学就跑到台上用麦克风高调宣告："告诉大家一个秘密，侯若瞳和董和煦已经分手了，所以还在默默暗恋着两人的同学就趁着今晚的好时机向对方告白吧！"说完全场人都哄堂大笑起来，侯若瞳哭笑不得。

　　唱歌唱腻了，侯若瞳也被拉到了摇骰子那张桌去，恰恰坐到了董和煦的旁边。在游戏的过程中，因为运气太差，道行也尚浅，侯若瞳频频被灌酒，直到她都感觉自己开始醉眼蒙眬，想找机会溜，却被几个同学拦截。

　　而后让她始料未及的是，董和煦居然替她挡酒。但侯若瞳知道董和煦已经醉得不浅，当他再次取过她的酒杯时，却被她阻止了。"好了，别喝了。"侯若瞳在他身旁和声细语地跟他说。

　　见此有趣的状况，一个男同学说了一个耍人的馊主意："不喝也行，别说我们老同学不近人情，侯若瞳你亲董和煦一下，就不用喝了。"说完，一旁的人都开始配合起哄起来，大喊着"亲他！"。

　　"是不是亲了就真的放过我们呢？"侯若瞳怕他们赖账，重复问了一次。随着身边所有人的呼喊声，侯若瞳感觉自己好像要被逼入了绝境，被酒精半麻醉的大脑，周围醉意朦胧的氛围，瞬间她的脑海里掠过一丝"只是一个吻而已，有什么大不了的，又不是没吻过"的想法。

　　而那一秒的想法过后，她就真的缓缓贴近了董和煦的脸庞，蜻蜓点水般在他的脸蛋上轻轻一吻。董和煦无疑是意外地怔怔在那。那一个动作完成，周围的欢呼和尖叫声随之响起。

　　之后侯若瞳晃晃悠悠地走出了房间，身体依附在走廊的墙壁上，抽出了口袋里的手机，戳着手机屏幕翻出最近通话。她想拨通林陌洵的电话，但其实一不小心点错了处于林陌洵下方的那个名字，还懵然不知。

　　"喂，林陌洵你人在哪里，快来接我，我醉了！"

　　"你在哪儿？"

　　"西区域的 Top Par KTV"

　　"你等等，我现在过来。"

　　挂了电话后，侯若瞳才猛然惊醒，刚刚的声音并不是林陌洵，而是宋堇晰的声音。提起手机看了看刚刚的通话记录后，扶额做无奈状，提手看了看表已经是凌晨十二点多，她霎时觉得自己真是疯了，那么晚要别人来接她，而且还打错了电话。

　　侯若瞳走回到包间内，找到阿欣告诉她因为时间太晚的缘故，自己就先走了。阿欣问要不要找个人送她回去，侯若瞳说不用，就摇晃着步子离开了包间，而董和煦注意到了这一情况，也跟随其后走出了包间，追赶上侯若瞳说跟她一起回学校，却被侯若瞳婉拒了。但董和煦执意要送她，两人一同走出了KTV的大门。

　　"董和煦，你不要再跟着我。"侯若瞳转过身向董和煦疾言厉色地喊道。

　　但下一秒迎来的，并不是董和煦的怯懦退缩，他伸出手抓起她的手臂一下将她拉入怀中，向她吻了过去。侯若瞳来不及反抗，因为在这醉意朦胧的吻中，她找到了似曾相识的与某人亲吻的感觉。

　　藏在脑海最深最深处的某些几乎要忘却得一干二净的记忆，像触电般从她的大脑底层一跃而出，跌宕起伏不断回映。她是真的想起了某些至关重要的记忆，那是侯若瞳整体记忆中的一部分被忽略的片段，是宋董晰刻意隐瞒，从未提起过，接通两人情分的重要缘点。

　　侯若瞳狠狠地将董和煦一把推开，沉声跟他说："董和煦，我们真的不可能了。"之后转身，步履蹒跚，缓缓离去。庆幸的是，董和煦并没有对侯若瞳穷追不舍。但侯若瞳不知道，宋董晰早已到达了KTV的门口，车子就停靠在了路边，而他此时就坐在车内，无疑目睹了刚刚侯若瞳与董和煦之间发生的一切。

　　侯若瞳走到街道的拐角处，在路边的长木椅上坐了下来，弯下身子，手肘撑在大腿上，两手扶起额头，冥想回忆着那天晚上的情景。

　　宋董晰看着对面的侯若瞳一下醉倒在了桌子上，他走到她的身旁，本想翻她身上的口袋找出手机，却感觉无从下手，于是一把抱起她走出了酒吧，载她到了附近的酒店，开了一间单人房。把她安置好，替她关上床头那昏黄色灯光的节能灯，正准备起身离开，侯若瞳却一把握住了他的手。

"不许走。"侯若瞳含糊的说话声呢喃呓语着。宋堇晰再次在她的床边坐了下来，想慢慢掰开她紧握的手，但却被她握得更紧了一些。随后侯若瞳歪歪扭扭地坐了起身。

"你们一个两个怎么都这样啊！总是丢下我，丢下我一个人，我有那么讨人厌吗？"侯若瞳对着眼前的人，目光楚楚，胡闹嗟怨着她的不满。

在黑暗的房间内，透过窗外投射进来的一丝丝微弱的光线，两人悄然静谧地凝睇着对方的面部轮廓，阗更恬静。

其实当时的侯若瞳根本不知道她眼前的这个男人是谁，长什么模样，有关于他的一切她都全然不知，可她就是这样不知缘由地主动仰头吻上了他的唇，情不自已。

但这一吻并非点到即止那么简单，而是一个痛快淋漓的深吻，她不顾一切地放纵，试图从一个陌生人身上得到快慰，他也无可抗拒她满腔热忱主动献上的热吻。这不管怎么看，都不像是初次谋面的两个人会做出的举措。

最后侯若瞳吻累了，蜷缩在了他的怀里安安稳稳地睡去。而事情最后的结果是真的像宋堇晰口中所说的"并没有发生什么"。除了那个吻以外。

侯若瞳觉得，其实宋堇晰可以与她坦言那天晚上发生过的事，为什么在重逢的那天他选择只字不提，刻意隐瞒直到今天。如果不是侯若瞳自己忽然想起，大概宋堇晰会选择一直隐瞒下去。

还是他觉得，只是一个不明女子送上的莫名其妙的吻罢了，根本无须记挂在心上，也不值一提。

侯若瞳坐在长木椅上苦思冥想，假设着种种的可能性，百思不得其解，使她为之懊恼。

这时有个人走到了她跟前。侯若瞳没有抬头向他看去，睁开眼睛看到了鞋子，就知道是宋堇晰。

他脱下了他的夹克外套，披在了侯若瞳肩上，随后在她的旁边坐了下来。侯若瞳只穿着一身单薄的雪纺无袖上衣和牛仔短裤，清冷的夜，微风吹拂过她的身体，确实感觉有着几丝凉意。

"对不起，我打错电话了。"侯若瞳挺直回身子，低声细语地和坐在一旁的宋堇晰说。

"没事，我知道。"宋堇晰也向她轻声回答道。

而宋堇晰不知道侯若瞳已想起了那天晚上发生的一切。此时此刻两人就这样沉默寡言，久久不再说话，两两静谧礼待，彼此伤害。

第七章　染指是意外

自从宋堇晰送了侯若瞳回学校的那天晚上后，他们就再没有主动联系过对方。侯若瞳再次遇到他，是在 Waiting Bar。

那天侯若瞳想一个人到酒吧喝杯酒，一进门恰看到也一个人坐在吧台前喝酒的宋堇晰。她偶尔提手扶起额头，用手指揉捏着脑袋，一副懊恼的样子。见此，侯若瞳自然地走了过去，在他身旁的位置坐了下来。

"宋先生，干吗一个人在这喝闷酒？"侯若瞳轻拍了拍他的肩膀说。

"嘿，你也在这啊。"宋堇晰撇过头看了看原来是侯若瞳，轻声回应了她，随后转头提起酒杯继续喝他的酒。

"怎么了，工作不顺？"她试探性地想要问出他苦恼的原因。

"我和她分手了。"他沉声静气地回答。

"怪不得在这借酒消愁！"听到这一消息的侯若瞳有那么一刹那，心里居然闪过一丝欣悦。可是她明明并不喜欢宋堇晰，也没有兴趣追问他们分手的缘由，至于问为什么会有这种心态，大概也不过是因为一般女人都会有的，那颗庞大而又肮脏的妒忌心。

那天宋堇晰在安梵娜的家里，两人吵起架来。

"我准备办旅游签证，下个月到 A 国探望我的父母，跟我一起去吧。"宋堇晰坐在了客厅的沙发上，沉声静气地跟安梵娜说。

"不行呢，堇晰，我下个月的通告都满满的，你怎么都不事先跟我商量呢？"安梵娜从厨房端出咖啡，摆放到了宋堇晰跟前说。

"半年前我就跟你提起过这件事,那时候你就是以这个理由搪塞,到了现在你还是一样。"他无可奈何地抬头看了看安梵娜,用哀怨的语气跟她说。

"那时候是我事业的高峰,我怎么可以离开那么长时间?"安梵娜走到沙发前,在他的旁边坐了下来,双手挽起他结实的手臂,头依靠在了他的肩膀上,以求对方的理解。

"不久后移民A国的申请就能批下来,到时候,你会跟我走吗?"宋堇晞也侧过头,看向了她美丽的容颜问。

"你要我放弃我在这里的一切跟你到A国重新开始,你觉得这样对我公平吗?"安梵娜稍微激动地松开了挽着他的双手,坐直了身体面向了他,似乎要认真地开始与他讨论起这个问题来。

"说白了名利和我之间,你无疑会选择前者对吗?"他也有所激动地向她厉声质问道。

"如果是你,你会甘心放弃你现在拥有的一切离开吗?我在A国什么都没有啊,为什么你可以那么自私,从不替我想想?"

"你变了,不是我从前认识的安梵娜,你这样,我想我们真的没有必要继续下去。"感觉他已经不想再与她争论下去,站了起来,想就此离开。

"你现在是又要跟我分手吗?"安梵娜心里开始紧张起来,怕他真的会就这样一走了之,也跟着站了起来。眼看他是真的要毅然地转身离开,她急乱中,一句不该说的话脱口而出:"宋堇晞其实变了的人是你吧?自从你遇到她以后,我就觉得你整个人都变了。明明就是你自己变心了,随便找个理由要跟我分手!"

"你在胡说什么?"宋堇晞皱起眉头盯着她看,感觉安梵娜说出的话,完全不可理喻。

"你扪心自问,跟我分手真的只是因为我们之间的问题吗?"她还是不死心地继续用犀利的语言咄咄逼人。

"我等你已经等腻了,我受够了,不想再等了,你懂吗?"说完宋堇晞就真的毅然决然地转身离开了她的家。

其实所有人都不知道,在去年的某天,也就是侯若瞳生日那天晚上,宋堇晰在 Waiting Bar 附近的一家饭店里订了一个房间，约好了安梵娜晚上一起吃饭。吃过饭后他走到了她的跟前，掏出了口袋里的戒指盒，单膝下跪向安梵娜求婚。原本以为她会惊喜若狂地顺利答应，却没想到她以还没有做好结婚的准备，想一心发展她的事业为由，婉拒了宋堇晰。

最后安梵娜因为工作先行离开。虽然宋堇晰答应了安梵娜愿意等她，但并不是无止境的，漫长的等待是一种折磨，终有一天会让人不堪疲倦。那天宋堇晰离开饭店后，就走入了 Waiting Bar，遇到了侯若瞳。

看着宋堇晰愁眉不展的样子，她真的想不到该说些什么安慰的话才好，侯若瞳最不会安慰人了。于是，她就让吧台的服务员随便调了杯酒，摆放到了宋堇晰的面前说："喝吧，一种喝了就能让你彻底忘记那个人的酒！"傻瓜一听都知道，这是侯若瞳自己胡说八道的话。

没想到宋堇晰就真的提起酒杯将酒一饮而尽。侯若瞳感觉这酒似乎挺好喝的样子，又点了两杯，自己也拿了一杯试喝了一下，心里感叹着确实挺好喝。

没等侯若瞳喝完，宋堇晰又往前移了移空空的酒杯，服务员便自觉地给他的酒杯盛满酒，而他又再一次将酒一饮而尽，周而复始。

这个平时总是一副沉着冷静、从容不迫模样的成熟男人，侯若瞳还真的是第一次看到他一心寻醉的样子，看来他是真的苦恼至极。

直到他连续喝了几杯那种酒，侯若瞳看到他已经有些醉眼蒙眬，立马问了服务员那是什么酒，服务员回答她说酒的名字叫"White Lie"（善意的谎言），他独家研制的新品种，是几种酒混兑而成的，所以特别好喝，也特别易醉。

侯若瞳知道后后悔莫及，向宋堇晰喊了一句"别再喝了"，立刻抢过他手中的酒杯，为了避免他抢回来，理智地将酒杯中剩余的大半杯酒都灌入了自己的口中，把杯子放下。结账后，只见宋堇晰双手垫着脑袋，静静地趴在吧台上。

"走吧，送你回家。"侯若瞳轻轻抚触了下他的背部，靠近了他的耳边轻声对他说。

让侯若瞳意想不到的是，他就真的乖乖地站了起来往酒吧门口走去，即使他已经极力地保持清醒尽量走直线，但还是能看出，已经有了几分醉意。

宋堇晰走出了酒吧，从口袋里掏出车子钥匙，摁了摁解锁按钮，停靠在路边的车子随之响了两下哔声。他正要往车子方向走去，却被侯若瞳一把抓住手臂，阻止了他的去向。

"宋堇晰你喝醉了，开什么车！"侯若瞳说完迅速抢过他手中的车匙，拦截了一辆出租车，拉着宋堇晰，让他坐入了车内。

"你家住哪儿？"侯若瞳问他。

"优雅翠园。"他低声回应。

下了车才知道，"优雅翠园"是个小区的名字，里面有别墅区也有商品楼，要到宋堇晰的家，看来还要往里走很长的一段距离。

"要不要打电话让你家人出来接你？"虽然看宋堇晰走路的步伐还是比较稳当，但她还是不大放心。

"我一个人住。"宋堇晰低声静气地回答，迈着步子不断向前走着，一直没有回过头来看她。

"那我送你进去吧。"于是侯若瞳缓缓尾随其后。

宋堇晰的家是一间三层的自建别墅，侯若瞳觉得，那么大的一个房子，如果只有一个人住，感觉实在太冷清了。

开了外面的一道大闸门，经过了庭院，然后再打开房子的一道木门，走进了那间宽敞的别墅内大厅后，侯若瞳便说："既然你到家了，那我先走咯。"

就在侯若瞳转身离开之时，宋堇晰抓住了她的手臂，一把将她拥入了自己的怀中。

"不要走……"他在她的耳边低声呢喃着。

"你怎么啦，我不走难道要在你家睡一晚？"侯若瞳轻轻拉大了与他身体之间的距离，抬头嬉笑着面对他说。虽然对他的举措感到有些意外，但还是不忘要与他开开玩笑，缓解尴尬。

侯若瞳只是仰着头，多看了下他的面部轮廓，一刹那间却迎来了他毫无预兆的吻。宋堇晰用力地将她囚禁在了自己的怀中，而她丝毫也没有反抗的意思。反正也不是第一次与他这样亲吻，也不在乎再多吻那么一次。

身体与身体之间的紧紧相贴，呼吸与呼吸之间的相互促进，唇与唇之间的缱绻决绝，舌与舌之间的相互交错缠绵，所有的一切他们都在短短的几分钟热吻中享受得痛快淋漓。

宋堇晰抽离了他的唇，但紧抱着她的手依旧没有放开。侯若瞳缓缓睁开眼眸，静谧地凝睇着他的表情面容。

"你该不会是把我当作安梵娜了吧？"侯若瞳轻声细语地向他问道。

"我没有，不过，对不起啊。"说完宋堇晰松开了抱紧她的双手。

"没事，一年前我也主动吻过你，就当作扯平吧。"屋内一片悄然寂静，除了说话声，两人还能清晰听见彼此的呼吸声。

"你记起来啦。"

"嗯，前几天的事。"见宋堇晰默然不语，她接着说，"我走咯，你早点休息。"说完侯若瞳转身离开了他的家。

侯若瞳回到了宿舍后不久，手机就响了起来，提起手机一看，是宋堇晰的来电。

"怎么，还没睡吗？"侯若瞳问

"你回到学校了吗？"宋堇晰问

"到了，刚到不久！"她瞬间明白，他特意打来，是为了确认她是否已经安全抵达。

"好，那晚安。"

"晚安。"

第八章　近水楼台

第二天早上九点多，侯若瞳还在宿舍里睡懒觉，就被一个来电给吵醒了。

"喂，若瞳，我车钥匙是不是在你那儿？"电话那头的宋董晰急切地问。

"车钥匙？噢对哦，你车钥匙还在我这！"侯若瞳一下子蹦了起来，翻了下包，发现昨晚离开时忘了把车钥匙还给宋董晰。

"你在学校吧？我现在过来拿。"

"你赶时间吗？"

"嗯，十点有拍摄。"

"那节省时间，我直接去 Waiting Bar 你停车的位置等你吧。"

"好，谢谢。"

待宋董晰来到，侯若瞳见他背着个黑色的大背包，急匆匆地下了出租车，大概包里就装着待会拍摄要用的摄影器材。他接过了她递过的钥匙，打开后备厢安放好背包。

"你待会要拍什么啊？我能跟去吗？"因为侯若瞳今天一天都没课，也没通告，想必又是闷在宿舍睡懒觉，所以想找找乐子，消磨时间。但明明是因为她忘还钥匙而耽搁了人家的时间，真服了她还好意思这么问呢。

"可以，上车吧。"没想到他居然爽快地答应了，放好背包后示意她上车。

一路上，宋董晰也向侯若瞳讲述着大致的情况，因为这单案子与侯若瞳也算是有着间接关系。他说他的一个朋友是广浩地产的宣传策划部总监，现在为将要开始盖建的名为"近水楼台"的一个新楼盘做宣传广告，请来宋堇晰帮忙为已装修好的几个样板房拍摄成品宣传效果图。

至于和侯若瞳有什么关系，待平面宣传广告拍摄和后期加工完成后，将会在 Jan 杂志社旗下的一本时尚美居杂志页面中刊登广告，广告的女模特未定。

其实这与侯若瞳确实没有直接关系，她回应宋堇晰说，因为她个人风格的关系，她最常会出现在 Jan 女性杂志和其他差不多类型的杂志里，至于《时尚美居》，她觉得她会出现在里面的概率是零。

到了"近水楼台"，走遍了那几个不同户型的样板房，并都拍摄了照片后，在最后一个大概一百二十平方米的样板间里，宋堇晰突然心血来潮，让一旁的侯若瞳走入镜头内，要求是为样板房渲染一种舒适宜人的感觉。侯若瞳也爽快地答应了，试着配合他，简单做了几个动作，例如依偎在沙发上抱着抱枕，慵懒地看电视，惬意地坐在阳台的藤椅上捧着书阅读等。

样板房豪华的装潢，加上侯若瞳娴熟的表现，虽然这一次只是简单的试拍，已经令宋堇晰和他的朋友感觉不错。当宋堇晰把照片都导入了笔记本电脑进一步阅览照片效果时，他的朋友还感叹道："现在的试拍都已经那么不错，到时候换正式的男女模特拍摄，换上服装，打好灯光的话，效果一定会更好。"

离开楼盘后，宋堇晰主动说送侯若瞳回学校。侯若瞳又再一次八卦地询问他接下来忙什么，他说没什么要忙，先回家把东西放下。而她是一点也不客气，厚着脸皮说不想那么早回学校，要去他家坐坐，昨晚走得太匆忙，都还没好好参观下他的家。

最后，侯若瞳就真的上了宋堇晰的车，跟着他回家。

看宋堇晰的家，晚上和白天确实有些不一样的感觉。右边种满了花草树木的庭院，走进那栋复式独立住宅，一眼看见的是极尽奢华的大厅，繁复的灯饰发出冷冽的亮光，四面高高的墙壁在柔软的地毯上投下暗沉的阴影。

平实而精致的欧式家具与装潢融合得如此和谐，不但富有审美的愉悦，更重要的是令人觉得舒适而贴近自然生活。可那一件件精致的装饰和家具，却怎么遮也遮挡不住屋内迫人的冷清。

但侯若瞳不知道，当初的宋堇晰是如何满腔热忱地找室内设计师帮忙设计这套房子的装潢和格局，也不知道那时的宋堇晰和安梵娜是如何欢欣雀跃地一起为房子挑选家具，为着两人美好的将来而行动。

正在屋内四处张望的侯若瞳一眼就注视到了处于大厅角落的那个米色古典玻璃吊柜。问为什么会注意到它，当然是因为里面有侯若瞳最爱的巧克力。几盒方形的酒心巧克力整齐重叠在柜子里，侯若瞳站在柜子前，久久不愿移开她的视线。

正当她想问宋堇晰能不能吃的时候，宋堇晰却走到她的身旁问她是不是想吃巧克力，在她拼命地点头回应后，宋堇晰拿出了一盒递到了她跟前。

在侯若瞳问起他为什么买了那么多巧克力又不吃，他回答是朋友送的，自己不大喜欢吃甜食。

侯若瞳看宋堇晰拿着装摄影器材的背包上了二楼，也拎了几颗巧克力小心翼翼地跟随其后。他打开了其中一间房间的房门，侯若瞳探头往里瞄了瞄，令她大开眼界的是，整个房间里都搁置满了他私人珍藏的摄影器材和配件，就连古老的胶卷相机都尚有保存。

他放置好了东西，就把侯若瞳赶出了房间，他也一同走了出来，生怕笨手笨脚的侯若瞳会不小心把他的珍藏弄坏似的。

随后侯若瞳看到还有一层楼梯可上，就一溜烟地奔了上去，好奇最上面一层又有些什么东西。原来顶层一左一右还有两个房间，直走出去就是一个偌大的天台，她身子倚在了阳台的围栏上，高瞻远瞩，放眼望去能看到一棵棵并排整齐的茂密大树，和那条长长的河以及对面的房屋别墅。

就在她一边欣赏着周围的景色，不自觉又从口袋里掏出一颗巧克力，剥开包装纸递到嘴里时，宋堇晰缓缓从她身后走来，走到她的身旁，递给了她一杯红酒。她欣喜地接过酒杯，两人默契地抬起酒杯，轻轻触碰到了一起，然后细细品尝着杯子里那红色液体的味道。

"你家好吃的真多，空间大，又能看到好看的风景，我都不舍得走了呢。"侯若瞳嬉笑着转头看向宋堇晰，与他开着玩笑。

"以后有空过来玩，随时欢迎。"但宋堇晰却甚是认真地回应了她。

第九章　忘不了

看了看课程表，侯若瞳才想起明天早上有两节比较重要的专业课，看没什么事情，就早早爬上床睡觉了。还在一旁对着笔记本与男朋友视讯的林陌洵，感觉平日的夜猫子侯若瞳，今天怎么特别反常。

第二天早上起来，知道林陌洵早上没课，侯若瞳起来后洗漱换衣服都特别轻手轻脚，生怕会吵醒她。

到了上课的阶梯室，发现已有许多学生早早到来，坐在那等着上课，侯若瞳也找了个比较方便听课，看清银幕的中间位置。

只是走上阶梯的短短几步路，侯若瞳就感觉有人暗地里对她议论纷纷，评头论足。虽然侯若瞳并非大红大紫，红到街知巷闻，但也姑且算得上是小有名气，无聊翻阅过某本杂志，在杂志上见过她，并感觉无比面熟一点也不足为奇。不管别人的评论好坏与否，她并没有兴趣知道，也不会在乎。

但让侯若瞳万万没想到的是，偌大宽敞的阶梯室，居然让她碰到了董和煦。他们不是同一个班，但校方为了节省大学老师的时间，会把两个甚至几个班上的同一节专业课安排在同一时间、同一地点授课，在这种公共课里，两个本不相干的人碰面的概率大大增加。

董和煦一眼就注意到了处于中间位置的侯若瞳，径直了身子，走到她旁边的位置坐了下来。

"我想我们该好好谈谈。"他说。

"我跟你没有什么好谈的。"

"那天我吻你，你为什么不反抗，我们明明还有感情在不是吗？"侯若瞳感觉董和煦是越说越离谱了。

"董和煦，你给我闭嘴！"她已经没有闲情跟他讨论这些问题，只想安安静静地把课听完。

下课后，侯若瞳刚回到宿舍，蒋泺缌就打来了电话。

"喂，若瞳，有个新楼盘的宣传广告，女模特未定，你觉得怎么样，有兴趣接吗？"蒋泺缌试探性地问道。

"什么怎么样？从来都是你们给我安排工作的啊，这次怎么会主动问我意见，良心发现？"侯若瞳觉得这是认识蒋泺缌以来听到她说的最别扭的话了。

"我只是觉得这个广告和你风格不搭，怕出来效果不好。"

"那你还问我意见干吗？"她感觉蒋泺缌真是莫名其妙。

"可是人家的广告策划负责人指定了要你啊。"

"那为什么他会指定我呢？"

"本来人家指定的是安梵娜，但是她的工作行程都满了啊，要等她拍起码得排到下个月呢，然后他们就决定改用你了。"她小心翼翼地给侯若瞳解释着，因为蒋泺缌太了解侯若瞳了，以她高傲不屈的性格……

"哦，所以安梵娜没空就找我来顶替，那我能拒绝吗？"她不屑地回答。

"那我就实不相瞒了，其实呢是宋董晰帮忙向他们极力推荐的你，所以才会有现在的结果。怎么样，知道这个重要消息后，要重新考虑下接不接么？"但蒋泺缌似乎已经揣摩到了她的心理，关键时刻使出了撒手锏。

"你说宋董晰，他为什么要这么做？"这让侯若瞳想起了，会不会是和自己上次与他一起去拍样板房宣传照有关。

"这个我就不清楚了。"

"既然是他的一番好意，却之不恭是不是？"侯若瞳这么问，大概心里已是有了答案。

"所以你的意思是？"

"那就接呗。"她只是觉得对于别人的一番好意，她总要给足人家颜面，不能那么不识抬举。

下午到了拍摄现场，侯若瞳都还没有找到机会问清楚宋堇晰就已经要开始准备拍摄了，化完妆出来的侯若瞳让全场的人包括宋堇晰都为之一震。

　　本来长相就比较成熟的她，化妆师再使出点化妆功力，再换上一身相称的服装，眼前这个只有十九岁的青涩少女摇身一变，便变成一个有十分成熟韵味的气质美女，成熟程度完全可以与安梵娜并驾齐驱。当然，这仅仅局限于外表。

　　拍摄完成后，双方都感觉满意，只要再进行一下后期处理，宣传广告下个星期就能准时出街。

　　离开时侯若瞳并没有与同事跟公司的车一起回去，而是让一个同事转告一声，自己先回去，目的当然是为了找机会擒住宋堇晰。

　　在侯若瞳看到他和朋友打了招呼准备离开，收拾了东西往外走时，侯若瞳便静悄悄地跟随其后，当宋堇晰走到楼层电梯口等待着电梯时，她才向他走近。在慢慢逼近的脚步声中，宋堇晰自然地转头探视，便发现了是她。

　　"我还以为你已经走了呢。"

　　"没有，等你呢！"她向他直言，没等宋堇晰回话，她又接着问，"你今晚有没有空？"

　　"有的，怎么了？"

　　"请你吃饭！"

　　"为什么要请我吃饭？"宋堇晰好奇地问。

　　"待会再告诉你！"她卖了关子，保持着神秘。

　　晚上两人到处于河边的一家西餐厅吃饭。吃饭的过程中两人都莫名地保持着沉默。侯若瞳明明有好多问题想要问他，但一时间又感觉无从开口；而宋堇晰心里也明明有着一些话要跟她说，但每次面对她却总是看似一副深沉的模样，寡言少语，一拖再拖，迟迟未曾说出。

　　吃过饭后，侯若瞳说了一句"陪我到河边走走吧"，宋堇晰回答"好"，两人便走到了餐厅下的河边散步。

　　Z市西江河两岸绿树成荫，岸堤整洁，点缀着许多城市雕塑。沿江有景观路、广场和公园，商铺成排，酒店林立，既有知名娱乐广场，广场顶端还坐落着一座全亚洲最大的摩天轮。附近还有环境优美的河畔小公园，在西江河上横跨着近十座风格迥异的桥梁，一桥一景，将自然景观和人文景观融为一体。还有游船供人们乘坐，让人们观赏到江河的美景。

江河两岸景色优美，夜晚华灯初放，一片火树银花，两岸的旖旎风光一览无余，是茶余饭后休闲散步的极佳地点。此时此刻两人就这样肩并着肩，沿着河边漫步，两双足印，如同共舞。

直到侯若瞳觉得累了，在河边的长木椅上坐了下来。河边特别容易惹起微风，一阵阵微风吹拂过她的身体，撩起她的长发，飘逸飞扬，这让平时爱穿着得格外单薄的她感觉有几分凉意，不自觉地缩了缩她本就纤瘦的身体。

而只是这么一个小小的动作，宋堇晰都能察觉到，他脱下了他的夹克披在她的肩上，就像上次那样。她还能隐约感觉到，夹克上依然氤氲残留着他身体的味道与气息。

侯若瞳的头悄无声息地轻轻地靠在了他宽广的肩膀上。

"宋堇晰，你为什么要帮我，你该不会是喜欢上我了吧？"侯若瞳柔和细语地问道。

因为正靠在他肩膀上的缘故，她没法看到此时他的表情神态，更没法从中套取到一些信息。而宋堇晰并没有做出任何回应，只是悄然恬静地坐在那，让她依靠着。

散步完后，宋堇晰把侯若瞳送到了学校门口。坐副驾驶位置的侯若瞳要提手解开安全带的扣子之时，却被宋堇晰阻拦了，他转身面向了她，凝眸细视着眼前这个女孩的面容轮廓。街灯昏黄的灯光照出一脸光晕，还燃亮了车内两人的视线。

"侯若瞳，我们在一起吧，自从第一次遇见你以后，我就一直忘不了你。"

如果有想靠近一个人的想法，那就请尽管放心地染指他。有意无意地频频出现在他的面前，这样你和他更进一步发展的概率会大大提高。如果他真的喜欢你，很快便会原形毕露，无论他曾经有一个爱得如何深沉的旧爱。

第十章 在一起

你是否能理解，对一个只有过一面之缘，并且已经有一年之久未曾谋面的人魂牵梦萦的那种感觉。听起来感觉有些荒诞，但绝非不可能。

此时此刻的侯若瞳也只是静谧凝睇着眼前这个说从一年前遇到她以后就对她难以忘却的男人。初遇时的侯若瞳根本连他的样子都没有看清，更不明了自己对宋堇晰到底喜欢与否。

"好。"在她没有搞清楚她心里的那些疑惑之前，她还是不假思索地答应了他，也许是因为很多原因，但一定不会是因为喜欢。

就这样，她和他在一起了，那个整整比她大了十岁的男人。十岁，一个美好而又模糊不清的距离。

不知不觉间，侯若瞳和宋堇晰在一起已经有一段时间。他们在一起不久后，宋堇晰就给她配了一套他家里的钥匙，于是平日除了工作和上课外，终日无所事事的侯若瞳经常有事没事地就往宋堇晰家跑，在他家不是看电视上网，就是吃东西睡觉。

而宋堇晰因为平时比较忙，根本没有闲工夫理她，就算侯若瞳把他家搅和得乱七八糟，他也拿她毫无办法。她提什么要求，他都会义不容辞地答应，尽量满足，像对待一个小朋友一样无比宠溺。这大概因为他们的年龄差距，这跟过去宋堇晰与安梵娜的相处方式是截然不同的。

在与宋堇晰朝夕相处的这段日子里，侯若瞳又更加了解了这个成熟的魅力男人。

有一次被侯若瞳细心地发现，他因为工作的事情烦恼，就自己一个人跑到三楼的天台，倚在围栏上抽烟。但她知道宋堇晞平时明明很少抽烟，她于是悄无声息地向他走近，伸出双手从背后环抱住了他，柔和细语，关切地问他"怎么了"。他只是低声说了句"没什么"，抓起她的手腕，轻轻将她拉到自己身旁，侧身抱住了她，久久不再放开。

有一次两人争吵关于健身和巧克力的问题。宋堇晞有定期到健身房健身的习惯，眼看着只管在家里吃喝玩睡的侯若瞳快要进化成懒猪，就借此让她陪他去健身。而侯若瞳这只大懒猪哪会那么轻易就乖乖从命，找诸多借口狡辩说出"哪有模特跑去健身的啊，练出一身肌肉，谁还会找我拍广告"这一说法，虽然是借口但并非完全没道理。

于是宋堇晞就开始质问她："那你又吃那么多巧克力，就不怕变胖没人找你拍广告？"然后侯若瞳嘚瑟地回答他说："我怎么吃都长不胖啊，你羡慕不来！"说完就晃来晃去再转圈，在他面前显摆炫耀她的好身材。

炎炎夏日，很多时候，侯若瞳都喜欢短背心、短裤，一身清凉的装扮出现在宋堇晞的家里；有时候穿着包臀的长T恤，她可以连裤子都不穿，满屋子晃来晃去，完全把宋堇晞当成了透明似的。

穿得如此引人瞩目在屋内就算了，有时候她居然还跑到庭院和天台上乘凉或干别的事。发现此情况的宋堇晞总是没好气地立马将她赶回屋内，有时她不听话，就只能来硬的，一把将她抱进去，然后千叮咛万嘱咐她以后不能再这样。这时的侯若瞳就会不满地噘起嘴，在心里嗔怨嘀咕着亏他还是个摄影师，明明是个搞艺术的人，怎么就那么保守专制又霸道呢。

久而久之，侯若瞳还渐渐发现，在那个米色玻璃吊柜里总是安放满一盒盒各种口味的巧克力，怎么吃也吃不完，根本就不是什么朋友送的，是宋堇晞特意买的。真正是朋友送的，大概就只是她最初看到的那几盒。其实侯若瞳明白，这只是因为她喜欢吃，所以他就了无间断地给她买，仅仅是因为她喜欢。

那天侯若瞳就在宋堇晞家里待到很晚，为了看一部电影。其实十点多的时候宋堇晞就已经说要送她回学校，只是被侯若瞳再三拖延说"我再看会，最精彩的时候呢"。用那台 70 寸液晶电视看着好看的高清电影，完全是场无与伦比的视觉盛宴，平日最多只能拿着笔记本在宿舍，用着全大学都在挤的龟速网络看电影是完全无法与之媲美的。

最后延时到了十二点多，宋堇晰还是坚持要送侯若瞳回去。虽然很多时候侯若瞳都在宋堇晰家待到很晚，但他却从来没有问过她要不要留下来过夜，这点让侯若瞳是抓破脑袋都想不出原因。

宋堇晰送了侯若瞳回到学校门口。每次下车前，她都不忘轻轻亲吻一下他的脸庞，然后道谢。

在两人挥手告别后，她才转身进去。等她走入了学校门口，他才启动引擎，开车掉头离开。

"若瞳。"就在侯若瞳拐入校道之时，有个声音叫住了她，是董和煦。

此时他就隐藏在拐角处，等到侯若瞳出现在他的视线范围内，董和煦急步向侯若瞳走近，一把用力抓住了她的手臂。他将她拉到了附近的会议报告厅内，顺手关上了门。

"你要干吗董和煦！"侯若瞳向他放声呵斥道。而董和煦继续走了几步，将她拉到了前排的某个座位，一下把她推倒在软座椅上，俯下身子，两手撑在软座扶手上，目的是为了封锁住她，令她无法逃脱，而脸庞向她慢慢逼近，看似想要吻她。

"我们不可能了，你死心吧。"侯若瞳撇过头去，躲避了他的吻，语气无比淡定自若。

"刚刚送你回来的人是谁，男朋友吗？"

"对呀，所以你没戏了！"

"他是什么人？"见侯若瞳没有回答，他又接着说，"不说是吗？你不说我也能查到。"董和煦与她贴得很近，呼出的气息在她的脸部周围氤氲。

"不用查了，你跟人家没法比。"她摆正了脸面对着他说。

董和煦听到侯若瞳这么说，看似一副看不起他的样子，立马就感觉不高兴了。他抬手抓过她的脸庞，稍微有些激动起来，眼盯着她，咬紧了牙，肌肉绷紧，用不屑的语气问："怎么没法比了？他能给你什么是我不能给的，嗯？"

"人家有钱有名誉有地位，你有什么？"对他说这句话的过程中，侯若瞳语气轻浮，且脸上露出一副鄙夷不屑的神情。

"呵，我明白了，终于看清你侯若瞳，不只有颗庞大的自尊心，还有颗肮脏无比的虚荣心。"他对她说的话嗤之以鼻，表示轻蔑，双手抽离，转身走出了报告厅。

第十一章　有意无意间的染指

从早上上课，到下课后去了一趟杂志社找蒋泺缌，一个上午下来，侯若瞳都感觉有种说不出的奇怪感，大胆假设，说白了就是总觉得有人在跟踪她，但回头放眼细细观察却没有发现任何异样。她心里曾经一度怀疑过是董和煦，因为除了他，大概没有其他人会做出这种神经质的事情。

准备离开时，走到杂志社前台待客厅，就看到安梵娜坐在那。见侯若瞳离开，安梵娜站起身，叫住了她，并问她是否有空，想与她谈谈。于是两人一同到了附近的咖啡馆坐了下来。

"听说，你们在一起了，在他跟我提出分手不到一个月的时间里。"是安梵娜先开口说的话。

"其实你想说什么，不如就直说吧。"侯若瞳回应她说。

"那你知道，导致我们分手的主要原因是什么吗？"通过安梵娜说这句话的表情神态看来，话里有着弦外之音。

"我没有兴趣知道。"侯若瞳一笑置之。

"是因为你，你是导致我们分手的第三者！"看来安梵娜是主观地说出了这么一个肯定的结论，试图令侯若瞳误会。

"我……呵，我真的不知道，当初我也根本没有想过要介入你们之间。"侯若瞳嬉笑着脸，淡然处之。

曾经有想过，他们分手是否是因为她的缘故，但她心里却有意将这个疑问忽略掉，也一直没有开口询问过宋董晰这个问题。

"现在你知道了，那就跟董晰分手吧。"安梵娜的说话声音里，多多少少都有着命令的语气。

看到侯若瞳没有说话，而是端起杯子，低头喝着咖啡，看似有意闪躲她的目光，她又接着说："怎么，不愿意吗？"

"也许那时候我是真的有意无意间影响到了你们的关系，但你不能把错误完全归结于我。导致这一结果，你们也有问题，你们也有责任，不是吗？"放下杯子后，侯若瞳继续保持冷静，沉着地与安梵娜表达着她的观点。

"你知道了我们分手是因为你，难道你还可以心安理得、若无其事地继续跟董晰在一起吗？"安梵娜提高了声线，放声质问着她。

"就算我和董晰分手，也不代表他就会跟你复合，你的要求，我是不会答应的。"

"呵，全世界都被你侯若瞳的外表给骗了，就连董晰也以为你是个单纯可爱的小女孩而已。我看其实不然，迟早有一天他会认清你的真面目。"安梵娜横眉冷眼地看着侯若瞳，用轻蔑的语气大发阔论着她自以为是的想法。又或许，她或多或少是说中了一些。

"对不起，我没有闲情在这里跟你探讨我的人品问题，我还有事，就先走了。"侯若瞳感觉已经不想再与安梵娜争吵下去，反正不会有结果的，拎起包，转身离开了咖啡馆。

而待侯若瞳离开后，有个人走进了咖啡馆，并坐在了安梵娜对面，也就是刚刚侯若瞳坐的那个位置。

"你是谁？"

"董和煦，是若瞳的前男友，我想有件关于若瞳的事必须告诉你。"

"什么事，你说吧。"

"其实她跟宋董晰在一起是为了……"

离开咖啡馆后的侯若瞳正准备回学校，谁料蒋泺缌打来了电话，问她离开杂志社了没。侯若瞳回答她还没走，在杂志社附近，蒋泺缌就让她回了趟杂志社，说又有一个案子负责人邀请她拍平面广告，让侯若瞳回去看看，双方洽谈一番。

自从拍了那个"近水楼台"的楼盘广告，侯若瞳的知名度大大提升，找她拍广告的广告商也源源不断。

回到杂志社，侯若瞳先去上了洗手间，在洗手间内侯若瞳听到了一些她不想听到的，公司同事的闲言闲语。

"欸，你有听说，侯若瞳和宋堇晰在一起了吗？"

"有听说呢，这是真的吗？宋堇晰不是和安梵娜在一起很久了吗？怎么又突然和侯若瞳在一起了啊？"

"他们分手了，听说是宋堇晰移情别恋甩了安梵娜。"

"不会吧，侯若瞳有那个魅力吗？我看是侯若瞳主动勾引宋堇晰爬上了他的床吧。"

"也有人这么说哦，我觉得也是。侯若瞳上位上得那么快，宋堇晰肯定暗地里帮了她不少。"

在整个与广告方洽谈的过程中，侯若瞳都一副心不在焉的样子，因为知道了自己真的是导致两人分手的原因，而且还影响到了工作，引来了不少人闲言闲语后，侯若瞳有过是否应该要重新考虑审视她和宋堇晰之间的关系的想法，即使她本是个我行我素的人，根本不会在乎别人对自己看法。

虽然到最后还是成功地接上这通通告，但事后，蒋泺缌也发现了她的不妥。在从侯若瞳口中确认了两人真的在一起的事实后，也没有过多盘问。以工作伙伴的角度，蒋泺缌从来不干涉侯若瞳的私人感情，但以朋友的角度，蒋泺缌觉得必须搞清楚他们之前发生了什么，所以蒋泺缌约了侯若瞳晚上在 Waiting Bar 见面。

谁知，蒋泺缌因为工作的缘故来晚，在她来到酒吧的时候，侯若瞳就已经喝得烂醉，并早已跟林陌洵吐饱了苦水。最后，蒋泺缌只能在林陌洵口中了解情况，而林陌洵给蒋泺缌大概讲述了刚刚的情境。

"若瞳，有什么不开心就说出来，别只顾着喝酒啊。"看着侯若瞳一直拿着酒杯往嘴里灌酒，林陌洵轻摇了摇她的肩膀说。

"我……我……"她欲言又止。

"原来他们分手，真的是因为我。"侯若瞳托起腮帮子无奈地说。

"你在说什么若瞳，这个你怎么知道？"

"安梵娜告诉我的，其实我自己一早也有怀疑过这个可能。"说到这里，侯若瞳又往嘴里灌了一杯。

"你有没问过宋堇晰？安梵娜的片面之词不能全信吧。"

"问他？呵呵问他……我一直没有开口问他，就是因为不想听到那个肯定答案，要是他告诉我，'是啊，就是因为你'，我该怎么办，立刻跟他分手？"她自问自答地给林陌洵讲述着她的内心感受。

"其实也没什么大不了的，不就是分手而已吗。反正最初我也不是因为爱他才跟他在一起，就算我现在对他算是有了那么一点点感情也罢。"侯若瞳大概已经被醉意冲昏了头脑，说话都有些含糊其辞，不知所云。

"若瞳你在说什么，我怎么都听不懂啊？"看着侯若瞳这副难过的样子，林陌洵也不禁皱起眉头，为她感到揪心。

"反正现在我决定了，不管怎样我都是不会离开宋堇晰的。因为我现在发现，跟他在一起实在有太多意想不到的好处，而且上位上得特别快，呵呵。"说完侯若瞳就放下了酒杯，头磕倒在台面上，呼呼大睡过去。

第十二章　危险关系

下午时分，蒋泺缌约了侯若瞳到杂志社，说要跟她谈谈下期 Janice 杂志关于她的专栏细节。蒋泺缌还介绍了卓弥给侯若瞳认识。

那个身量高大、面色白皙的少年，浓眉下的一双大眼睛格外有神，高挺笔直的大鼻子，双颊深陷，面部轮廓凹凸有致，头发像春天里的嫩草一样柔细，金色的卷发顺着光洁的额角波浪似的披垂下来，金发碧眼，一看就知道他是个混血儿。

卓弥是刚与 Jan 杂志社签约的男模特，在下一期杂志中将会与侯若瞳合作拍摄一个品牌情侣对表的平面广告。两人握了握手，相互点头问好，就这样正式认识了对方。

离开杂志社，侯若瞳和林陌洵约好了晚上一起吃饭。吃饭的过程中，侯若瞳还向林陌洵提起了卓弥，那个阳光帅气的混血少年，因为侯若瞳知道，林陌洵一直特别喜欢欧美范明星，而卓弥是个混血儿，长得还如此出众，一定会是林陌洵喜欢的口味。

知道了侯若瞳迟些会与他合作拍平面广告，林陌洵欣喜若狂地说到时候要跟侯若瞳到现场观摩。过去林陌洵无聊时也总爱跟着侯若瞳到摄影现场看看帅哥，只是最近的一段时间，因为看腻了，还总要陪男朋友，所以才去的少了。而林陌洵和蒋泺缌也是认识的，只是站在一旁静静地观摩下摄影工作，也没什么不可的。

与林陌洵吃过饭后，侯若瞳说要去找宋董晞，于是两人就在饭店门口分别了。

在去他家之前，侯若瞳还特意去买了夜宵和甜品。去到宋董晞家的时候，屋内是一片漆黑，只有二楼的房间亮着灯。侯若瞳放下了东西，蹑手蹑脚地上了二楼，走进他的房间，依然不见他的踪影，最后听到了房间隔壁浴室里哗啦啦的流水声才知道，原来他在洗澡。

不久后听到水声停止了，侯若瞳就悄无声息地埋伏在浴室门外，就在宋堇晰开门走出的一瞬间，侯若瞳二话不说就一下扑到他身上，抱住他的脖子，在他脸上的各个部位狂亲了几下。

"是不是很惊喜呢！"侯若瞳对着被吓呆的宋堇晰莞尔一笑。

刚洗完澡，他只穿着一条黑色休闲长裤，半裸着上身，结实的肌肉与姣好的身材曲线毕露无遗，略微凌乱的湿发还时不时滴出水滴，性感至极，惹人陶醉。

"我都被你吓坏了，过来怎么不先说一声。"宋堇晰一把搂过她的腰，与她一起缓缓下了楼。

"我……路过，不小心路过。"

"路过还会特意买宵夜，嗯？"两人在沙发上坐了下来。

"趁热吃吧，这家甜品店的东西挺好吃的。"说着侯若瞳一边拆开包装袋。

"听说你前天喝醉了。"宋堇晰坐直了身子，面向了侯若瞳，一副正言厉色的表情。

"你怎么会知道？"听到宋堇晰这么说，她瞬间敛容屏气，心里也开始有所紧张起来。

"泺缇告诉我的。"

"那你知道什么了吗？"侯若瞳小心翼翼地试探着问他。

"她告诉我，安梵娜跟你说因为你我们才会分手，你知道后很不开心，还跑去喝酒。"说完他起身套了件T恤，走进了厨房。

"我……"侯若瞳想开口说点什么解释，但却欲言又止。

"你心里有疑惑为什么不直接问我，而是从别人的口中得到一个分不清真假的答案，还傻傻地信以为真，把自己弄得那么不开心。"宋堇晰背对着她，在厨房的橱柜里取了两个杯子倒了水。从他语重心长又严肃的语气里，怎么听都感觉他有几分生气。

"你生气了吗?"侯若瞳也跟着站了起来,慢慢往厨房走去。

"我为什么要生气?"宋堇晰话音刚落,就被侯若瞳伸手从后面紧紧抱住了他的腰,她侧过脸依偎在他宽广的背上。

"对不起,我一直没有问你是因为我害怕听到不想听到的答案。只要我永远不知道答案,我依然可以心安理得继续跟你在一起。你不要生气了好吗?"她一边用发嗲的声音向他解释,手隔着衣服一边摩挲着他那结实的胸肌,力图平息他心里的怒意。

过了几秒,宋堇晰转过身来将她裹入怀中吻她,随后在她的耳边轻声解释:"我跟她分手不是因为你,我也不是个喜新厌旧的人。很早就发现我和她之间存在着许多问题,没有办法继续下去。"

"嗯,我明白了。"她的脸埋在他的胸膛,点了点头回答。

你是否有想过,那个现在看似很爱你的人,哪天也有可能会背叛你。他可以无条件地对你好,或许不是因为爱,而是他一开始就对你另有目的。

在这个前提下的两个人在一起,多多少少都会对对方有所隐瞒,无论两人是多么亲密无间的伴侣。至于隐瞒什么,当然是刻意隐瞒的。心里那一个不可触碰的部分,一旦触及,其中一方便会被对方伤害得体无完肤,两人间的感情也被对方真实的影子切得支离破碎,两人的关系也会在刹那间土崩瓦解,无法挽回。而现在他和她之间无疑存在着这样一种危险关系。

第十三章　爱与不爱之间

最近一段时间，侯若瞳和宋董晰都很少有机会见面，两人都各自忙着自己的事情，侯若瞳更是一连串接了多通通告，每天在课室、杂志社、摄影场地之间奔波。但即使再忙，他们也会抽出时间每天至少给对方打一通电话，保持着彼此间的感情联系。

那天侯若瞳就要在背景摄影棚里和卓弥拍摄那个品牌情侣对表平面广告，林陌洵也真的屁颠屁颠地一起跟去了。在摄影师、灯光师、工作人员都在忙碌地做着准备工作时，侯若瞳也在化妆间化着妆，林陌洵就在隔壁陪伴着她，等待着机会能目睹那个侯若瞳口中的混血儿帅哥。

而不久后，林陌洵终于瞄到了卓弥拿着道具服装进入了更衣室更换，一直到他出来后进入化妆间等待化妆，全过程林陌洵都一副眉飞色舞的神情，目不转睛地一直盯着人家看。侯若瞳从化妆镜中看到了林陌洵那色迷迷的眼神，忍俊不禁地笑了出来。

只见站在那的卓弥似乎不大会打身穿的那件白衬衫所配套的蓝色领带，一直在胸前鼓弄着，却怎么也没能如愿地打出个好看的形状来。见此情况，林陌洵灵机一动想起自己会打，便径直了身子走到了卓弥的面前。

"不如，我帮你吧。"林陌洵对着卓弥莞尔一笑，柔声细语地跟他说。

"好，谢谢。"卓弥大概对这位忽然出现在他面前，还要帮自己打领带的美丽女子感到有些愕然。

"请问你是？"卓弥问。

"哦，我是杂志社的工作人员！"林陌洵自然而然地回答了他，却是佯装得像模像样，不知道的话还真会被她骗到。

林陌洵以打领带之名，就这样靠近了卓弥，而他也只是静静凝视着她低垂的眼帘和为自己认真打着领带的样子。明明是初次谋面的两人，竟可以有种如此暧昧不清的感觉。

　　在林陌洵轻声和卓弥说"好了"以后，他还特意问了她叫什么名字，而林陌洵也大方自然地回应了他。

　　完成了广告拍摄工作后，已经是下午五点多，侯若瞳和林陌洵一起离开了摄影场地。临走时，林陌洵还不忘微微一笑，挥手与卓弥道别。

　　"怎么样小花痴，没介绍错吧？"侯若瞳得意扬扬地扬着眉对林陌洵说。

　　"他真的好帅，很合我口味！"林陌洵喜上眉梢，兴奋地扯着侯若瞳的手说。

　　"在你对人家展开角力追逐攻势之前，首先趁早把你那个虽然有点长相，但没钱，关键还花心的男友甩了，知道没。"她甚是认真地嘱咐着林陌洵，不知道她是认真的还是开玩笑。

　　"你说到哪去了，我是真的爱我家成成。"

　　"据我所知他已经栽在花心上不止一次了，每次你都哭哭啼啼地要我安慰你一整晚好吗？"因为过去林陌洵总能从她男朋友的手机中看到他与别人发的暧昧不明的信息，有几次还在外面目睹他与别的女人走在一起，搂抱亲热的情景。

　　一哭二闹三上吊，林陌洵统统试过，但他那个薄情寡义的花心男友还是死性不改。侯若瞳早就奉劝过林陌洵与那种人分手，越快越好，但林陌洵就是不听。因为她舍不得他，即使花心，但他对林陌洵可以照样关怀备至，体贴入微，总能让林陌洵感觉到他无可挑剔的好。毕竟三年的感情，怎么可能说不要就不要。

　　平日里在路上，两人本说好晚上一起吃饭，随着林陌洵家的成成来的一个电话，林陌洵就可以立即将侯若瞳抛之身后，不顾一切地去追随他的影子，被他呼之即来，挥之即去。

　　虔诚奉献，屡屡退让，凡事都替他设想，也许他就是看上了林陌洵这一点，才一直不舍得对她放手。错就错在林陌洵对他的死心塌地，他一呼即来，这般帖服得像个奴才。

角力追逐无疑是男士们最喜爱的玩意，越难就让他觉得越有挑战性，越有满足感。谈情未免要耍耍把戏，他越是要征服，女孩确实越不该急于乖乖地被他制伏，无论有多喜欢。

有时候对一个人过分认真，爱得过分坦诚，反而会令情人感觉负重。这是恋爱中的恶习，正是使双方感情命不久矣的撒手锏。

林陌洵离开后，只剩下侯若瞳一个人在那静静地发呆，这时候她想起了自己已经许多天没有和宋堇晞见过面，提手看了看表，心想说不定这个时候他会在家。

当侯若瞳进入到他家的时候，发现屋内依然是空无一人。其实在他们没有见面的这几天里，侯若瞳曾数次像这样悄无声息地进入宋堇晞的家，只是发现他并不在家，随后转头就离开了那。

事后也没有打电话问他在忙什么，没有提出再怎么忙也要抽空见面的要求，也从不告诉他自己来过他家。每天保持的电话联系，也只有短短的几分钟时间，如果宋堇晞没有主动问起，她也从来不会跟他讲述透露太多自己的事情，当然也从不过问他的私生活。

不是因为对他有足够的信任，或许是因为爱得不深？又或许是因为，侯若瞳知道应该用一种怎样的方式和宋堇晞相处，一种若即若离的方式，而不是像林陌洵那样，死心塌地地追逐。

今天侯若瞳没有急于离开，而是在沙发上慵懒地睡了下来。这几天的忙碌，使她感觉累坏了，睁眼看着那白玉无瑕的天花板，屋内万籁俱寂，没有一丝嘈杂的声响，不知不觉间侯若瞳就这样窝在沙发里深沉地睡去了。

不知道睡了多久后，她感觉有人拨弄着她脸颊上的发丝。迷糊中睁开了双眼，发现是宋堇晞，他正坐在沙发边上，静静凝睇着她的睡颜。

"你回来啦。"侯若瞳慵懒的声音，轻声嗫嚅着说，一边伸手去抚触着他的脸颊。

"嗯。"一声低声回应后，宋堇晞一只手捧住侯若瞳的脸，俯下身子，开始温柔细腻地吻她，而她的手也搂过他的后脖子，手指穿插入他的头发内，驯服顺从地被他亲吻着。

对于他那突如其来的抚慰，侯若瞳完全无可抗拒，因为宋堇晰识趣地趁着她睡意蒙眬这一难得的时机，此时即使宋堇晰对她做任何事，想必她都一样毫无抵抗力。

随后宋堇晰的双唇缓缓抽离，移至了她的右耳处。

"有没有想我，嗯？"他的声音有些沙哑，低声细语地在她耳边问。

"嗯，想呢。"她轻声嗫嚅着回答他。

"晰，不如我们去吃饭吧，我饿了。"侯若瞳忽然间意识到自己不能再继续陶醉在他的抚慰里，虽然这非常让人感到意兴阑珊，但她不得不这么做。

"好，起来吧，等我会儿，上楼放下东西。"说完他亲吻了下她的额头，起身走了上楼。对于她不想做或者暂时还未想要做的事，他都是从来不会勉强她。

第十四章　你说，因为你爱我

　　从来没有想过，侯若瞳、宋堇晰还有安梵娜三个人，会碰巧同时出现在杂志社里。庆幸的是三人并没有尴尬地正面碰个正着，而是相互交织联系间，看到或是听到了自己本不想知道的事情。

　　那天蒋泺缌约了侯若瞳下午三点在杂志社进行拍摄，当她到时，上一档在摄影棚里进行的拍摄才刚刚完成。侯若瞳无意间瞄到了现场摆放着的那台笔记本电脑里打开着刚刚拍摄照片的效果图，好奇走近看看，看清了照片里的人是安梵娜。翻了几张照片看了下，发现这辑照片的摄影风格颇为熟悉，问了下同事，原来摄影师是宋堇晰。侯若瞳想找到宋堇晰跟他打声招呼，特意问了同事他离开了没，同事说没有，看到他和安梵娜一起向工作室的方向走去了。

　　"堇晰，其实侯若瞳跟你在一起是因为钱，觉得你在她的事业上能帮到她，她根本不是真心爱你。"安梵娜把宋堇晰拉到了人烟稀少的摄影设备室里，紧张地抓起他的前臂，认真地跟他说。

　　"呵，安梵娜，你在说什么……"宋堇晰轻嗤鼻冷笑了一声，大概对她说的话感到有些莫名其妙。

　　"是他的前男友告诉我的，侯若瞳亲口跟她前男友这么说，你不要被她的外表给骗了。"

　　"无凭无证，这让我很难相信你所说的话。"宋堇晰撇过头去，对她的纠缠感到有些不耐烦。

　　"她真的不是你想象中那么天真，她接近你是有目的的。"安梵娜再一次严肃地跟宋堇晰强调这一回事。

"跟我说这些，你不是也一样有着目的?"宋堇晰转过头厉眼注视着她。

"有啊，当然有，因为我还很爱你，不想你受到伤害，难道你这都不懂吗?"

安梵娜语重心长地跟他说，流露出真情实意的神情，希望他能明白自己的苦口婆心。

侯若瞳向工作室的方向走去，一路上四处眺望寻找着宋堇晰的身影，终于在工作区的设备室里头，发现了两人的踪影。当侯若瞳轻快地向设备室走近，想轻声喊出他的名字之时，透过那块被窗帘遮挡了只剩下一条略宽夹缝的透明玻璃，侯若瞳看到了里头两人紧紧贴近在一起的身影。她蹑手蹑脚地走到玻璃前，眼睛贴向了那条空隙。

这一刻的侯若瞳亲眼看见，安梵娜正双手环抱住宋堇晰的腰间，仰头吻了他一下。看到这里，侯若瞳撇过头去，深邃的眼神淡然掠过一丝忧愁，像骤然而下的雨，仿佛若有所思，随后她转身离开了那。

"不管事实如何，我们都已经不可能了，明白了吗?"当安梵娜想要再一次吻向宋堇晰的时候，他两手抓起她的肩膀，轻轻推开了她，然后义正词严又坚决地告诉她。

随后，宋堇晰也转身离开了设备室。只剩安梵娜在那，看着宋堇晰转身离开的背影，她闭上眼睛，深吸了一口气，心有不甘地咬起牙关，愤愤不平。

侯若瞳拍摄完毕，向蒋泺绲打了声招呼，准备离开杂志社，走到待客大堂时，才发现宋堇晰还没有离开，此时他就坐在沙发上，不知道在等着什么。

"晰，你怎么还在啊，在等什么?"侯若瞳向宋堇晰走近，好奇地问。

"等你啊，你忘了我们今晚有约?"宋堇晰站了起身，背起了他的摄影器材背包。

"啊呵，是哦，没忘，当然没忘。"侯若瞳颇有些不自然而又尴尬地回应着他，其实她明明就忘了。

"走吧。"宋堇晰揽过她的后腰，领着她，两人一起走出了杂志社。

"若瞳，其实刚刚……"在他们上了车后，宋堇晞想开口问侯若瞳些什么，但却欲言又止。

"刚刚怎么了？"侯若瞳转过头来看着他的侧脸，重复回问了他。

"还是没什么了，一起先回家一趟，我放下东西。"

"好。"她轻声回应了他。宋堇晞快速启动了引擎，开车绝尘而去。

明明对方就在自己的身旁，却感觉隔着天与地之间般遥不可及的距离。明明两人心里，都对彼此有着大大小小的疑惑，却选择隐藏在心，闭口不言，继续在对方的身边若无其事地饰演着好伴侣这一角色。

到底是因为他太爱她，还未曾爱够了她，又怎么会舍得放手。还是因为她太不在乎他，所以根本不会介意他是个怎样的人，即使看到他与别人亲吻，也选择伪装不知。

或许两人都从来不敢假想，若失去对方会是什么感觉，所以才能心地善良到如此地步，不顾一切地包容对方的所有不是。其实这样的两个人在一起，真的非常需要靠演技，伪装不知，练习温柔，才能把这一出好戏永无止境地演下去。

宋堇晞约好了侯若瞳，晚上一起出席他朋友在自己家的大别墅举办的生日派对，宋堇晞是想趁这一次机会，把侯若瞳介绍给他的朋友认识。其实大家都好奇，宋堇晞的新欢到底长得何等模样，使他就连样貌、身材都无可挑剔的名模安梵娜都可以抛诸身后。

两人去到他朋友家的时候，许多宋堇晞的男性朋友就热情似火地围着侯若瞳打转，拎了侯若瞳和他们一起喝酒玩游戏。而这种场面，对于见惯了世面，平时就泡吧泡惯了的侯若瞳来说，无疑完全可以应对自如，很快便能融入他们之中。

而宋堇晞的朋友们，对比高傲自满、自命清高的安梵娜，当然一下子就喜欢上这个活跃又能玩的侯若瞳。

玩到最意兴高涨的时候，甚至还疯到输的人不单要喝酒，还要脱一件衣服。这对本来就穿着单薄的侯若瞳来说显得特别吃亏，但被酒精麻醉得兴奋又迷糊的侯若瞳却二话不说就爽快地答应了。就在她都快脱光的时刻，幸好宋堇晞及时赶到，给侯若瞳披上了他的夹克，在她耳边低声跟她说:"侯若瞳你喝醉了。"随后,给大家丢下一句"你们继续"后,他就拉着侯若瞳到了屋外的庭院。

"宋堇晰你放开我,我没醉!"侯若瞳挣脱着宋堇晰搂着她的手。

"先送你回家。"他冷冷地说。

"不要,我要喝酒。"说完她转身步履蹒跚地往屋内的方向走去。宋堇晰拿她没办法,一把抱起她,走出了朋友家,将她抱入了车内,自己也上了车,启动引擎,往他家的方向开去。

安全回到他家后,宋堇晰扶着侯若瞳到他的房间内,当他正要松开手,把侯若瞳安置在床上时,她却忽然间转身,面对面环扣住了他的脖子。

"宋堇晰我很清醒,清醒到我还清楚记得,当初我为什么会跟你在一起。"侯若瞳轻声说话,呼出的气息在他的脸庞周围氤氲。

"为什么?"他问。

停顿了半响后,侯若瞳并没有回答他,而是抱着他的脖子,微微踮起脚尖吻他。他也紧紧地抱住了她,爱意渐渐释放开来。

他再一次低声细语地重复问她:"为什么?"

"因为你有钱。"她在他耳边低声呢喃吃语着。

在那一刻宋堇晰停下了他所有的举措,只是用手搂过她的身体,脸埋在了她的颈窝位置,咽了下喉咙,一下又一下深深地呼吸着。汹涌澎湃的心跳也渐渐缓和下来。

第二天早上醒来,侯若瞳发现她只是自己一个人睡在宋堇晰的床上,盖着薄被单,而且身上的衣物都依然完好无缺,她就知道,昨天晚上她和宋堇晰什么也没有发生。侯若瞳洗了个澡后下了楼,看到宋堇晰刚从厨房走出,还做了早餐。

"起来啦,过来吃早餐吧。"他把早餐放在饭厅的饭桌上。

"哦,好。"侯若瞳走到饭桌前坐了下来。

"昨天晚上都发生什么事啦?"侯若瞳转过头来问宋堇晰。

"你喝醉了,我送你回来后,你还问我,知不知道为什么你当初会跟我在一起。"宋堇晰淡淡地跟她讲述着。

"那我说什么了吗？"听他这么说，侯若瞳瞬间闻言色变，她的心也随之紧张得怦怦直跳。

"你说，因为你爱我，然后你很快就睡着了。"在说这番话的过程中宋堇晰依旧异常淡然，脸上没有透露过一丝异样的表情。

"哦，是吗？"这时侯若瞳才松了一口气，但同时心里又略感奇怪。

"明天我会去 A 国探望我爸妈，一个月后回来，照顾好自己。"他说。

"嗯，好，记得给我打电话。"之前她就有听宋堇晰提及过他要到 A 国看望他父母这件事，只是没想到明天就出发，给人感觉如此迫切。

第十五章　过去的家

　　某天，侯若瞳和林陌洵在宿舍里讨论去哪玩的时候，手机响了起来，手机屏幕上显示着那个久违的来电称呼——"爸"。
　　"喂。"
　　"若瞳，你在学校吗？"
　　"在，什么事？"
　　"我很快就到你学校门口了，出来吧。"
　　"哦，好。"侯若瞳每次和她的父亲通电话，都没有办法说太多。
　　走到大学门口的时候，侯若瞳一眼就认出坐在车里她曾经是那么熟悉，但如今又陌生得可以记不起的面容。侯若瞳走了过去，打开车门，坐进了副驾驶的位置。
　　"有什么事吗？"
　　"最近好吗？"侯若瞳的爸爸问。
　　"好极了！"她冷冷地回答。
　　"半年的生活费刚刚打到你卡里了。"
　　"哦，以后不用了，我自己会赚。"
　　"别把自己累坏了，有空去看看你妈吧，她很想你。"她的爸爸偶尔转过头来看看她，但她由头到尾都没有撇过头去看她爸爸一眼。
　　"有空再说！"侯若瞳跟她爸爸说话的语气总是这般冷若冰霜。
　　见他没有再说话，侯若瞳又接着说："没什么事，那我就先走了。"说完侯若瞳就打开车门下了车，头也不回地走回学校。
　　侯若瞳每次和她爸爸见面都是这样一副漠然置之的态度，总是用最短的时间，冷言冷语地结束每一次的会面与谈话，也很久没有称呼过他一声"爸"。

若问侯若瞳为什么会变成这样，那就要从她的家庭开始讲述，侯若瞳那个现在已变得支离破碎的家。

以前侯若瞳的家庭，经济富裕，家庭美满。小时候的她，在温室中成长，在父母的溺爱中长大，在她的父母还没有离婚之前，侯若瞳是被他们捧在掌心之中的瑰宝，他们的心肝宝贝。

她上初中时，她爸爸的公司在周旋间勉强维持了几年的时间，最后还是宣布破产。家里的生活开始要面临各种困难，感觉一家人就在一刹那从天堂跌入了地狱。

侯若瞳在家的时间，都在父母的吵架和互相埋怨声中度过。因为她爸爸变得一无所有，她妈妈大概一时无法接受这种天差地别的落差，最后选择与她爸爸离婚。

殊不知这个家，就此瞬间坍塌，土崩瓦解。

她母亲很快又与另一个男人结了婚。听说那个男人的年龄比她母亲要大上许多，而她母亲选择嫁给他的原因，在侯若瞳看来，大概是因为他有钱。侯若瞳一直认为她母亲觉得把她带在身边只会碍手碍脚，甚至妨碍到她继续追求自己的幸福，所以才会毫无争辩地让侯若瞳跟爸爸生活。

而她的父亲，幸运地遇到了那个即使他那么落魄，一无所有，也依然愿意跟随他，与他共患难的女人。

所以在侯若瞳上高中和大学时，她爸爸都替她选了生活环境、宿舍等各方面都比较好的住宿学校就读，除了定期给她生活费以外，和她很少会面。

在离婚后，他们为了自己，为了自己的爱情，都各自重新组建了家庭，有了自己的孩子，只剩下侯若瞳一个人。她曾经是他们的宝贝和整个世界，可是忽然有一天却变得什么都不是了。

直到今时今日，侯若瞳还清楚记得，在她父母吵架的时候，她妈妈曾经说过"你现在什么都没有了，还凭什么给我幸福，给若瞳幸福？"这么一句话。就在那一刻，侯若瞳深深体会到，这个辛苦建立的家，因为没有钱，就这么轻易地土崩瓦解了，花费过多少时间和心思去经营，彼此间有着多少感情存在都没有用。

她也终于明白物质不管对一个人，还是对一个家庭来说，都是不可缺少，甚至比爱情，比亲情重要。

那天在摄影现场，侯若瞳和卓弥又再次合作一起拍一个平面广告，在拍摄工作完成后，卓弥很直接地约了侯若瞳晚上一起吃饭。路上卓弥问起侯若瞳为什么没有见到上次帮他打领带的工作人员林陌洵，是否因为杂志社工作太忙，她没有参与这次的拍摄广告工作。

听他说到这里，侯若瞳忍俊不禁地笑了起来，跟卓弥解释其实林陌洵不在杂志社工作，是她的朋友，那天林陌洵只是陪自己去杂志社拍摄。至于为什么要跟去，侯若瞳想了想后，觉得还是不要告诉卓弥比较好。

"哦，原来她是你朋友。"这时，卓弥才恍然知道，原来是这么一回事。

"对呀，怎么样，你对人家有意思？"侯若瞳不怀好意地跟卓弥开着玩笑说，又起切好的那一小块牛排送到嘴里。

"嗯……其实……"卓弥低着头有些害羞，嗫嚅着，欲言又止。

"其实她有男朋友吗？我确实对她有意思呢。"他终于承认了那一个事实，侯若瞳也瞬间恍然大悟卓弥今天请她吃饭的原因。

"她有个交往了几年的男朋友！"侯若瞳毫无隐瞒的意思，直接跟他坦言了。

"哦，是嘛，那就没办法了。"卓弥又继续低头吃着东西，露出失望的神情，大概他心都凉了半截。

"不过，他们存在着许多问题，我觉得你更适合林陌洵。"

"真的吗？那你是否能帮我？"

"尽管试试！"侯若瞳爽快地答应了他。其实她早就看不惯那个薄情郎阿成，她觉得这是难得的一次让林陌洵可以彻底摆脱阿成的机会。

吃过饭后，侯若瞳和卓弥就在饭店门口分别了，随即侯若瞳立马给林陌洵打了电话，说约她在 Waiting Bar 见面，有事跟她谈。但林陌洵却说不去 Waiting Bar，改成了 Forget It Bar。侯若瞳知道为什么要去那家酒吧，因为阿成平时就最喜欢去那家酒吧玩。

侯若瞳去到 Forget It Bar 的时候，在酒吧转了一圈才找到林陌洵，她神秘兮兮地缩到了一个隐蔽的角落位置，侯若瞳坐了下来后，发现林陌洵还一直时不时往门口瞟去，像个狩猎者，等待着狩猎目标的出现，仔细静观默察着。

正当侯若瞳要问林陌洵到底在干什么，想跟她提起卓弥的时候，"他来了。"林陌洵说，声音压得很低，还是没有转移她的视线，继续死死盯着那个方向看。

侯若瞳也转过身子，顺着林陌洵的眼光望去。只见阿成缓缓走入了酒吧，还搂着一个穿着性感的女人，他们走到最近的空桌上坐了下来，跟服务员点了酒后，阿成继续转过头搂过那个女人的腰，亲密地贴近她的脸庞，与她交头接耳谈着悄悄话。两人坐在一起紧紧相贴，阿成时不时还凑到她嘴边吻她。

目睹这一幕的林陌洵，大概已痛彻心扉，皱起眉头，抿起嘴紧咬着牙，一副欲哭无泪的样子。侯若瞳一下站了起来，在她想要走到阿成面前要跟他理论一番时，却被林陌洵抓住手臂阻拦了。

而后林陌洵提起步子，迅速往酒吧门口走去，侯若瞳也紧跟在她身后。走出门口之时，侯若瞳还回头瞟了一眼阿成，因为他把心思和注意力都全部放在了那个女人身上，以至于林陌洵和侯若瞳就恰恰在他身旁不远处经过，他也并没有发现。

两人一前一后离开了酒吧，林陌洵在前方走着，在那盏周围氤氲弥漫着昏黄色灯光的街灯下，侯若瞳从林陌洵的背后看到她提起手擦拭眼泪的动作。

"林陌洵，还有什么好哭的呢，你明明知道他是这样的人啊，而且那种情景你又不是第一次看到，不是早就司空见惯了吗？"侯若瞳追上了林陌洵，两手抓着她的胳膊说。

"我已经很长一段时间没有看到他在外面鬼混了。他之前答应了我会改的，我还傻傻以为他是真的改了。"说到这里，林陌洵已哭得梨花带雨。

"你没有看到不代表他没有做，傻瓜才会相信那种人会改。"

"若瞳,那我还要原谅他吗?"林陌洵带着哭腔含糊地问她。

"原谅什么,跟他分手!"侯若瞳说完这句话后,林陌洵却哭得更厉害了。

"林陌洵你听我说,当你遇到一个比他要好几百倍的人时,你就会发现你为那种人流泪,是一件多么愚蠢的事情。"说到这里,侯若瞳更是铁定心思要想办法撮合卓弥和林陌洵两人。

第十六章　善意的谎言

"对了，林陌洵，上次工作完，卓弥说要约你吃饭。"在宿舍内的侯若瞳，用最平复自然的表情甚是认真地跟林陌洵说。

"你开玩笑的吧若瞳。"林陌洵啃着吃了一半的零食，瞠目结舌地看着眼前的侯若瞳。

"骗你干吗？他没有你的号码，就找我约你咯。我已经替你答应他了，来记下他的号码你们自己联系。"坐在床上的侯若瞳提起手机要翻出卓弥的手机号码。

"哎呀，你怎么就替我答应他了呢！"林陌洵激动得起身跑到了侯若瞳的床上，用她刚吃过零食的脏兮兮的手发狂似的拍打着侯若瞳的被褥。

"有什么关系，你不是很喜欢卓弥吗？反正你都要跟阿成分手了不是？"侯若瞳立马拿开了她的手，平心静气地跟她说。

"我都还没考虑好呢，他知道我有男朋友怎么办？"

"我告诉他你没有男朋友，到时候约会别露馅了哦。"侯若瞳挑了挑眉，双唇微微一抿，露出一个不怀好意的笑容。

"什么啦，你怎么都帮我安排好了，我都还没决定去不去。"林陌洵在她的床上不断翻滚捣乱，耍赖着。

"林陌洵你去不去？"侯若瞳斜着眼，装出一副恶狠狠的表情盯着她。在侯若瞳犀利的眼神威逼利诱下，林陌洵只有怯怯懦懦地答应了她。

第二天傍晚，卓弥就准时来到学校接林陌洵。在林陌洵出门前，侯若瞳看着从卫生间走出来的林陌洵身穿那一身T恤牛仔裤休闲装，配球鞋，还扎起了马尾，就立马把她给叫住了，可翻了林陌洵的衣柜发现居然一条裙子也没有。

侯若瞳没好气地从自己柜子里抽出一条黑色纯棉连身短裙让林陌洵换上，还替她化了淡妆，散下了她的过肩长发，换上与裙子相搭的高跟鞋。经过侯若瞳的精心打扮，林陌洵果然比刚刚的学生妹装感觉美丽又有气质多了。

在林陌洵离开后，侯若瞳就给卓弥打了通电话，告诉他林陌洵已经下了楼，还有就是，叮嘱他最后送林陌洵回到学校门口的时候，必须做一件事。

因为侯若瞳早已将关于林陌洵的许多事告诉了卓弥，譬如她喜欢吃什么，喜欢做什么，去什么地方，看什么类型的电影，讨厌什么，卓弥都知道得一清二楚。这样一来，卓弥要给林陌洵安排一个令她感觉浪漫又满意的约会，就更是易如反掌了。

到了晚上十一时许，卓弥准时把林陌洵送回到了学校门口。

"谢谢你，我今天很开心。"林陌洵仰起头对着卓弥嫣然一笑。

"还会有下次吗？"卓弥问。

"嗯，当然。"看着眼前这个人俊美的面容，林陌洵笑容依旧，心中的喜悦根本无法停歇。

在分别之前，卓弥轻轻抓起林陌洵的胳膊，俯下身子，向她的眼帘缓缓凑近。林陌洵也瞬间敛容屏气，大概猜到他将要对她做什么。卓弥侧过头在她的唇上蜻蜓点水般留下轻轻的一吻，点到为止即抽离。

"卓弥，其实……其实我有个交往了三年的男朋友，我还没有跟他分手。"林陌洵大概是被他的一吻弄得心慌意乱，俯下头，低声细语地跟卓弥坦言。

"没关系，我知道，若瞳都告诉我了。我愿意等你，等你处理完你和他之间的关系后，我就会开始正式追求你。"卓弥深情款款地向她承诺道。

"我走了，你快进去吧。"

"好，拜拜。"两人挥手告别后，看着林陌洵转身走入学校，身影渐行渐远，卓弥也转身离开。

在卓弥送林陌洵回到学校门口的几分钟前，侯若瞳给阿成打了通电话。

"喂，阿成。"

"哟，若瞳，那么难得给我打电话。"

"还没睡吧，在学校？"

"准备出去。怎么了，想约我吗，陌洵呢？"

"她约会去了，大概差不多回来了，在门口等会吧，你会看到一些你永远都意想不到的事。"说完，侯若瞳立即恰时地挂掉了电话。

林陌洵拐入校道往宿舍楼的方向走去时，看到阿成静静地从不远处向林陌洵走近。

"成，你怎么会在这？"林陌洵诧异万分地看着眼前的阿成。

"林陌洵，我们分手。"他冷冷地说道，说完就想转身走出校门。

"等等，你听我解释！"林陌洵抓起他的前臂，阻拦了阿成的去向，试图挽留着他。

"认识你这么久都从来没有见过你打扮得如此风骚，原来是勾搭上了别的男人，真是个贱人！"阿成狠狠地甩开了林陌洵的手，提起右手就想扇她一个耳光。

"连浩成你说谁是贱人？到处拈花惹草勾搭女人的是你吧！"就在阿成险些就完成了那个动作的一刹那，侯若瞳及时赶到，从侧面用力一把将阿成推开，林陌洵才得以避过了那一巴掌。

"林陌洵，我们完了！"对着林陌洵喊出那一句话后的阿成随即迈开步子，顷刻愤然离去。

"侯若瞳你是不是觉得自己很聪明，聪明到可以决定我的未来！"林陌洵转头向一旁的侯若瞳生气地厉声斥责道。

"我都是为你好啊！"

"为我好？为什么你总是这么自以为是！"说完林陌洵也转身愤然离去。

看着林陌洵渐行渐远的身影，侯若瞳怫然不悦地撇过头去，深呼吸了一口气，无可奈何地站在那儿。

第十七章　树藤

不知不觉间已经过了一个月的时间。在侯若瞳和宋堇晰没有见面的这一个月里，他还是会偶尔给她打来一个长途电话，与她保持着不间断的联系，只是每次的通话时长依旧和往常一样，只有短暂的几分钟时间。

有天晚上，宋堇晰又再次给侯若瞳打来了电话。

"喂，若瞳。"

"晰，这么晚还没睡吗？"

"嗯，想你了。"

"我也是，什么时候回来？"

"明天早上的飞机，大概深夜两点回到Z市。"

"哦，深夜啊，那后天早上见咯。"

"嗯，好。"

其实，侯若瞳说后天再见面是骗他的，因为她想要给宋堇晰一个惊喜。

第二天深夜两时许，侯若瞳准时来到了宋堇晰的家，却发现自己没带他家的钥匙，站在闸门外鬼鬼祟祟地往里面瞟，看到屋内亮着灯，看来是已经回来了。

稍微用力推了推闸门发现并没有锁，只是掩上了，侯若瞳轻轻推开门，蹑手蹑脚地继续往里走，房子的木门是真的关上了，她只好按响了门铃。

在宋堇晰开门的那一刻，侯若瞳一下蹦跶起来，整个身子扑向了宋堇晰，伸出双手环扣住他的脖子。

"是不是很惊喜呢！"说完，侯若瞳对着宋堇晰嫣然一笑，踮起脚尖亲吻了他一下。

"那么晚还过来啊。"宋堇晰被她的突如其来吓了一跳，但同时又感到无比惊喜。

"想你了嘛。"说完侯若瞳松开了手，牵起他往屋内走去，当侯若瞳看到正在大厅内整理着行李箱的安梵娜，她的心瞬间咯噔了一下，呆滞地愣在那儿。

安梵娜也看到了站在那牵着宋堇晰手的侯若瞳，两人面面相觑，哑言失色，一时间有点不知所措。

"你们，一起去的 A 国啊？"侯若瞳转过头小心翼翼地问宋堇晰。

"嗯，待会向你解释。"宋堇晰低声回应。

"我们一起回来，我就顺便过来拿点东西。"安梵娜关上了行李箱，也有意无意地插嘴向侯若瞳解释道。

"哦。"侯若瞳点头轻应了一声。

"东西整理好了，那我就先走了。"安梵娜背起了那个沉甸甸的背包，拖着行李箱正往门口走去。

"我送你回去吧。"宋堇晰说。

"不用，你也累了，别又跑一趟，我搭出租车就可以了。"安梵娜对他一笑，说出了一番如此令人感觉善解人意的话。

"那我送你出去。"说完，宋堇晰抚摸了下侯若瞳的头，轻声跟她说了句"等我一下"，见侯若瞳连忙点头回应，他便接过安梵娜手中的行李箱，两人一起走出了别墅。于是侯若瞳就走到大厅的沙发上坐了下来。

"我突然出现，是不是妨碍到你们了？"当宋堇晰回来后，也在她的旁边坐了下来。

"你想到哪去了侯若瞳，我们不是一起去的 A 国，期间她碰巧要到 A 国工作，也来看望了我父母，最后我们才一起回来的。"宋堇晰耐心地向她解释，生怕她会有任何一点点的误会似的。

"哦，原来是这样。"

"我怎么感觉有股酸酸的味道。"宋堇晰转过身子，用手捧起她的脸庞，俯身探了下来，凑到她的脸颊前闻，鼻息暖暖地喷洒到了她的脸上。

"什么啊，我每天都有洗澡的好吗。"侯若瞳明白他话中的意思，却故作不解，漫不经心地向他反驳道。

侯若瞳话音刚落，像说错话似的，被他温热的手指划过嘴唇。宋堇晰看她的眼睛里，闪烁着灼热的情意。在这一个月的时间里，他想她大概都快要想疯了，但一方面又不得不压抑自己的感情，毕竟他根本不清楚她的心到底在想什么，也不确定现在的她是否爱着自己。

"侯若瞳，说你爱我。"

"我……"她的内心苦苦挣扎着，欲言又止，想顺从地说出他想听的话，但偏偏就是说不出那三个字。

侯若瞳怔了一下，恍惚间，他突如其来的亲吻像骤然而下的雨，让她措手不及。分明感觉到宋堇晰那冰凉的薄唇在她的唇上惩罚性地恣意肆虐，不容她反抗迅速地给她这一个最深的吻，手脚都被他牢牢地钳制住。

侯若瞳不喜欢宋堇晰这样，毫无预兆地吻她，霸道而又无理取闹，即使他的吻再如何温柔。

她内心努力挣扎着却又无能为力，觉得自己根本找不到任何理由拒绝他的吻。她不由得睁开双眼，想要看清宋堇晰此时此刻的表情神态，结果竟直跌入那他漆黑深远得无法看清也难以捉摸的面容轮廓中，仿佛落入了万劫不复的冰寒深渊。

仿佛有种致命的吸引，她像迷离魅惑的树藤，早已蔓延缠绕住他的整颗心脏。每当青丝藤蔓稍微用力锁紧心脏，他就像心瘾发作一般，便无可避免地深陷其中。

心脏与心脏之间隔着皮肤用跳动的频率紧紧联系着。她的罪名应该是贪婪，像树藤一样贪婪，甚至不惜舍弃一切，也要打上死结捆住他的躯体，私有得彻底，恬不知耻地独占着他的养分和爱。

但死结捆到底，树藤无疑也失去了自由，无法抽离，被困于他的躯干之中。

第十八章　偏执狂

做梦也没有想到，侯若瞳和林陌洵和好是因为侯若瞳登上了八卦杂志的封面。

那天早上林陌洵到外面买早餐，经过报亭居然看到《爆》八卦杂志的封面上，侯若瞳那个大大的特写，标题写着"知名模特侯若瞳被爆是小三，又与同公司男模特秘密约会搞暧昧"。林陌洵瞠目结舌地看着那本杂志，买了一本后立马奔回大学宿舍给侯若瞳看。

"喂，若瞳，你知道这件事吗？"林陌洵破门而入，激动地说。

"什么事啊，那么紧张。"侯若瞳还在床上睡着懒觉，慵懒地翻了个身。

"你上了八卦杂志的封面，快起来看！"林陌洵一下坐到了侯若瞳的床边，把杂志塞到她面前。

侯若瞳看到了杂志，立马坐了起身，讶异万分地盯着杂志看了好一会儿，翻到了主要报道这桩八卦新闻的页面，左上方贴着那天她和卓弥吃饭的照片，右上方贴着她和宋堇晞牵着手走在路上的照片。

下方则附上了一个人物关系图，标注着小三侯若瞳插足宋堇晞和安梵娜，导致两人分手；宋堇晞有了新欢就抛弃旧爱，移情别恋。一旁还有一大堆的文字注解，但侯若瞳已经没有心思把那堆莫名其妙、不分青红皂白的文字读完。侯若瞳勃然大怒，一手将杂志扔得老远。

不一会蒋泺缌打来了电话。

"若瞳，你有看到今天的《爆》杂志吗？"没有多说废话，蒋泺缌便急切地直奔主题。

"有，刚刚看到。"即使心里是如何怒气冲冠，侯若瞳还是努力保持着冷静沉着的说话语气。

"这是怎么回事啊？这样一来，原本要找你拍广告的委托商都要考虑换人了！"看来这桩八卦新闻刊登出来，对侯若瞳的影响后果严重。

"我也不知道怎么回事。"她瞋目切齿地皱着眉头说。

"我知道杂志上说的都不是事实，我帮你查一下是谁干的好事，待会再联络。"

"好。"说完两人便挂掉了电话。

过了一会儿侯若瞳再次接到蒋泺绺的电话，蒋泺绺约了她到杂志社见面再谈。下楼后，侯若瞳随即又接到了宋堇晰的来电，他问她在哪。

走出学校门口的时候，已经看到了宋堇晰的跑车停在路边。看到了她以后，宋堇晰便让侯若瞳上了他的车。

"去哪？"

"杂志社。"

"你还好吗？"宋堇晰颇为关切地问。

"还好，没事，只是没想到自己还有八卦新闻价值。"侯若瞳沉声静气地回答道。

"为什么突然过来？"她转头看着宋堇晰问。

"怕你不开心。"他静静地回答。

"你该不会是怕我想不开吧？"她用开玩笑的语气说，嘴角还不自觉地微微上扬，她明白宋堇晰心里对她的关心。

"我找人查了一下，新闻是安梵娜给《爆》杂志爆的料，而那些照片，是她找私家侦探拍的。"他耐心地给她述说着他所知道的事。

"停车！我叫你停车！"宋堇晰话音刚落，侯若瞳立刻让他停车，刚刚在脸上的笑容不复存在，取而代之的是横眉怒目的表情神态。

"怎么了？"宋堇晰一脸讶异。

待宋堇晰在路边停下车，侯若瞳急切地下了车，扶着车门俯下身子，疾言厉色地对车里的宋堇晰说："你知不知道拜你前女友所赐，本来约定好找我拍的广告，都被广告商统统撤回！请你管好你前女友，别让她再做出如此变态的事情!"

没等宋堇晰说话,侯若瞳便用力地关上车门,转身往回走了几步,拦截了一辆出租车,快速离开了宋堇晰的视线范围。

来到杂志社后,侯若瞳急匆匆地往蒋泺缌的办公室走去,把平日的礼貌都抛诸脑后,气急败坏地破门而入。

"是安梵娜干的好事对吗?"她问。

"若瞳,你怎么知道?"

"怎么处理,让她出面帮我澄清吧!"侯若瞳坐到办公桌前的椅子上,毅然决然地跟蒋泺缌说。

"基于她是我们公司的人,而且对我们杂志社很重要,也不好做什么处理。"说出这番话的过程中蒋泺缌是那么平心静气,感觉安梵娜所做的一切都理所当然。

"所以你现在是为了庇护她,宁愿把我弃之不理咯!"说到这里,侯若瞳激动地拍案而起。

"若瞳你别这样,先冷静。"

"哼,也对,一个不入流的小模特,又怎么比得上名模安梵娜,你说是吗?"侯若瞳对蒋泺缌表现出的态度感到心灰意冷,吭声冷笑了一声后,鄙夷不屑地转身扬长而去。

侯若瞳正要离开杂志社,走到大堂的时候,却恰恰碰到安梵娜从门口缓缓而来,两人就这样偏偏碰个正着,仿佛天意弄人。

"听说,你最近很红哦。"侯若瞳本想无视她径直走出杂志社,可安梵娜却主动投来冷嘲热讽,并挡住了她的去向。

"还不是拜你安小姐所赐。"

"东西可以乱吃,话可不能乱说,你有证据吗?"在说这句话的过程中,安梵娜的语气神态都嚣张到了极致。

"就算你做再多也没有用,宋堇晰现在最爱的那个人是我,不是你,清楚了吗?"说完,侯若瞳再次迈开步子想绕过安梵娜离去,却被她阻拦,狠狠抓了回来。

"你不要以为我不知道你跟他在一起是为了钱,我早就把这件事告诉他了。"安梵娜表情神态由刚刚的嚣张变为了愤怒。

听到这句话,侯若瞳瞬间色变,脸上掠过一丝惊诧,但一秒过后又快速转换回来,快得让人难以察觉。

"哦?是吗?可是他完全没有跟我提起过欸!看来他是真的很爱我,就算知道了,也还是若无其事地继续跟我在一起。"这次又换侯若瞳趾高气扬地跟眼前的安梵娜高调宣示他对她的爱。

"贱人,不知廉耻!"话音刚落,随即一个重重的巴掌落在了侯若瞳白皙无瑕的脸蛋上,伴随着一声响亮清脆的巴掌声。

而自尊心庞大的侯若瞳,怎能受得起这等凌辱,愤愤不平,不甘心地礼尚往来,又回了安梵娜一个耳光。两人谁都不愿退让认输,越纠缠下去就是怒不可遏。

争执间安梵娜毫无预兆地将侯若瞳猛力一推,她一时没法站稳脚跟,无法控制地一把跌坐在了地上,恰恰碰倒了那个搁置在一旁近一米高的玻璃装饰品。伴随着"砰啪"的玻璃碎了一地的声音,一块块晶莹剔透的玻璃碎片在侯若瞳的身旁散落又弹起,跌宕起伏,其中几块玻璃碎片更是别无选择地一下下划伤她的左脸庞和手臂的部位。过度偏执终于铸成了大错,就在一念之间。

第十九章　离骚

血液从侯若瞳脸庞上的伤口中缓缓渗出,有一道较严重的伤口无可抑制地血流如注。

而安梵娜早已被吓得冷汗涔涔,花容失色,只是惊慌失措傻傻地站在那。蒋泫缌和几个同事发现大事不妙,连忙给了侯若瞳一块手帕捂住伤口,蒋泫缌立马扶起侯若瞳,开车把她送到附近的医院去。

经检查,除了脸上那道深至一厘米的伤口缝了几针以外,其他都只是仅仅伤及表皮的小伤口,处理后并无大碍。

安全起见,医生建议侯若瞳留院观察一天,还千叮咛万嘱咐她注意卫生,不要让伤口发炎,防止阳光照射、清水沾湿,忌吃易产生色素沉着的食物等,这样脸上才不会留下疤痕。

之后,侯若瞳也只有乖乖地在病房里待着。蒋泫缌静静地在一旁陪着侯若瞳,说她通知了宋堇晰,待会他来了,她就先回杂志社把剩下的工作搞完,让侯若瞳好好休息,不要想太多。多余的安慰话蒋泫缌也没有多说,因为她知道,侯若瞳根本不受这一套。

直到宋堇晰来到,蒋泫缌跟侯若瞳和宋堇晰打了声招呼便很快离开了医院。

整个过程中,侯若瞳都只是坐在床上,盖着被子,低头戳弄着手机,郁郁寡欢的样子,一言不发。

宋堇晰轻手轻脚地走到她的床边坐了下来。凝视着侯若瞳低垂的眼帘,他提起手拨开她的头发,想要看看她的伤口,却被她轻挪开他的手阻拦了。

"怎么了，伤口还痛吗？"他柔声细语地问她。

"宋堇晰，如果我毁容了，你还会爱我吗？"侯若瞳抬起头，凝眸细视着他的眼眸问。

宋堇晰二话不说张开双手，环抱住了她的双肩，然后用最温柔细腻的声音在她耳边告诉她："如果你真的毁容了，那就嫁给我吧。"侯若瞳靠在宋堇晰的肩膀上，听了他说的话后，无可抑制她的泪腺，不禁潸然泪下。眼泪沿着脸颊蔓延滑落，沾湿了那块保护伤口的纱布，浸湿了他那件干净的夹克衫。

有时候爱一个人可以包容她到何种程度，即使她和他在一起的初衷不是因为爱，即使她不再是从前那个好看的模样。

那天晚上，宋堇晰就一直在病房里陪着侯若瞳，寸步不离，给她买吃的，陪她聊天。她睡着了，他依然静静地坐在一旁陪她，总之就是没有把她一个人留在医院。

侯若瞳的伤口缝合后打了破伤风针，但总能感觉伤口隐隐作痛。不管怎么说，在侯若瞳眼泪汪汪，楚楚可怜地噘起嘴，皱着眉头对宋堇晰说了几百遍"好疼啊""疼死了"，赚了满满的感同身受的关爱和怜悯之后，第二天，她出院了。

办完手续后，宋堇晰就接了侯若瞳出院。

"这几天住我这吧，好让我方便照顾你。"宋堇晰说。其实侯若瞳想回答说不用，自己只是划伤而已，又不是瘸手瘸脚，不过心里想自己还是乖一点，现在是非常时期，于是她点点头表示答应。宋堇晰走过去，把她抱上车，带她回家。

宋堇晰让侯若瞳睡他的卧室，因为二楼比较方便，而他就睡三楼的客房。其实侯若瞳也不是第一次睡宋堇晰的床了，但在跟他在一起的这段时间里，却确确实实没有过和他睡在同一张床上，即便是那个喝醉酒的晚上，两人也并没有发生什么，最后他还是老老实实地回到客房去睡。

过去侯若瞳总是特别喜欢窝在他的房间内睡午觉、看电视、上网、吹空调等等，似乎一开始就已经对他的卧室情有独钟。

他的房间，四面墙壁上都贴上了白色墙纸，使得整个房间看上去都通体雪白，就连房门也是一溜白色的趟门，而衣橱、书桌和床是黑白色拼接、时尚简约的欧式风格。

床靠着一扇落地窗摆放，窗边挂着米白色麻质窗帘。每到晚上侯若瞳都舍不得拉上窗帘，因为只要是天气晴朗，温暖的月光都能投射进来，轻柔地洒在床上。在万籁俱寂的夜里，偶尔转头看看繁星点点的夜空，总能在不知不觉间酣然入梦。

每次房间里开了灯，而侯若瞳穿着比较裸露时，宋堇晰看见了的话，不管白天还是黑夜，他都会马上去拉上窗帘，然后叮嘱她下次记得要把窗帘拉上。这时的侯若瞳通常都会不耐烦地回他一声"哦"，敷衍了事，一边又会像过去一样，在心里嗔怨嘀咕他一点也不像是个搞艺术的人，保守专制又霸道。

在这段日子里，侯若瞳贪恋着宋堇晰无微不至的照顾和关爱，毫无愧疚。其实很多琐碎事情，侯若瞳即使受伤，也可以毫不费劲就能完成，但当侯若瞳说她自己来的时候，宋堇晰总是以她的手有伤为由，拒绝她自己把事情独立完成。

侯若瞳感觉自己都已经快要被这个男人所带来的溺爱给宠坏，由最初对他的好有所抗拒，到现在彻彻底底地依赖，她甚至开始害怕到最后，会离不开。

直到有一天，侯若瞳看到卧室的书桌上摆放着一个文件袋，是 X 市 A 国领事馆邮寄来的说明邮包。

她知道随便看别人的东西很不对，可她就是抑制不住她那颗强大的好奇心。她打开了文件袋，抽出了里面的几张文件来看，意外地发现，是领事馆给申请亲属移民 A 国的申请人宋堇晰发来的通知，里面详细说明了与面试官约见面谈的时间和如何准备面谈资料等。

不需要完整把文件看完，据侯若瞳所知，若面谈成功，宋堇晰的体检报告也没有问题的话，很快他便可以永久定居 A 国。侯若瞳心想他的父母都在 A 国，而他申请移民，这也是最正常不过的事。

如果宋堇晰就此一个人离开，那两人只须承受一点离别的伤痛，没有其他后顾之忧。但以宋堇晰的为人，她想大概不仅此而已，大胆假设，也许宋堇晰一心希望侯若瞳可以跟他一起去 A 国。侯若瞳上网查了一下资料，待宋堇晰成为 A 国公民，再回来与侯若瞳登记结婚，再以配偶关系申请受益人侯若瞳移民 A 国也只需一两年的时间。

问题是侯若瞳想不想跟随宋堇晰到一个对她而言没有任何亲故，也完全陌生的国度重新开始。即使侯若瞳在这里也本了无牵挂，但她和那个人没有血缘关系；完全只凭靠着爱情两字来维系两人的关系并在一起一直生活，这分明让侯若瞳觉得是件很不可靠的事。

一个星期后宋堇晰就带着侯若瞳到医院拆线。在宋堇晰的悉心照料下，当然不会出现伤口发炎的情况，但医生还是对宋堇晰唠叨了一遍平日生活的注意事项。

待那个伤口慢慢愈合，结痂也脱落后，不会留下明显疤痕。但几个月内可能会留下色素沉着，这并不要紧，只不过是要过一个夏天的时间，基本就看不到任何痕迹了。

即便听了这样一个好消息，但侯若瞳依然是愁眉苦脸，闷闷不乐，因为她觉得即使是几个月也很难挨，除了脸上丑丑的之外，还不能接任何通告。

"呜呜宋堇晰，要丑上几个月的时间，还不能再接通告，都是你前女友害的，我不管你要负责，你要养我，我不管！"走出医院的时候，侯若瞳就扯着宋堇晰的手拼命摇晃着撒娇说。

"好，养你一辈子也没问题。"宋堇晰知道，她也只是发发牢骚开玩笑，但还是会楼过她的腰，用无比温柔又认真的语气回应她。

回到家后，宋堇晰就一直板着脸，一副正言厉色的样子。

"若瞳，我有件事想要跟你说。"两人都走到客厅的沙发旁坐了下来。

"是关于你将要移民 A 国的事吗？"

"嗯，你怎么知道？"他问。

"我前两天看了那封文件，对不起啊。"她轻声说，目光由头到尾都只低头盯着前方的茶几，没有看他。

"没事，其实我是想问，"宋堇晰转身看着眼前的侯若瞳，他的手紧握住她放在沙发上的左手，在这时，侯若瞳也避无可避地抬头看向了他，

"你愿意跟我一起到 A 国生活吗?"他静静凝睇着她的双眸,一脸郑重地问,在说这句话的过程中,他的手又握紧了一些。

此时此刻两人面面相觑,凝眸细视着对方的容颜,而侯若瞳好一会儿保持缄默,哑言说不出任何话,所有复杂的情绪在一刹那间涌上心头。

其实她曾经在脑海里无数次想象过这一幕情景,但当事情真正发生之时,她还是不知该如何是好,也无从开口回应。

宋堇晰处于二楼的手机响起,打破了默然不语的氛围,解救了侯若瞳想落荒而逃的心。

宋堇晰说让侯若瞳等他一下,随后便上楼接电话,就趁着这短短的几分钟时间,侯若瞳背起了包,顷刻逃离了宋堇晰的家。

当宋堇晰接完电话下楼后,发现不见了她的踪影,他霎时间明白了些什么,没有傻到翻遍了整间屋子找她,因为他有一种预感告诉自己,她已经离开了。他不死心地追了出去,终于在通往小区出口那条笔直的道路上看到了她背影。

"侯若瞳!"宋堇晰追赶着她,一边呼喊着她的名字。

"对不起,宋堇晰,对不起。"她低声呢喃着,反反复复,"我当初跟你在一起,不是因为我爱你,是因为你有钱,我不值得你对我那么好!"她拼命努力吞声忍泪,故作镇定,面无表情地告诉他。

"那你现在爱我吗?"他轻声问,想必悲伤的情绪早已冲昏了他的头脑。

"那不重要,重要的是,我是不会跟你走的。"就在她转身离开的那一刻,强忍的泪水终于无可抑制地夺眶而出,泪如雨下。

如果宋堇晰依然锲而不舍地紧握起她的手,继续与她纠缠下去,他会毫无疑问地看到她流出的眼泪。她也并不是一个没心没肺的物质女人,其实她早已爱上了他,那个真真切切的宋堇晰,这大概就连她自己也不知道。

这样或许事情最后的结果就会变得不一样,但宋堇晰没有,他只是静谧凝睇着她渐行渐远的背影,仿佛能写下让他度日如年的离骚。

第二十章　心里的伤痛

身上的伤口会慢慢痊愈，那心里的伤痛呢？所有人都以为只有受伤的人才会痛，那么伤人的那一个呢？她连喊痛的资格都没有。

自从那天以后，侯若瞳和宋堇晰两人就再没有见过面或通过电话。她脸上伤口已经完全愈合，结痂也脱落了，只剩下一道淡淡的疤印。

她打从心里没有办法忘记宋堇晰，只要照到镜子看到脸上的疤痕，或是手指不自觉地触到，都会让她想起他。他的影子像是青丝藤蔓缠绕她的心，一下一下撕扯着心脏，使她痛切心扉；他的爱像飒飒雨水渗入她的血髓，在体内循环流动来去进退，使她镂心刻骨。

不知道宋堇晰也是否有着同样的感觉。直到有一天，林陌洵回到宿舍后，给侯若瞳带了一支祛疤药膏，而且还是Ａ国进口的。在侯若瞳的再三追问下，林陌洵终于承认，那是宋堇晰托她拿给侯若瞳的，只是宋堇晰交代林陌洵不要说是他买的药膏，大概是怕侯若瞳会拒绝他的好意。那一刻侯若瞳才确定，宋堇晰到现在也同样还记挂着她。

在侯若瞳和宋堇晰分手后，安梵娜也曾经找过侯若瞳。两人一见面，安梵娜就摆出一副盛气凌人的架势，说侯若瞳跟宋堇晰在一起无非是为了钱，让她开个价，当作赔偿费、分手费也好，整容费也罢，总之条件就是要她离开宋堇晰。这时的侯若瞳就在心里窃窃自喜，大概安梵娜还不知道她已经跟宋堇晰分手了。

侯若瞳看不惯安梵娜那狂妄自大的态度，于是一气之下信口说要二十万。虽然安梵娜很是愤然，但最后还是答应了侯若瞳，丢下一句"迟些转账到你卡上"后，就怒气冲冲地离开了。看来是侯若瞳演技太好，明明就是在跟她开玩笑，但安梵娜却一点也看不出来。

　　看来宋堇晞给侯若瞳送来的那支祛疤药膏确实有效，不到几个月的时间，脸上的疤痕就完全消失了。侯若瞳曾经想过要给宋堇晞打通电话，哪怕只是说声"谢谢"也好，但总是犹豫不决，一拖再拖；后来想想，还是不要与他再有接触为好，不管是对她，还是对宋堇晞而言都是好事。

　　在蒋泺缌和她妈妈的再三讨论下，公司决定让侯若瞳复出。而在复出之前，蒋泺缌想安排侯若瞳在月尾举办的公司的周年舞会上，向记者回应澄清所有的事情。

　　侯若瞳不假思索地答应了，因为她觉得自己已经失去了爱情，不能把事业再丢掉不要。

　　周年舞会，定在温德芙大酒店的晚会厅举行。晚会当晚，杂志社的全体同仁，包括模特、工作人员、管理层等等一个不漏，盛装出席；外界还请来常与 Jan 杂志社有合作的广告商、委托商、媒体记者，常有来往的各大品牌代表人合作伙伴等，当然不能缺了宋堇晞。但两人各自都忙着自己的事，根本没有闲工夫面谈，也没有任何接触。

　　在舞会开始后，侯若瞳就一直从侍应生手中的托盘上拿过一杯又一杯洋酒来喝。蒋泺缌安排了她在主持人开场白致辞说完后，上台说话，发言侯若瞳都备好了，只是她没想到，一个枯燥乏味的开场白致辞，和千篇一律的人物一一介绍都快花上了半个小时的时间，她便不耐烦地溜到一旁喝酒。

　　就在主持人一切都说完，在场站着的所有人都纷纷为之鼓掌，将要轮到侯若瞳上台时，还待在餐饮区的侯若瞳本想向舞台走去，却被安梵娜给阻拦了。

　　"再给你十万，退出模特界。"安梵娜凑近了侯若瞳，小声在她耳边说。

　　"你在说什么，安梵娜？"对安梵娜提出的莫名又无理的要求，侯若瞳完全无法理解。

　　"你是不是也快毕业了，毕业后离开 Z 市。"安梵娜说话声音虽小，但怎么听都感觉有近乎命令的语气。

"条件太多了,起码再加二十万!"说完,侯若瞳转身迈开步子往舞台方向走去。

"你再得寸进尺,我一分钱都不会给你。"走了两步,安梵娜在后面恶狠狠地大声喊出了这么一句话,随机侯若瞳停住了脚步。

"对不起我现在突然反悔了,我不会离开这里,不会从模特界消失,更不会离开你最爱的宋堇晰!"侯若瞳转过身面向她,郑重其事地告诉眼前的安梵娜。

话音刚落,安梵娜便疾步向侯若瞳走近,随之而来的是一个提手的动作,一个重重的耳光落在了侯若瞳的脸蛋上,她白皙的脸上留下了一个红红的巴掌印。这时两人所身处的位置已经引来了不少人注视的目光,在哗声一片后,周围的人都开始议论纷纷起来,更有记者已经开始提起摄影机捕捉每一个难得又劲爆的镜头。

想必再好脾气的人在这时候都会瞬间火冒三丈,更何况是侯若瞳,那个永远高傲不屈、自尊心爆棚的人。

一气之下她不假思索地提起手中的酒杯就往安梵娜身上泼了过去,雪白色的晚礼服长裙一下渲染出了一片通红,侯若瞳感觉,这样比原来好看多了。

在闪光灯的一片闪烁下,侯若瞳转身,穿越过熙熙攘攘的人群自行离开了晚会厅现场。但侯若瞳不知道,看到这一幕的宋堇晰,也跟随她后,走了出去。

走出酒店后,侯若瞳很快拦截了一辆出租车,上了车后,她不是回学校,而是向司机报了"Waiting Bar"。

宋堇晰一直开着车尾随其后,只是侯若瞳一点也没有察觉到。来到酒吧,侯若瞳就坐在吧台前,向侍应生点了上次那种酒。

她忘了叫什么,就是勾兑出来的,喝了很容易醉,但又很好喝的酒。侯若瞳形容得含糊,侍应生完全不知道她在说什么,然后她就随便说了句"那有没有喝了以后就可以什么都忘记掉的酒?"。

这时侍应生反倒瞬间明白,调出了一杯酒放到了侯若瞳的面前,也正是她想要的那一杯酒。她提起酒杯将杯里的酒一饮而尽。

"别喝了,送你回去吧。"没喝几杯,宋堇晰就在她身旁坐了下来,伸手阻止了她继续喝酒。

"你怎么会在这?"侯若瞳转头一脸惊讶的表情看着他。

看宋堇晰没有说话,只是静静地看着自己,她又接着说:"分手了还是不是朋友?是朋友就陪我喝两杯!"说完侯若瞳又向侍应生点了杯酒递到了宋堇晰的跟前。他只是接过酒杯放下,并没有喝。

"你知道吗,你前女友,哦不对,你前前女友真是疯了,刚刚说给我三十万,要我离开你,离开Z市,并且从模特界消失。看来她爱你爱得不浅,你真的不需要重新考虑一下她吗,嗯?"看来侯若瞳是真的醉了,借着那股酒劲,口不择言真是什么都说得出来。

说完,突然伸手拿过刚刚宋堇晰那杯没喝的酒,又往嘴里灌,动作太突然,他也没来得及阻止。

最后宋堇晰拿她没办法,埋了单后,一把将她整个抱了起来,走出了酒吧。不管她如何挣扎,他都还是牢牢扣住她。

把她抱上车后,就立马启动引擎开车,不由得她有一点闲余时间逃脱。明明开了好一段路程,侯若瞳都乖乖地待着没有任何举动,但突然就坐直了身子连忙喊着:"停车,我叫你停车!"于是宋堇晰赶紧把车子停到了一边。

在车子完全停下之时,侯若瞳迫切地打开车门,破门而出,歪歪扭扭跑到路边的无盖垃圾桶,弯下身子,接连而来的就是呕吐声连连。大概是因为酒喝太多了,有时也不按时吃饭,把肠胃都弄坏了。

很快就吐完了,宋堇晰走到她身旁,递给她一瓶水。侯若瞳接过水跟他道谢,把口漱干净后,低着头跟宋堇晰说了句"我自己回去就可以了",便要转身离开。

"现在很晚了,我送你回去。"宋堇晰抓起她的手臂说。

"不用,你不要管我。"侯若瞳不耐烦地要甩开他的手。

在侯若瞳的再三挣脱下,宋堇晰用力一把将她拥入怀中,紧紧地抱住了她,并且柔声细语地跟她说:"我怎么可能不管你。"有过一刹那，侯若瞳被他的关怀和温暖的拥抱所感动，但仅仅只维持了短短一秒，因为她知道，她已经把他伤得够深的了，所以不能再与他有所纠缠下去。

"宋堇晰我现在不是你女朋友，你没有权力管我！"

侯若瞳将宋堇晰狠狠用力推开的那一刻，感觉两个人之间，将从此隔天与地。

第二十一章　最亲密接触

不出侯若瞳所料，第二天《爆》八卦杂志的娱乐版头条：两位名模为抢男人相互扇耳光泼红酒。

公司正式宣布侯若瞳被放长假，至于放到什么时候，没有一个明确的说明。或许等事情慢慢变淡，或是看事情的处理进度，那些都不是侯若瞳操心就能解决的。

至于安梵娜怎么样，侯若瞳也不得而知了。不过她肯定不可能像上次那样完完全全当个受害者，置身事外，因为在这一次事件中，她可是女主角，在娱乐八卦圈也红得不浅。

反正学期结束，也开始放假了，侯若瞳也打算离开一阵，去看望她老妈。一走了之，眼不见为净，这是最好的选择了。

但一说到要离开，自然而然另一个让侯若瞳非常苦恼的问题就产生了，那就是，她还有太多太多东西留在宋堇晰的家。衣裤鞋袜、日用品，还有那台侯若瞳没有了它就会死的手提电脑，她已经太久太久没有碰过它了，想必它也非常孤独，非常想念它主人的抚摸。

要是那么多东西，只因怕见到宋堇晰感到尴尬，而统统不要，是不是太说不过去了呢？在这样一个问题上，侯若瞳都已经苦苦纠结了好几天，最后，她还是战战兢兢提起手机拨通了宋堇晰的电话。很快他就接了电话。

"喂，嗯……我明天去你家收拾一下我的东西，顺便把钥匙还你。"

"嗯，随便你。"

"好，拜拜。"通话不到一分钟就结束了，不知道为什么她的心一阵一阵地抽痛起来。

　　第二天是大学散学礼，听了校长副校长主任轮流重复千篇一律的唠叨，再来个学期末颁奖，到结束已经弄去了半天时间。侯若瞳买了明天早上去老妈所在的G市的车票，匆匆忙忙和林陌洵一起吃了中午饭，就回了宿舍收拾行李，收拾到一半又被林陌洵一个电话叫了出去，陪她做了些事。

　　最后侯若瞳吃过晚饭后，来到宋堇晞的家，已经是晚上八点多的时间。虽然有带钥匙，但她认为礼貌上还是要先按门铃比较好，如果他不在家，再用钥匙开门也不迟。

　　即便侯若瞳心里万般祈祷着他不在家，以避免那可以尴尬致死的氛围，但宋堇晞还是穿着一身帅气的衬衫西裤不快不慢地走出来给侯若瞳开门，大概是刚工作完回到家。

　　进门后侯若瞳就把钥匙还给了他，然后跟他说："那我上楼收拾一下东西。"在宋堇晞说了一声"随便"后，她就脱下了那个大背包上了楼。

　　在宋堇晞的卧室里收拾东西的过程中，侯若瞳并没有多想什么，只是一心想着快点收拾完，就可以快点离开。那种似有似无的距离使她憋得喘不过气来。

　　直到她听到了轻快的脚步声慢慢逼近，知道他上了楼，并且停靠在了他的卧室的门框旁。

　　"你觉得我会不会那么轻易地让你离开这里？"他走进了房间，面无表情地说。听到宋堇晞这么说，侯若瞳似乎明白了什么，停下了手头上的忙碌，走到落地窗前，把两边的窗帘一手拉上，然后又走到了门口，把房间的趟门也拉上了，随后便脱掉了自己身上的薄外套，扔在了地上后，走到宋堇晞跟前。

　　"你想干吗？"他冷冷地问。

　　"你不是说不会轻易让我离开吗？这是我欠你的。"

　　"如果你赌我会拒绝，然后让你心安理得地离开，那你就错了。赌注下得太重，我怕你会输得很惨。"宋堇晞右手用力揽过她的后腰，凑近了脸庞跟她说。

"根本不确定我爱不爱你,但还是选择跟我在一起,你这又何尝不是下了重注。"侯若瞳微微抬头凝望着他凛若冰霜的面容,也沉声静气轻声回应了他。

两人面面相觑的目光停滞了几秒后,他开始与她狂热地吻了起来,直至两人的身体相互缱绻缠绵在一起……

那天晚上,宋堇晞的床单被弄脏了,弄得一片通红。事后,他拉着她到浴室,在浴缸边上单膝下跪,伺候她洗澡,把身上的血渍都洗干净,还替她洗了那把长发,擦干身体和头发的水分后,给她穿上他的衬衫,衣服很大,大得可以遮住臀部,而后又拿起电吹风为她吹着头发,一丝不苟温柔细腻。

"累了吧,头发吹干了以后睡会。"他边替她吹着头发,柔声细语地跟她说。

"嗯。"这天夜里的侯若瞳低眉顺眼得像只羔羊,任由他舞弄着她的身体为她洗澡,捋弄着她的头发为她吹干,对他的啰唆叮嘱也都言听计从,百依百顺。

换了干净的床单后,在被窝里,她背对着宋堇晞,和他离得远远的,完全接触不到他的身体。虽然感觉很累,但却怎么也睡不着。

一会儿后,宋堇晞靠近了她,伸手抓过她的胳膊,要她转过身来,而她也依然乖乖听话,转过身面向了他。

他伸手把她揽入怀中,在她耳边轻声细语地告诉她说:"侯若瞳,我爱你。"

侯若瞳的脸埋在他的胸膛上,在听着他规律的心跳声和呼吸声,不知不觉间她沉沉地睡去了。

侯若瞳是什么时候醒来的,睡了多久,她都不太清楚,只知道她最后还是离开了,在宋堇晞醒来之前。

侯若瞳在想,他醒来以后发现她不在了,大概会发疯似的打她电话,满世界找她,又或许他不会。而那些侯若瞳都不得而知了,现在的她一心只想离开,离开这个是非之地。

第二十二章 内疚

坐了三个小时的高铁到达了G市，也就是侯若瞳的妈妈现在长期定居的城市。在地图上看，G市和Z市很近，两市相邻，但相对Z市这个更适合生活的小城市而言，G市就是个经济发达、繁华的大都会城市。

侯若瞳和她的妈妈通过电话，说她会坐今天早上十点的车到G市看望她。听到这一消息她妈妈似乎非常高兴，还说要车站来接她，毕竟上一次与女儿见面已经是一年前。那时候也正值是侯若瞳学期结束放假期间，她就在她妈妈这边待了足足两个月，每天只管在G市吃喝玩乐，度过了一个愉快的悠闲假期。

下了高铁，在车站内四处眺望，终于看到了那个侯若瞳再熟悉不过的久违的身影。她缓缓向她妈妈走近，她妈妈也终于在人海中看到了她。

"妈。"侯若瞳轻声唤了她一声。

"我的乖女儿，想死我了！"两人欣喜若狂地抱在了一起。

侯若瞳坐在她妈妈的车上，一路上，母女俩有说有笑，她妈妈还问起侯若瞳是不是当了模特，说她曾经在杂志和一些室外广告见到过一个和侯若瞳像极了的漂亮模特，只是觉得她女儿无端端怎么会跑去当平面模特呢，最后认为只是人有相似罢了。

听到这里侯若瞳已经笑得前仰后合，完全直不起身子了，然后跟她妈妈说："对呀，很明显是你认错了嘛，你女儿哪有广告上的模特长得好看！"说完还一直在心里窃窃自喜。

侯若瞳来到她妈妈和她现在的丈夫住的小区内，他们住的是五楼一所三卧两厅的套间公寓。三卧一间是主人房，一间是他们那个今年六岁的小女儿的房间，而侯若瞳的妈妈早就整理好了剩余的那间卧室，想着等侯若瞳放假，她又可以来她这边玩，睡在这间卧室里。

屋子的格局，东西摆放布局，一切一切和一年前一样都没有改变，只是那个可爱的小女孩似乎又长高了一些。

"姐姐，要不要吃糖？"知道有客人来了，小女孩从房间里跑了出来一把抱着侯若瞳，递给她的姐姐一颗糖果，活泼可爱极了。

"你还记得我吗，小屁娃？"侯若瞳蹲下身子，摸了摸小女孩的头发。这个小女孩叫若桐，是侯若瞳的妈妈和她的现任丈夫六年前生下的孩子。每次见到这个小女孩侯若瞳都会打从心里觉得，要是自己晚出生个二十年就好了，也许她的命运、她的家，一切一切都会变得不一样，起码总不会像现在那么糟糕又悲惨。

小女孩的名字大概是侯若瞳的妈妈起的，因为和侯若瞳的名字只相差一个字，而且读音还很接近。侯若瞳妈妈的现任丈夫，侯若瞳称呼他为"叶叔叔"，这个时候他大多是在上班。侯若瞳觉得叶叔叔人挺好的，因为每次侯若瞳放假说要来他家玩，他都无比欢迎，并且热情款待。因为他爱他的妻子，希望他的妻子开心，爱屋及乌便会一同对他妻子的家人也一样好。

侯若瞳整理好了房间和行李，晚上吃晚饭的时候，终于见到了叶叔叔，和她打了声招呼。侯若瞳的妈妈和保姆一起在厨房准备着晚餐，侯若瞳和叶叔叔两人在大厅闲聊着。叶叔叔还塞了一些钱给侯若瞳，可她坚决不要，跟他说"我自己有呢，叶叔叔不用那么客气"。接着侯若瞳就跟叶叔叔聊起了自己有一直做兼职赚钱，一边读大学。

叶叔叔才恍然大悟想起，问侯若瞳做的是不是平面模特。侯若瞳笑着点了点头，回答他说是。叶叔叔他说之前从某个户外广告上看到过，一眼就认出了是侯若瞳，只是他的妻子坚决说不是侯若瞳。

待侯若瞳的妈妈走出厨房，端出饭菜到饭厅时，叶叔叔就向侯若瞳的妈妈讲述了这件事，证明自己当时眼光锐利，完全没有看错。侯若瞳的妈妈才知道真相，笑着问侯若瞳为什么还一直骗她。一家人就这样共度了欢乐的晚餐时光。

晚饭过后，侯若瞳说一个人出去走走，其实她是无聊想溜去酒吧喝酒，但总不能告诉他们她是要去泡吧。

去到酒吧，点了杯酒，屁股都还没坐热，酒也没喝上几口，手机就响起来了，是林陌洵。来 G 市之前侯若瞳暂时换了另外一个电话号码，这个号码只留给了几个常联系的好朋友，为的当然是躲过宋蕫晞的追寻。

"喂，陌洵。"

"若瞳，你到你妈妈那边了吗？"

"早到咯，怎么了吗？"

"宋蕫晞好像一直在到处找你，刚刚还打电话给我，问你在哪。"

"不要告诉他我在 G 市。"听到这里，侯若瞳已经需要努力抑制住自己的声音，保持沉声静气的语气继续轻声说话。

"我没告诉他，我只是说你回你妈妈那了，放假完才会回来。"

"嗯，千万不要向他透露我的消息，我不想他找到我。"这时候的侯若瞳眼睛已经无可抑制地流出了眼泪。

"嗯，我知道了。"

"嗯，那拜拜。"

挂了电话后，侯若瞳再没有任何心思继续喝酒，直接起身埋了单，走出了酒吧。

走在路上，她的泪腺像坏了的水阀、漏了的龙头，泪如泉涌，想停也停不住，用手擦也擦不及。

回到她妈妈的家后，只有侯若瞳的妈妈在客厅，小孩在房间也睡着了。侯若瞳的妈妈看到侯若瞳红肿的眼睛，关切地问她怎么了。于是侯若瞳又无可抑制地号啕大哭起来，哭得像个孩子似的。

侯若瞳的妈妈怕吵到小孩睡觉，就和侯若瞳一起进了她的房间。侯若瞳的妈妈一边抱住她，轻抚着她的后背安慰着，一边问她怎么了，是不是失恋了。

等侯若瞳哭够了以后两人一起睡到了床上，上一次侯若瞳像这样和她的妈妈睡在一起，大概已经是小时候的事了。

"妈，我真的失恋了，上一次都没有像这次哭得这么惨。"侯若瞳抱着她妈妈,开始和她讲述自己的心事。

"看来我女儿真的长大了,会爱一个人爱得那么深。跟我说说他是个怎样的人吧。"

"他比我大十岁,是大叔摄影师,不过他对我真的很好,比谁都好。"

"那你们怎么会分开啊?"

"我一开始跟他在一起是因为他有钱,就像你当初抛弃爸爸,选择叶叔叔一样!"

"所以后来他知道后,就跟你分手了?"

"不是,他反而装作什么都不知道,继续跟我在一起。你说他是不是很傻?"

"傻瓜,他是因为太爱你了,爱到就算知道你根本不爱他也无所谓。那你现在爱他吗?"

"爱,我也不知道自己是从什么时候爱上他的,只是我心里很内疚,没有办法继续跟他在一起。"

"傻瓜,只要你也爱他,就一切都不是问题,内疚是人最没有用的情绪。"听到这里,侯若瞳第一次觉得,她妈妈说的话还蛮有道理的。

"还有谁告诉你我当初抛弃你爸爸嫁给叶叔叔是因为他有钱的?"看到侯若瞳不说话,她又接着问。

"我听到你和爸爸吵架的时候说,你嫌弃他没钱。"她睡在床上仰头看了看她妈妈,疑惑是否事实并非如此。

"那时候不只是因为经济问题我和你爸爸才分开的,两人的感情也早出现了问题,只是为了你,勉强继续在一起。你爸爸破产只是导致我们分开的导火线。"

"那你和叶叔叔是什么时候认识的?"

"早在我和你爸爸感情出现问题之后,我就认识了你叶叔叔,觉得他成熟稳重,人好又会照顾人。和你爸爸离婚后,我们才在一起的。"侯若瞳的妈妈向她耐心地解释着过去的一切。

"所以我把一切都弄错了吗?"侯若瞳这时候才恍然大悟起来。

"对呀,你看你多傻。那你明天要不要回 Z 市追回人家啊?"侯若瞳妈妈笑着问她。

"不要，我都还没有做好心理准备呢。"侯若瞳把头埋在了她妈妈的怀里，说要睡觉。

长大后她好久没有像这样，像个孩子似的在她妈妈的怀里撒娇，与她畅所欲言地交谈，那天晚上她感觉很满足。

第二十三章　爱亦无所求

两个月后。

在 G 市度过的这整整两个月时间里，侯若瞳也一直有和林陌洄保持联系。林陌洄告诉侯若瞳她正式跟卓弥在一起了，听到这一消息，侯若瞳真心替林陌洄高兴。但每当侯若瞳向林陌洄问起关于宋堇晞，林陌洄都说没有他的消息，在那次以后，宋堇晞再没有找过她。

这不得不令侯若瞳觉得，宋堇晞是真的彻彻底底地放弃她了。即使侯若瞳还爱着宋堇晞，她也不敢向他刻意挽回什么，她决定，就让一切顺其自然好了。

"有空再过来看你。"侯若瞳在她妈妈的脸上亲了一口说。

"好，下次来看我就要带上你亲爱的男朋友咯！"她妈妈挑了挑眉，一脸笑容可掬。

"呵呵，这个就再说吧。"侯若瞳没好气地在她妈妈脸上又亲了一下，随后提起行李转身就溜进了安检道。

回到 Z 市，侯若瞳第一时间回了大学宿舍，要把那些沉甸甸的行李都放下，顺便看看她亲爱的林陌洄，可进了宿舍，发现一个人影也没有。

侯若瞳立马打电话给林陌洄告诉她自己回来了，问她在哪。林陌洄说她和卓弥约会去了，侯若瞳一脸鄙视说她这个重色轻友的家伙。最后林陌洄约了侯若瞳晚上八点一起到 Waiting Bar 喝酒。

晚上去到 Waiting Bar 的时候，发现林陌洄还没来。侯若瞳想她会不会和卓弥约会约到都忘了时间，无奈之下自然而然地就走到 14 号桌坐了下来。

酒已经喝了好几杯，还不见林陌洄的身影，掏出手机翻出林陌洄的号码准备打给她的时候，侯若瞳双眸的余光感觉到有个伟岸的身躯往她的方向走近，并在她的对面坐了下来。

低着头看手机的侯若瞳以为又是哪个醉汉坐错了台。

"先生，你坐错台了吧，这个位置有人……"她抬起头，才发现眼前这个人，是她这两个月以来一直魂牵梦萦、难以忘怀的宋堇晞。

"你，怎么会在这里呀？"侯若瞳一脸诧异地问。

"是我让林陌洵约你来这里的。"宋堇晞淡定自若地拿过侯若瞳跟前的酒杯，二话不说将酒杯里的酒一饮而尽。

"你记得今天是什么日子吗？"放下酒杯后，他问。

"什么日子？"

"两年前的今天，我在这里第一次遇到你，你喝得酩酊大醉，还趴倒在了你现在所坐的这个位置上。那时候我觉得你真是莫名其妙。"说完他的嘴角微微上翘，是一个好看的笑容。这时候的侯若瞳才幡然醒悟起，今天是她的二十岁生日。

大概是因为脑子里满满装着的都是宋堇晞，就连今天是她的生日都忘了。

"后来我把你送到酒店，你还抱住我不让我走，嘴里嗫嚅着问我，为什么所有人都离开你，你是不是真的很让人讨厌。而我都还没回答，你就开始吻我了。从那天以后，你的模样就牢牢地刻在了我的脑海里，一直没有办法抹去。"

眼前的这个男人，就这样静静地坐在她的对面，柔和得像微风一般丝丝飒飒颤动的声线流过她的耳边，扣起她的心弦。一年前那一幕幕记忆在她的脑海里不断盘旋，被宋堇晞感动所流出的眼泪早已模糊了她双眸的视线。

"那……我是不是真的很让人讨厌？"侯若瞳含着眼泪问。

"嗯，你知道吗，你让人讨厌的缺点太多了。"宋堇晞一脸甚是认真的表情回答。

"那你讨厌我的什么缺点？"感动归感动，但侯若瞳还是不服气地想要问个清楚。

"你自私又自大，不负责任，爱慕虚荣，骄横跋扈，从来不关心我在想什么。"看到侯若瞳只是静静地凝视着自己，没有说话，他身子微微前倾，凑近了她又继续说，"还有说话尖酸刻薄，不顾人感受，偏激，无理取闹，不讲道理，还以为自己很讲道理。你胆小，不相信人，爱说谎，但同时又害怕被骗，没安全感……太多太多，多到我发现自己原来一点也不了解你。但我又多么想知道，你心里到底在想什么。"宋堇晰毫不留情，喋喋不休，一连串数落了许多侯若瞳的不是，但同时又是那么情深意切。

"我那么多缺点，为什么你还要跟我在一起？"这个时候的侯若瞳，已哭得梨花带雨，说话带着哭腔，含糊哽咽着问。

"因为比起你那些让人讨厌的缺点，我更害怕，没有你在我身边。"听到宋堇晰说的这番话，侯若瞳更是抑制不住她的泪腺，哭得一塌糊涂。

"到了这种地步，还可以吗，我们还可以继续……"

"可以的，只要你还爱我。"没等侯若瞳把话说完，宋堇晰已经迫不及待地回应了她的问题。

宋堇晰向侍应招了招手，随即，侍应生便托着一个小蛋糕走了出来，放在了侯若瞳的面前，整个圆圆的蛋糕都是用巧克力制成。

最上面放置着几颗白色的巧克力，最中间的那一块巧克力里还镶嵌着一颗闪闪发光的不明物体。侯若瞳好奇那是什么，便用手背擦了擦眼泪，随后手挪移到蛋糕上，轻轻地把那个不明物体拔了出来，却意外发现是颗……

"侯若瞳，我现在给你两个选择：一、重新跟我在一起；二、嫁给我，我将会在这当众向你求婚。"宋堇晰以一番义正词严的语气跟她说，而他的脸上也是无比认真和严肃的神态。

"我选三，宋堇晰，我们一起去 A 国生活吧。"她终于破涕为笑，欣然地拐弯抹角回答宋堇晰，她愿意跟他在一起。

其实侯若瞳是想告诉宋堇晰，不管他将要去往何方她都会跟随他去，因为只要有宋堇晰的地方，对侯若瞳来说就是天堂。

秋之章：爱情狂人

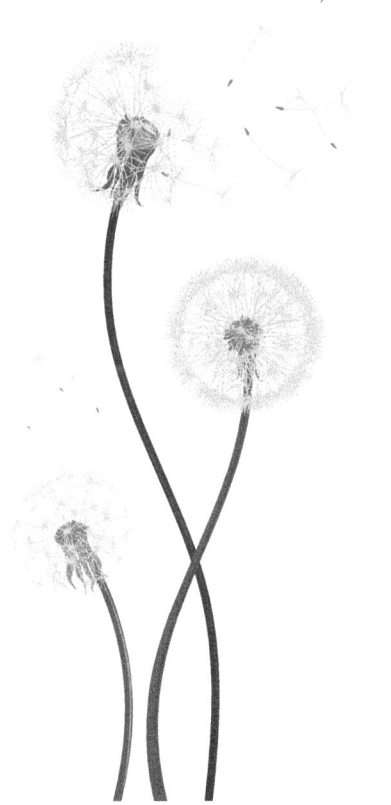

第一章　汨

夜幕降临，Z市的西区域，最繁华的优雅街已是灯火通明，酒吧、咖啡厅、人群熙熙攘攘。来到河边，身子倚在石栏上放眼望去，只见一座座大楼灯火通明，波光粼粼的河面更是映衬得灯火琉璃，河边的石阶人来人往，前来散步、观赏夜景的游人可都不少。感觉这里把这个城市的繁华喧闹张扬到了极致。

这条优雅街的拐角处，坐落着一家颇有特色的蛋糕店，这家名字叫"汨"的蛋糕店，面积大小适中，暖黄色的灯光笼罩着整个店铺；暖色的壁纸贴在墙上，显得格外温馨；桌椅都是奶白色的圆台和软木椅；高大的落地窗前摆放着几盆绿色植物，使空气中弥漫着一股清新的味道。这家店是好朋友和小情人茶余饭后休闲聊天的好地方。

远处，从蛋糕店门口的方向，一个身材匀称、穿着淡雅的白色连衣裙的女孩缓缓而来。

她有着娇小的脸型和精致的五官、清澈明亮的瞳孔、弯弯的柳眉，长长的睫毛微微颤动着，白皙无瑕的皮肤透出淡淡的粉红，栗色及肩的长发尾部微卷，刘海三七分，那出彩夺目的美丽，使蛋糕店里每一个人的目光都难以控制地在她身上多落了一会儿。

谢绮安每个星期天都会到这里买抹茶蛋糕给她的男朋友阿翔吃，但令她始料未及的是阿翔今天却主动约她晚上在蛋糕店见面。霎时间，仿似未卜先知般，不好的预感掠过她每一条敏感的神经线。不得不承认的是，她的直觉向来都出奇的准。

她走到营业台前点了她最爱的巧克力蛋糕和果汁，而非男友阿翔喜欢的抹茶蛋糕，然后找了个靠窗边的位置坐了下来。不久后，只见那个她要等的人走到了蛋糕店的门口，四处张望，看到要找的人，便急不可耐地走到谢缃安面前坐了下来。

"要吃点什……"

"我们分手吧。"没等她说完，他就毫不留情地打断她的话语，接着不假思索说出了最伤人的台词，仿似早已做好心理准备，语气洒脱，而表情是一脸满不在乎。

此时的谢缃安左手托着腮，右手拿着叉子继续镇定自若地轻轻挑起一小块蛋糕送到嘴边，清澈透明的眼眸盯着眼前这个人说："那也得给个理由吧。"说完便嚼起那小块口感细腻的蛋糕。

"还有什么理由可言？根本没有人会受得了你这种人的。"看着谢缃安低着头吃着蛋糕不以为然的样子，他接着说，"以后别再缠着我。"他郑重地警告眼前的人，话音落完，就头也不回地愤然离开。

不一会儿，一个头高大、身材伟岸的男子走到谢缃安的对面，他把已切好的一人分量的蛋糕放在了她的面前，然后坐了下来。

"给，我新研制的巧克力蛋糕，帮我试试味道吧。"眼前的这个人，立体的五官雕刻般俊俏，一双清澈明亮、透着一些孩子气的眼眸，挺直的鼻梁，光洁的皮肤，一头亚麻色的短发好看得令人咋舌，一袭略微紧身的衬衣将完美的身材展露无遗。

在他走过来时，谢缃安还以为他是前来搭讪的闲杂人等，原来是蛋糕店的蛋糕师傅兼老板。她知道，他的名字叫景汨。

在定期前来"汨"买蛋糕的这段日子里，她曾经与他有过几面之缘，每次碰面两人都会互相礼貌点头问好，却从来没有过更进一步的交流。

"谢谢。"看着那块可口细腻的蛋糕，她的心情不禁愉悦起来，喜形于色。

"不好意思啊，刚在隔壁桌和朋友闲聊，你和你男朋友的对话，我都听到了。"景汨深表歉意地凝视着她，也讲明了他无缘无故前来搭讪的主要原因。

"所以你才请我吃蛋糕？"谢缃安提眉问，一脸恍然大悟，停顿了下，继续说，"没事，其实我早就猜到，他会跟我提出分手的。"说完她低下头拨弄着那块蛋糕，避开了景汩的视线，眉宇间一闪而过的是无尽的忧愁。

"对了，你明天有空吗，能不能教我做蛋糕？"谢缡安突如其来的主意促使她的问题不假思索就破口而出，她托着腮，看着景汩笑得不怀好意。

"呃，好啊，明天订单不多，你下午过来吧，我会在。"景汩虽然感觉哪里有些不对劲，却一时又说不出原因，也只有爽快地答应了。

就这样，两人约好了明天下午两点在蛋糕店见面。临走前，谢缡安还特意打包了几份不同口味的蛋糕，看来她对景汩做的蛋糕情有独钟。

第二章　分手蛋糕

第二天下午谢缃安准时来到了景汨的蛋糕店，看到蛋糕店门口贴着一张招租信息。谢缃安想到自己正好也刚大专毕业，因为还挺喜欢 Z 市这个小城市，所以还不打算立刻回老家，正想在这找间房子暂时安顿下来。

柜台的两个美眉激动地叫喊着他们的老板说有美女找他。

随即谢缃安走进了厨房。简单的装潢，白色的砖墙非常干净，没有一点被蛋糕材料贴附在上的痕迹；做蛋糕的工具齐全，每一件物品都搁置整齐在自己的位置上。

"平时我只会偶尔过来看看，每天出售的蛋糕都是交给我徒弟一手完成的呢。除非有新灵感，才会过来这磨蹭几天。"景汨一边准备着待会做蛋糕要用的材料和工具，一边在那说着一堆分明是给谢缃安听的话，谢缃安听白了意思就是：今天要不是因为你，我才没有那个闲工夫在这里做这千篇一律的蛋糕呢。

"对了，你叫什么名字？"景汨抬起头看了看她，继续低下头忙他的活。

"谢缃安。"她干脆利索地回答。

"换我问你吧，你今年几岁？"

没等他回话，利用那一秒不到的停顿时间，身缃安捷足先登，反客为主问了一个她自己一直很好奇的问题。

"二十六，怎么了吗？"

"仅仅二十六岁就有自己的蛋糕店，有一帮美女徒弟员工频频围绕在身边，想想这是令多少男人都眼红嫉妒的呢！"谢缃安双手交叉抱胸，围绕着厨房转了一圈，用意味深长的语气说完了这一段话。

景汨没有说话，只是低着眼帘，嘴唇微微一抿，嘴角翘出一个好看的弧度，是个淡雅的笑容。

"你还没结婚是吗？"谢缡安继续乘胜追击。

"对呀，你怎么知道？"景汨没撇过头看她，大概觉得她也只是胡说一番，被她碰巧说中而已。

"我猜的，我直觉很准，什么都能猜中。"

"小骗子！"景汨轻蔑地笑了一下，转瞬即逝，大概对她所说的神似骗人的话不以为然。

"你不信啊，那我继续猜。"她走到他做蛋糕的平台对面，两手撑着台面，俯着身子头部前倾，凑近了他的眼帘盯着他说，"你也没有女朋友！"

这时，景汨缓缓抬头，两人的视线不期而遇，前一秒还对这个小骗子说的话半信半疑，这一秒，却被她一字一句统统说中。

"你想做什么蛋糕，做给谁吃的？"景汨没有揭晓她是否猜中答案，而是连续问了她两个无关痛痒的问题，以至于让谢缡安感觉特不舒服，像瞬间戳中了她的死穴。

"这个重要吗？你做就好啦。"她不耐烦地反问道。

"当然，做蛋糕的时候，心里想着那个重要的人，这样做出来的蛋糕会更美味。"景汨甚是认真，说得头头是道。谢缡安仿似从哪里也听说过这么一个做蛋糕的破秘方，只是万万没想到那居然是真的。

"那你做蛋糕那么好吃是想着谁呀，前女友吧？"看着谢缡安那副得意忘形的嘚瑟样，有那么刹那间，景汨真是想用自己的双唇堵住她那口无遮拦的嘴巴。

即便此时的景汨已被谢缡安料事如神般的本领弄得心里颇有不顺，但还是保持平静，喜怒不形于色。

而最后，谢缡安还是乖乖在景汨身旁跟着他开始学做蛋糕。

看着景汨一下打了好几个鸡蛋，先后把蛋清蛋白分离，分配比例，加入配料、发酵粉、抹茶粉等，再不断搅拌。

"蛋清一定要打开了，这样蛋糕的口感才会更好。"景汨耐心解说着。

中途景汨说去个洗手间，而在一旁认真听课的谢绺安就替他继续搅拌着蛋糊。

接着将蛋糊倒进烤盘抹平，放入烤箱中，十来分钟后拿出的蛋糕便成了形。接下来是最考验手上功夫的一步，景师傅拿出转盘放置蛋糕，右手持抹刀轻轻地将奶油或横或立地搭在蛋糕上，左手转动转盘，推动奶油直至均匀铺满，然后再放一层抹茶粉，铺满抹平。蛋糕抹得如此精致，真是漂亮极了。

他认真的眼神、全神贯注的样子和每一个利索娴熟的动作，使在一旁的谢绺安看得如痴如醉。

蛋糕大功告成，当谢绺安问起蛋糕多少钱时，景汨说不必，由于她是蛋糕店熟客的缘故，这个蛋糕就免费送她。谢绺安也连声说谢谢。

谢绺安还问了景汨关于蛋糕店门口贴出的房屋出租信息。景汨说那是他的房子，之前一直租给朋友住，可朋友要回老家，不想房子空太久，现在在找新租客。

谢绺安就让景汨带她去看看房子，说自己有意要租房。于是谢绺安上了他的车，景汨问起她要把蛋糕送到哪，说蛋糕不宜碰撞，他可以送她去。谢绺安心想反正待会都会经过，就直接送过去给他吧，就给景汨说了个地址。

来到前男友住的那个小区外，谢绺安给阿翔打了电话，让他下来。谢绺安明说了是最后一次找他，他才肯见她。

"绺安，你又想怎么样？"阿翔见到她的第一态度是不耐烦地厉声呵斥。

"喏，给你吃。"谢绺安把手中的蛋糕递到了他的跟前。

"又是蛋糕，我跟你说过我吃腻了，谢绺安！"他看着眼前这个蛋糕，面目扭曲，表情厌恶至极。

"那就给你的女朋友吃啊，这是我亲手为你做的耶！"谢绺安低眉顺眼地哄着他，生怕他不吃这个蛋糕似的，与平日的她简直是判若两人。

最终他还是勉为其难地收下了那个蛋糕，警告谢绺安以后别再对自己死缠不休，心里却是想着正好女友让他出去买甜点，这下一举两得，跑路费和买蛋糕的钱都省下来了。

这一幕幕情景，被在倚在车旁等候的景汩收进了眼底。

"还惦记着你的前男友啊？"看着她缓缓而来，说完景汩一边给她开了车门。

"没有，送他一个分手蛋糕，让他终生难忘！"等景汩也上了车后她回道，说完还扬起一侧嘴角，脸上浮现出一个令人不寒而栗的诡异笑容。

来到了景汩出租房子的小区内，他还表示自己住的屋子也在这个小区，就在对面那栋楼，要是出租屋以后有什么问题和不妥，打个电话，他就可以立即过来处理。

进了出租屋，谢缡安在屋里不厌其烦地兜了好几圈。是大小适中的两房两厅，每一个空间都间隔分明，墙上都贴满了暖色系的墙纸，令整间屋子都感觉分外温馨。虽然是简单的装潢，但每一件家具都精致特别，可以想象设计的人是花了多少心思挑选家具，家具摆放位置又换过多少次，才有现在别具风情的舒适感。谢缡安想起这真是像极了蛋糕店的装修风格。

她发现自己对这间屋子真是爱不释手，一直流连忘返不愿离开。景汩见谢缡安那么喜欢，也不愿租给乱七八糟的人把屋子弄得离奇古怪，便说可以给谢缡安租金算便宜点，使得她欣喜若狂了好一阵，高兴得差点想把景汩抱住狂亲一顿。就这样，当天两人就签了房屋的租赁合同。

第三章　有多爱就有多恨

蛋糕店内，突然杀入一个年轻男子，凶神恶煞地喊着要找蛋糕店老板。在厨房里头的景汩听到外面吵闹的人声便走出铺面一探究竟。

"有什么事吗？"看着惹事男子的模样，景汩依稀觉得自己与他似曾谋面。

"你的蛋糕吃坏人啊，我女朋友现在拼命拉肚子，怎么搞的！"那位男子横眉立眼地盯着景汩看，做出摩拳擦掌的动作，而后又怒不可遏地要向他讨个说法。

"你是谢缡安的男朋友？"景汩并没有因为这个男子凶神恶煞的样子而有所畏惧，而是从容不迫，冷眼静看着那个人，终于恍然大悟想起了来者到底是何人。

"前！等等，你怎么知道？"阿翔一脸疑惑不解。

"蛋糕是昨天她让我教她做的，我可以向你保证，蛋糕的材料没有任何问题。"他大概猜到了发生什么事，看来，景汩敏锐的直觉也不逊色于谢缡安。

"果然又是谢缡安，她肯定往蛋糕里放了泻药！我就知道她不会那么轻易放过我的！"阿翔瞬间呈抱头痛哭状，像早已被逼疯的精神病人不断跺脚抓狂着。

景汩回想起昨天两人做蛋糕的时候，他自己曾经上过一回卫生间，这短短的一段时间，足以让谢缡安在蛋糕里做任何手脚。景汩随后请阿翔坐下，让他冷静下来，问起他女朋友现在有无大碍。

"放心吧，我不会起诉你的，这是我和缡安的问题，与你无关。"能说出这么一句话，看来，他是真的冷静下来了。

"想不到你还挺通情达理的。"

"我把谢缡安甩掉，又找了新女朋友，全世界就都认定了我不是好人。"

"那确实是你的不对了。"

"你就只知道我怎么对缡安，那你又知道，她是怎么对我的吗？唉。"说到这里他无可奈何地叹了口气，表情是一脸无可遮掩的惆怅。

景汩本回他一句"怎么对你？"，心里是非常有闲情逸致和好奇，准备着听他诉苦，他却意兴阑珊地说了句："唉，不要再提她了。"以至于景汩也不好再追问些什么。

阿翔扶着额头，愁眉锁眼沉默了好一阵，才吐出"那没什么事，我就先走了"这么一句话来。说完就起身，垂着头，怅然若失地缓缓离去。这更让景汩百思不得其解他们之间到底发生了什么事。

第二天谢缡安就把行李从学校宿舍搬到了景汩的出租屋内，景汩也去给她帮忙。当把东西都弄妥后，他给谢缡安留下一把房子的钥匙，自己留一把备用钥匙。

"对了，昨天你前男友来过蛋糕店，还气愤地说他女朋友吃了那个蛋糕一直拉肚子。"景汩放下钥匙后，走到沙发旁坐了下来说。

"是吗，那后来怎么样了？"谢缡安没有撇过头去看此时景汩的表情，而是弯着身子，整理着她的衣物行李。

"我差点被起诉。后来，他知道是你捣的鬼。"景汩就这样坐在那看着在他不远处的谢缡安。

"对不起啊，连累你了。"她不以为然的态度依旧，连道歉都是那么轻蔑随意。

"其实我不是要怪你，我只是想劝你，分手了就是分手了，你再做这些，又是何苦呢，岂不是让人家更恨你。"景汩平心静气地劝说着谢缡安。

"如果他爱过，然后忘记我，那我宁愿他恨我，记住我一辈子。"听到景汩说出这么一番所谓劝说的话语，她不以为意的态度转瞬即逝，像被戳中了穴位，站了起来，转过身子面向景汩，感慨激昂地对他说出了这么一番心潮澎湃的陈词。她的语气确实有点激动，也渐渐面红耳赤起来。

现在看来，谢缡安对她前男友的爱，真的不是一般深。

"那随你喜欢吧。"景汨心里想，继续和她争吵下去也只是徒劳无功，便站起身，提着步子往门口走去。

"你有试过很爱一个人吗？有没有试过伤害你爱的那个人？如果你有的话，你会明白我的感受。"在谢缡安说出这番话的时候，他停住了前行的脚步。待谢缡安说完，他依然站在那不动声色，垂下眼帘仿佛梦出心生，眼底里淡然掠过一丝丝感触，静谧良久后，扬长而去。

谢缡安的好闺密俞夏澄听说她已经找到了落脚的地方，这天就屁颠屁颠地跑来了。俞夏澄感叹着，坐落在西区域最繁华的路段的房子租金都不菲，居然被谢缡安以那么便宜就租到，她可谓羡慕嫉妒恨，还说哪天放假要搬过来与谢缡安一起住，可以在这边玩几天。

谢缡安提到是景汨便宜租给她的，景汨就是优雅街那间"汨"的蛋糕店老板，因为自己经常去他那买蛋糕，所以认识了他。

俞夏澄听到谢缡安提到了"优雅街蛋糕店"这几个字眼，她从口袋里拿出了一张小纸条，上面记着一个蛋糕店地址。这是俞夏澄的姐姐交给她的任务，她姐姐快结婚，一直忙着安排婚礼的事情，所以让她帮忙到这间蛋糕店订做一个结婚蛋糕。

当然俞夏澄姐姐的未婚夫恰恰就是景汨的朋友，所以才会找上他帮忙做蛋糕。两人弄清楚了大致的情况，俞夏澄豁然开朗，因为自己是路痴的缘故，刚还一直烦恼着找不到蛋糕店的位置，以及直接去找一个不认识的人交代事情是一个多么突兀又尴尬的场面。

现在庆幸有谢缡安在。谢缡安保险起见先给景汨打了电话，确认他现在在蛋糕店，才说待会有事过去找他。

来到蛋糕店，跟景汨说清楚整件事后，景汨说他知道这件事，他的朋友之前已经与他通电话提起过，只是还不知道订做蛋糕的大致要求和细节。

三人就这样坐了下来继续聊着，期间景汨点了两份蛋糕给她俩吃。谢缡安吃了自己那份还未够口瘾，见俞夏澄目不转睛地盯着景汨那帅气的样子，一直与他交流着，那副花痴样都快流出口水来了，而她身前那份蛋糕依然原封不动。谢缡安伸手偷偷挪动了蛋糕到自己跟前，淡定地继续吃起来。

当两人谈到要做什么样的蛋糕时，俞夏澄就真的哑口无言了，因为她姐姐确实没有跟她说过这个问题，而且俞夏澄对普通蛋糕都根本没有特别喜好，更何况是结婚蛋糕。

"结婚蛋糕，当然至少给做三层以上才得体，如果可以每层的馅都不同就最好了，巧克力当然不能少，还有酒心蛋糕怎么样？"见冷场，谢缡安在一旁就插嘴，喋喋不休说了一连串她自己的意见。

"你在说什么啊缡安，这样难度很高吧，还什么酒心蛋糕。"坐谢缡安旁边的俞夏澄用手手肘轻碰撞了下她的手臂，示意让她别乱说话。

"什么嘛，巧克力都能做酒心为什么蛋糕不行。"谢缡安噘起嘴略带不屑地瞄了瞄俞夏澄。

"景师傅，不用理她，就平时最多客人订做的那种结婚蛋糕就可以了。"俞夏澄完全没理会在那兴妖作乱的谢缡安，而是转过头客气地跟景汨说。

"没事，缡安的提议其实挺好的，可以尝试下，蛋糕什么时候要？"说话的景汨是一副一言惊醒梦中人的神态，仿佛心有所想。

"呃，下个星期天，订婚派对上要用到。"听到景汨这么说，俞夏澄也不好多说什么，只见在一旁得谢缡安挑起眉，一脸得意的表情。

就这样事情谈妥。临走的时候，俞夏澄神情扭捏地问了景汨是否会去参加订婚派对，当景汨回她当然会去后，更是涨红了脸，含羞带怯地回了他一句："那到时候见咯。"说完还对人家景汨依依不舍，最后被一旁等得不耐烦的谢缡安拖走了。

第四章　冰凉的手

　　一个星期后的一个晚上，谢缙安从外面回到家，却死摁着电灯开关，都不见头顶那支光管有丝毫亮起的迹象。跑到电箱打开了电箱门，发现也不是跳闸，她也尝试了把总闸打下再往上打回去，丝毫没有用处。

　　随后果断行事，立马打给景汩让他来处理，可是电话那头的景汩却说他现在在蛋糕店走不开，大概二十分钟后才能过来，要谢缙安等会。

　　待到景汩来到的时候，谢缙安已经在沙发上差点熟睡过去。漆黑一片的屋内，景汩没有看清她的面容，而谢缙安也依稀感觉到他来了，却没有过多理会，想着让他修好了再说。大概她是睡得不愿起身了。

　　"只是保险丝断了，换了就好。"景汩站在电箱前，一手拿着手电筒，一手用螺丝刀在那撩弄着。

　　"你怎么那么久才来呀，我怕黑呢。"谢缙安依旧睡在那，稍微伸了伸懒腰，用慵懒至极的声音说。

　　"好了！"景汩弄好后，把总闸打上，光管就如他所愿地亮起来了。谢缙安见灯亮了也就坐了起身。景汩正转身走向谢缙安，映入眼帘的是她前后匀称的瘦小身材，她穿着无袖上衣和短裤，白皙的手臂和修长的大腿暴露无遗，孩子般提着手慵懒地搓着眼睛。

　　八月炎热的季节，回到家的时候她就立刻换上了这身清凉的衣服。此时此刻他的心里不禁有些蠢蠢欲动起来。

　　当谢缙安起身正想跟景汩说"谢谢，这没你的事了"就把他送走时，却不料看到触目惊心的一幕：她的不远处一只丑不拉几的肥蟑螂翅膀发出啪哒啪哒的声响，正要向她飞来。谢缙安"啊"的一声尖叫后，惊慌失措间下意识一把抱住了景汨。

"你家怎么有蟑螂啦，快帮我把它打死！"谢缏安欲哭无泪，激动蹦跳着，娇柔无力的声线在他耳边掠过。而她的这一举措更是让景汨的心瞬间融化，亢奋难耐。

一切都在景汨啪的一声把蟑螂消灭后戛然而止，景汨用纸裹起那副尸骸，潇洒地抛出纸团，纸团划出一道好看的抛物线，精准地落到了垃圾桶里。他洗了手，打开了来时放置在厨房的蛋糕盒，切出了一人分量放到碟子里，配上叉子，拿出了客厅。

刚洗完澡出来的谢缏安敏锐的双眼一眼就看到了台面上的蛋糕，蹦跳了几步一屁股坐到沙发上。

"这是给我的吗？"谢缏安闪亮着眼睛向他悬悬而望，脸上写着一脸的期待。

"尝尝吧，新研制的酒心巧克力蛋糕！"说完，景汨走到她身旁坐了下来。

"你真的做啦，我只是随便说说而已啊！"她急不可耐地拿起叉子，挑出了一大块蛋糕就张大嘴巴一口吃掉。

"好吃的话，订婚派对就用这款了，之后店面还可以推出新品种。"

"呵呵是吗，那恭喜啦！嗯，真好吃！"

"谢谢你的灵感。"景汨在她身旁看着她吃蛋糕的样子，不禁和风细雨地低喃着，心想明明只是一个蛋糕，就能让她无比欢天喜地，她怎么会如此容易满足。每次看到她吃蛋糕的样子，他都感觉周围洋溢着满满的幸福感。

俞夏澄打来电话告知谢缏安，她姐姐非常喜欢那个蛋糕的款式和味道。俞夏澄的姐姐还邀请了谢缏安参加她的订婚派对，再三嘱咐俞夏澄当天要带着谢缏安一起来。

谢缏安心里其实是不怎么愿意去的。要抽时间，还要准备晚礼服，也不认识她姐姐的朋友，而俞夏澄肯定要忙着招待客人，随处搭讪找人聊天更不是她的作风，这一情况，想想都知道那天晚上自己肯定会一个人无聊死。

但又不好意思拒绝，诸多借口的推搪多让人讨厌，人家都竭诚邀请了，说不去是显得自己有多清高。这样一想，碍于情面，谢绺安最后还是答应了。

星期天晚上谢绺安化了妆，穿着一身黑色碎花无袖连衣长裙，脚踩十厘米露脚高跟凉鞋，盛装出席了派对。这和她平时雪纺衬衣短裤搭的休闲随意风格确实大不一样，高挑匀称的身材展露无遗，一路走进主人别墅院子就引来了众人的目光。

举行订婚派对的地点是主人家的三层大型别墅室外的院子里。院子里种了些花花草草，还有一个小型游泳池，空旷的院内早已摆放好了大大小小的桌椅、食物和各种娱乐玩耍的设备。

俞夏澄在谢绺安身旁嘀咕着自己姐姐真是太幸运了，钓到了个金龟婿，要是自己日后也能遇到这种好事情就好了。

而谢绺安心里却觉得谬妄无稽，除非她姐姐的未婚夫还有别的不动产，要是他的身家最值钱就是这栋别墅，那他现在也不会有钱到哪去。看着那所谓的大别墅是好看又体面，却身在荒芜僻静人烟稀少的地方，这别墅再贵都有限了，它的潜在价值还不如在繁华兴旺地段的一间小屋子或小铺头呢。

想到这里，景汨这个人一跃而过她的脑海，她的心里咯噔了一下，奇怪自己为什么会无故地想起他来。

俞夏澄跑去款待客人了，一切都像谢绺安想象中那样，她一个人无聊透顶，拿着酒杯在那晃来晃去。但令她始料未及的是，她不去主动搭理人，却被两个不知好歹的家伙搭讪了，看样子是和谢绺安年纪相仿的人，称自己是新郎的朋友。其实谢绺安本是想三言两语敷衍下他们就把交谈结束掉，可两人却口若悬河，与谢绺安侃侃而谈，丝毫没有放过她的意思。天知道，谢绺安最不会拒绝别人了。

两人围着谢绺安谈了好一阵子，都没有停下的意思，谢绺安略微皱起眉头，开始不耐烦起来。不一会儿后，忽然从她身后走来一个人，那人停在了她的身后，手伏上了她的后腰，伟岸的身躯贴近了她的身旁，嘴巴凑近她的耳后，柔声细语地在她耳边说："过来，尝尝我的蛋糕。"温热的气息涌入了她的耳朵。

霎时间,谢缡安感觉整个人都软软的。景汩说完就牵起她的手把她拉走了,就这样谢缡安只丢下一句"有事先失陪"就成功地摆脱了那两个搭讪小伙的纠缠。走了不过几步还听到那两个人埋怨说"有男朋友也不早说,浪费我时间"。

随后谢缡安还向景汩感叹道幸亏他出现,不然肯定被那两个人烦死。两人在那张大长桌旁坐了下来,谢缡安看到大长桌中间摆放着那个与她的想象相似十足的结婚蛋糕,惊喜若狂了好一阵,还拿出手机拍了照,说留作纪念。

"最近在忙什么?"正看着谢缡安吃着蛋糕的景汩问。

"刚毕业,找工作。"她回答。

"要不要来我这,你那么喜欢吃蛋糕?"他托着腮,挑了挑眉,一副不怀好意的样子。

"我只是喜欢吃蛋糕,才不喜欢做呢。"谢缡安以此婉拒了他,其实真正原因是不想成为周旋在景汩身边那堆庸脂俗粉中的一员。

"小馋猫!"他微微翘起嘴角轻声感叹。

"对了,你的手为什这么凉?"景汩想起刚刚牵起她的手时一阵冰凉传递而来,所以问了她这么一个问题。

"不知道,天生的,天气稍微凉些就会这样。"因为从小到大都是这样,谢缡安一直认为这是件最正常不过的事情了。

景汩站起身,走到谢缡安旁边,脱下他那件白色西装礼服外套,披在了她的身上。此时的谢缡安怦然心动起来,稍有羞怯地涨红了脸。

原来一个人男人的魅力所在,就是他可以给你的安全感,明明只是一件披在你身上的外套,却能从心里温暖至你的整个身体。

第五章　优雅广场

　　景泪听到谢缡安提起她现在正需要找一份工作,他想起自己一个朋友是优雅广场的人事部经理。优雅广场是西区域最大型的娱乐广场,内有商业百货、酒吧、KTV、舞厅、夜总会、中式饭店、西式餐厅、饮食街等,集各种娱乐场所于一身,可谓样样俱全。

　　景泪告诉谢缡安有空可以去优雅广场的人事部问下,现在什么职位有招人,看是否有适合自己的,还说回头他会给他那个朋友打个电话,请他帮忙关照下。听到景泪这么说,谢缡安连声对他说着谢谢,感动极了。

　　当天下午谢缡安就迫不及待跑去了。为方便前来面试的人,优雅广场的人事办公室设在了广场外面的一间铺面里,谢缡安很快就找到了。

　　一进门就直接向办公桌前的那位美女问了好,当被问起来面试什么职位的时候,谢缡安眼睛一扫而过墙上贴着的那张招聘简章,回答说"财务助理"。因为谢缡安大专修的就是财务专业。

　　没等那位美女回答,经理室一个高大的年轻男子走了出来,他戴着眼镜,小眼睛,顶着稍微有点鼓起的啤酒肚,略微有点肥胖。他看到谢缡安直接问她叫什么名字,谢缡安回答后就让她进了经理室详谈。大概这个人就是景泪提起的那个朋友吧。他们就这样面对面开始洽谈起来。

　　"你好,叫我阿俊就可以了。"

　　"你好,俊哥。"谢缡安还礼貌地点了点头。

　　"简历给我看看。"

　　"哦,好。"谢缡安把简历递给了他。而阿俊就这样低下头认真地看着简历。在这个过程中还自然地把简历里的其中一些信息小声地念出来,譬如"谢缡安""X大学毕业""财务专业"。

待他把简历看完，抬起头目光转回到谢缡安身上时，他的第一句话不是问"刚毕业吗"或是"有工作经验吗"诸如此类的问题，而是……

"你是景汨的女朋友吗？"他挑了挑眉，好奇又八卦地看着谢缡安坏笑。

"不是啦，普通朋友而已。"她拼命摇头摆手着要澄清清楚。

"是吗——"后面那一个字说话尾音拉得长长的，摆着一脸半信半疑的表情。在这种情况下谢缡安只能拼命地点头。

"财务那边人招满了呢，物管部缺个物管助理，那个美女刚辞职不久，你觉得可以吗？"

"可以试试的其实。"迫于现在急需要一份工作养活自己，能接受的就都先试试吧，她心里这么想着。

听谢缡安这么说，阿俊就打了通电话给物管部的经理，说话大致内容是这样：喂，钧哥你现在在办公室吗？没什么，有个美女来面试，学财务专业的，我觉得还挺适合到你们部门。嗯，好你过来给她面下试咯。嗯，等你，好拜拜。

当那个名为钧哥的人来到了人事部，出现在谢缡安的面前时，她心里猛跳了一下。眼前是个成熟中年男人，身躯凛凛，相貌堂堂，穿着黑西装白衬衫，干净利落的黑色短发，深邃撩人的眼眸，粗而浓密的眉毛。

最能突显他那份成熟气质的，莫过于上嘴唇上那修饰得弯弧有致的胡子。他脸上或多或少有些岁月沧桑的痕迹，将近四十岁的样子，相貌不算非常英俊，但全身上下都散发出典型成熟大叔的独有魅力，极易被诱惑。此时的谢缡安就被他那独特的气质深深吸引住。

两人相互点头问好后，钧哥也看了谢缡安的简历，问她是否刚毕业，除了说谢缡安还挺小的，才二十一岁以外，也不存在别的任何意见了。就这样谢缡安面试成功，当天就办了入职手续。待钧哥离开后，人事部经理阿俊还向谢缡安介绍了巩培钧这个人，说他平易近人，不会过于苛刻，待同事很好，让谢缡安大可放心跟他做事。

第二天早上谢缡安准时来到优雅广场的人事部，阿俊把谢缡安带到了四楼物管部办公室后，就先行离开了。物管部的办公室里头摆放着几张办公桌椅，往里走还有一间经理办公室，跟人事部的办公室布局相似。

　　来到的时候巩培钧已在那忙里忙外。物管部除了巩培钧还有一个年轻小伙，叫阿立，巩培钧就让他带着谢缡安，把之前那位美女离开时交接给阿立的工作慢慢交接给她。巩培钧拍拍谢缡安的肩膀说"没事的，慢慢来"后，便走回他的办公室继续忙活。

　　十二点将近吃饭时间，巩培钧叮嘱了两人按时吃饭，便离开了办公室。谢缡安和阿立两人中午在公司饭堂吃饭，当聊起巩培钧这个人，阿立可是赞不绝口，说在这工作的两年来，从来没见过他恶言詈辞地骂人，自己更是没有被训诫斥责过，即使做错事，他也只会心平气和地说教。

　　讲述起最令他印象深刻的一次，是自己拜托了巩培钧帮忙做一件事，后来他没能帮上忙，拍着阿立的肩膀连声跟他说"不好意思"。头一次听到上司会跟下属道歉，谢缡安感叹着世界上还有这种绝种好上司，还能被自己碰上，看来自己还挺有中彩票的运头。

　　几天工作与巩培钧相处下来，谢缡安发现他真的是个不折不扣的好上司，对同事和下属很是关心照顾，有时谢缡安忙得来不及做的事情，他还主动去帮她完成，这一点让谢缡安感动不已。有天从阿立口中得知巩培钧今年大概三十八岁，早结婚了，还有个快上初中的儿子，那一刻，谢缡安失望得心都碎了一地。

第六章　体温蛋糕

不知不觉谢缡安在优雅广场工作已经一个多星期，她慢慢适应了这里的工作环境，能应付各种各样大小琐碎的工作任务。那天下班本要主动打给景汨，想请他吃饭以感谢他的帮助，却被景汨捷足先登打通了自己的电话。

电话里，景汨问起谢缡安今晚是否有空，约了她十一点在蛋糕店见面，也就是蛋糕店打烊后的时间。

挂了电话后，谢缡安心里一直有着疑惑，为什么将近两个星期没有与她联系的景汨，一联系她就约在蛋糕店见面，而且是那么诡异的钟点？想想肯定又是心血来潮研制出什么新款蛋糕，让她这个忠实粉丝帮忙去尝吧！

来到蛋糕店的时候景汨还在厨房舞弄着厨具，专心致志地做着蛋糕，让谢缡安坐在一旁等会儿。他的徒弟和店里的其他员工都下班了，店门外的电动卷闸也早关上了一半，感觉店内霎时变得夜阑人静，只剩下景汨做蛋糕时工具与工具碰撞发出的各种声响。

谢缡安就这样静静地在一旁凝望着他的一举一动，目光久久地落在他身上。直至他似乎完成了自己想要完成的步骤，谢缡安也敏感地站起身，想看看他下一步的举措。只见景汨从边上拿起了什么东西，走到谢缡安面前，轻抓起她的左手。他的大手掌牵起她冰凉的小手，使谢缡安的手呈握拳状，然后他抬起拿着温度计的右手，将温度计插入她的拳隙中。

"干吗要量我手的温度呀？"谢缡安嫣然一笑，抬头看着景汨问，她心里觉得特别新奇。

"为你量身定做一个小蛋糕。"景泪松开了手,也抬头看向谢绺安,随后嘴角扬起好看的弧度,展现出一个暖人心扉的笑容。

很快景泪抽出了温度计,测出了谢绺安手的温度是35度,果然比一般人要低一些。他转过身去继续忙碌着。

很快,一个奶白色胖胖的圆柱形小蛋糕大功告成。景泪递给谢绺安一个小汤匙示意她尝尝味道。谢绺安挖出一大块盛到嘴里,慢嚼细尝着,蛋糕像冰激凌般柔软丝滑,入口即融,还带着一丝浓郁的巧克力味道,口感是难以言喻地好。

"好吃吗?"

"好极了!"谢绺安十分满足地翘起嘴角莞尔而笑,是一个甜到入心的好看笑容。

"我用你手的温度煮巧克力,然后将它放进蛋糕里。这个蛋糕有着你独一无二的温度,我替它改了名字,叫'体温蛋糕'。"景泪面向了谢绺安,轻轻握起她的左手,耐心给她述说着这个蛋糕的来由。

"认识你以后,你总能给我源源不断的灵感。"他凝视着眼前的女孩,深情款款。

"所以说,你不能没有我咯?"她嬉笑地开着玩笑,他给她的感觉有些尴尬,她想以此玩笑打破僵局。

忽然,他的左手揽住了她的后腰,脸庞渐渐向她凑近,双唇在她白皙细嫩的脸蛋上蜻蜓点水般一触即止。

而后缓缓挪至她的耳边,谢绺安今天盘起了头发,景泪的嘴唇能毫无阻碍、亲密无间地贴紧她的耳朵。温润的气息涌入她的耳内,像触电般瞬间一跃而过她整个身体的每一条神经线。

"做我女朋友。"他在她耳边柔情蜜意地低喃着。

"嗯?"见此时的谢绺安僵直着身子没有一点反应,他重复地问,迫不及待要得到她的回应。

"嗯。"谢绺安微微仰起头吻了吻景泪的脸庞。早已怦然心动得摸不着心跳频率的谢绺安,别无他法地选择投降。

在景泪家,谢绺安一直抱着景泪的脖子拼命亲吻着,把他脸上的每一个部分都均匀地亲了一遍又一遍，缱绻缠绵，不愿放开。

"缡安，我上班要迟到了。"此时被牵制得难以逃脱的景汨皱着眉头对谢缡安说。

"没事，我都迟了差不多一个小时了。"说这句话的谢缡安笑容可掬，仿佛从未感到过事态严重，说完又往他的嘴唇上亲了好几下。

"那你还不快去啊？"

"可是不知道为什么我离开你一秒钟都觉得好难受。"谢缡安抿起嘴唇，用娇音萦萦的声线，任性妄为地对他撒娇着。

"呃，大概是因为我们还在热恋期，过几个月就没事了吧。"景汨对她说出了一个他自己都觉得非常牵强的理由。

第七章 本性毕露

三个月后。

谢缡安下午六点下班后,给景汩打了电话,得知他现在在家,就迫不及待地飞奔去景汩家。

景汩一开门谢缡安就抱住他使劲地亲。

"我好想你,我们都一个下午没见面了。我们去哪吃饭?"谢缡安环抱住景汩的脖子含,娇声细语地问他。

"可是我今晚约了朋友吃饭啊,就刚刚的事,还没来得及告诉你。"景汩要对谢缡安的热情洋溢泼上一盆冷水,所以神情难免会有些不好意思的尴尬。

"啊,可是我们恋爱的这三个月每天都在一起吃饭,那现在你要我怎么办?"谢缡安嘟起嘴,向景汩娇嗔着。

"我们明天后天都可以一起吃饭啊,来日方长呢,乖。"说完便松开谢缡安的手,轻抚了下她的头,转身走进浴室洗澡准备出门。这三个月以来,其实景汩已开始对谢缡安的痴缠不休萌生厌烦,但依然语气平和,耐心地哄着她。

而谢缡安再怎么腹诽心谤,她总不能绑住他的双腿限制他的行动吧。在她思考着要怎么办的时候,眼睛恰恰瞄到了摆放在大厅茶几上那台巴掌大小,只要他一出门不管远近都会随身携带的手机。谢缡安翘起一边嘴角,又是那一个似曾相识的诡秘笑容,此时她脑海里,旧时有过的念头又重新萌发,慢慢呼之欲出……

从浴室里洗完澡出来的景汩发现她已离开了他的家。

晚上十点左右,谢缡安现在身处的位置是中心区的红星商业街,这是这座小城市颇为繁华的市中心区域。她独自一人在一家咖啡店选了一个靠窗边的位置，悠然自得地品尝着那杯香气浓郁的摩卡薄荷咖啡，眼睛却是死死地盯着对面马路那家 Waiting Bar 酒吧，偶尔提起手机看看 GPS 定位服务软件地图上显示的目标坐标是否有移动的迹象。

真不是谢缡安自命不凡，在她过去的数次跟踪行动中，除非自行暴露，否则每次都能成功跟踪目标而又不被发现，无一例外。每次谢缡安做这种事情都十分谨慎，提高警觉又不失从容，锐利的明眸把周围的一切动静一扫而过，映入脑海，敏锐的直觉洞悉与预料着所有事态发展的可能。她的周围都充斥着诡秘莫测的气氛。

不提不知道，她已在此处埋伏了将近一个小时。现在她的目标——景汨的一切行踪都在她的掌控之中。

大概到了十一点，GPS 软件地图上的目标开始移动，谢缡安立马到营业台埋单，健步如飞跑出了咖啡馆，站在那儿远远眺望着 Waiting Bar 的大门口。不一会儿，果不其然走出了一群年轻男女，他们相互嬉笑打闹着，大概有七八个人的样子。在人群中，谢缡安找到了那个她最熟悉的人，遥望观察下景汨的神态和走路的姿态来看，他也喝了不少。

他们都玩疯了的样子，大概是体内的酒精在作怪，两个看不清长相的女孩鬼使神差地踮起脚尖，轮流抱住景汨亲吻了他的脸庞。在那之后景汨抬起了头，脸上春风得意的笑容转瞬即逝，极目远眺着对面马路的方向。

谢缡安并没有因为怀疑景汨已经察觉到自己而有所闪躲，因为她早已做好了易容打扮。要是在这种醉意朦胧的状态下景汨都还能认出自己，那她自愧道行太浅。

就这样，两人隔着一条灯红酒绿的街道面面相觑着。这样的状况维持几秒后，一辆大型旅游巴士风驰电掣飞速而过，挡住了谢缡安的视线。待巴士完全经过后，一辆出租车在景汨那个方向的位置停了下来，只见他扶着一个女孩一起上了出租车的后座，而其他几个人也跟着欢欢而散。

谢缡安也拦截了一辆出租车，往景汨 GPS 移动的方向跟去，不久后便到了一个住宅小区。谢缡安在小区里下车后，看到相互依偎的两人进了某栋楼的大堂。

谢缢安没有跟进去，而是走回到外面，仰着头不断扫视那栋楼的几扇窗户。幸亏这个小区每栋楼的楼层数并不多，不久后谢缢安看到五楼右手边的那个单位房间位置亮起了灯。谢缢安提手看看表，刚好过了两分钟，搭电梯上五楼，再拿钥匙开屋门也就差不多这个时间；在这之后久久也并没有其他的房屋亮灯。可以彻底锁定他们的位置。

　　继续等了一会儿后，谢缢安仰起头往那个方向放眼望去，房间的灯已经熄灭了。这个过程大概只过了五分钟。

　　她的心颤抖了一下，瞬间感觉如刀绞般一阵阵疼痛。谢缢安摘下用以易容的黑框眼镜，用手背擦拭了下不由自主流出的几滴眼泪后，转身走出小区，上了辆出租车，绝尘而去。

　　其实在那之后，谢缢安还抱有一丝希望，安慰自己事情并不是自己想象中的那个样子，时不时还不死心地拿出手机打开 GPS 看看。可那个目标红点依旧牢牢地固定在那个位置坐标上，纹丝不动。那些难以找借口狡辩、如山的表面证据，都像杀人的利器，一划一笔地刺在她心里。疼痛感久久没有平息，那天晚上，她彻夜未眠。

　　第二天谢缢安顶着黑眼圈去上班，在这天上班以来长长的七个小时里，景汨没有给她打过一通电话，谢缢安也无力再按开那个定位软件。

　　直到晚上谢缢安下班的时候，意外地看到景汨在优雅广场的大门出口处，倚在车边安静地等着她。

　　景汨说自己答应过谢缢安今晚会陪她吃饭。原来他并没有忘记自己说过的话。

　　吃饭的过程中，两人面对面坐着。谢缢安一直板着脸，保持缄默，不言不语，眼神不屑一顾，即使景汨特意撩起话题，她都只是给予"哦""嗯""是吗"不超过三个字的冷漠回应，就算是勉强挤出的笑容，看起来都突兀极了。景汨也发现了她的不妥，问她发生了什么事，谢缢安只是嗤之以鼻，冷笑一声，就没有了下文，对景汨的态度更是漠若冰霜到了极点。

　　回去的时候，景汨没有直接开车回家，而是兜转到了蛋糕店。他把车停在路边让谢缢安在车里等会儿，随后自己便下了车。景汨走进蛋糕店后，有个女孩在蛋糕店里等着他，谢缁安在车里，摁下了车窗，把头探了出去，想看清那女人的模样，在看清的那一刻，她心里瞬间咯噔了一下。

那个人，就是昨晚和景泪在一起的女人，只见她把一件外套递给景泪。谢缁安清楚记得，外套就是景泪昨天晚上穿的那一件。

"在她家狂热到走时候衣服都忘记拿了？"想到这里，谢缁安咬牙切齿，稍微有些生气地深吸着气。

回到谢缁安家楼下放好了车，她什么话也没说，不屑地夺门而出，甩上车门就往楼层大堂走去。景泪见此也下车紧紧跟随。拿出钥匙开了门后，谢缁安想就此关上门，却被景泪拦住了。

"谢缁安你今天怎么了？"他走进屋内，关上门后问。

"你有什么要向我解释的吗？"她转过身子面向景泪。

"你到底想说什么？"

"刚刚那个女人是谁？前女友吗？干吗还你外套？你昨天在她家过夜所以外套落在她家了是吗？"

"你在说什么？"对于谢缁安说出此言，景泪难免会有些诧异。

"你敢说你没有去过她家！"谢缁安厉声质问道。

"你怎么会知道我去过她家，你跟踪我？"

"对啊，我就是跟踪你，我不跟踪你怎么会知道你在外面偷吃！我还在你的手机里安装了GPS，你去了哪里我都知道！"说到这里两人都开始激动，燃出了吵架般的火药味。

"你知不知道什么叫隐私？看来你根本就不信任我！"

"你的隐私还不够多吗？多到你现在可以在外面偷吃了！你们男人都一样，那么爱说谎，要我怎么信任你！"

"我们在一起的这三个月我几乎都每天跟你在一起，我还怎么骗你？我怎么偷吃？"

"那你去喝酒就喝酒，去前女友家过夜就过夜啊，干吗骗我说和朋友吃饭？"

"事情根本不是你想的那样。"景泪撇过头去，扶起额头深吸着气，感觉有太多说不清的懊恼与无奈。

"那是怎样，你解释啊！你就尽管狡辩！"谢缡安用犀利的语言乘胜追击地向他质问着。

"你每次都这样，怀疑我有什么问题就刨根问底地质问我，管一个人管得那么紧，你不累吗?"景汩凝视着谢缡安，语气缓和下来，感觉再无力与她争吵下去。

"我管你，我紧盯着你，是因为我爱你呀！"心潮澎湃地向景汩喊出这么一句话，似乎已用尽了她全身的力气。

"你根本不懂怎么去爱一个人，你再这样下去，只会令我们彼此都难堪。"景汩停顿了下，继续说，"我想，我们还是应该先分开冷静一下。"说完，他竟步直走，离开了她的家，只剩谢缡安独自一人在那孤立无助地蹲下身子，抱头痛哭起来。

第八章　所谓的安全感

那天晚上后，两人就没有再见过面，也没有谁先主动找对方，谢绺安偶尔经过蛋糕店也没有看见景汨的身影。有一天谢绺安终于忍无可忍，走进蛋糕店向营业台的那位美女一问究竟，才得知景汨几天前出了远门，大概一个月左右回来，去哪去做什么均没有交代。

景汨为什么离开那么长时间，可是对她只字不提。也许他根本就是为了刻意回避她，或许他这边跟她说分开冷静，那边就紧握着前女友的手，出发旅游，风流快活。这些在脑海里假设的所有可能性，是谢绺安想都不敢想的。

就这样不知不觉又跨过一个新的月份。每到月尾至月头的那几天时间，她的工作都特别忙，要总结核算广场里每个大大小小的承租方上个月所产生的各种费用账目。

而做各个承租方的水电费明细表是最令谢绺安头疼的一项工作。整个优雅广场，统算餐厅饭店、酒吧、舞厅夜总会、卡拉 OK、商业百货、写字楼等各种大大小小的店铺，办公、娱乐场所加起来大概几十家，清楚算出每家水电费确实是件吃力的事情。

而走遍整个广场，爬上俯下去抄表的人，更是精疲力竭。谢绺安也明白这不是件一下子就可以完成的事，所以她也只有一声不吭耐心地等待着。

两个人抄表大概要用一两天时间，31 号才抄表，今天 2 号，财务部的人就开始催促谢绺安上交明细表。这样的状况，分明是要把谢绺安逼得不存不济。而且这是只能一个人完成的事情，要是分担给另外一个人做，那各种统计数字也就乱了，所以阿立也帮不了谢缡安多少，只能在一旁指导她，给她点出要注意的几个地方，仅此而已。

其实对谢缡安这个学财务专业的人来说，做这种明细表根本是小事一桩，但因为数量真的太多，且稍微做错一点都影响整个广场的水电数目，后果不堪设想，因此她这种不爱专注于小节的人会感觉太过烦琐。

那天下午做到商业百货的表格时，发现商业百货一个区域的用电度数还没抄完，谢缡安便急匆匆地跑到工程部找那位抄表的大哥。可是他更是忙得翻天覆地，委婉地推搪着谢缡安，今天自己的事情太多，明天再替她抄。

谢缡安心想，明天！要是明天才交到财务去的话，老板娘定会一早就请我到她办公室喝咖啡。

她想着这样等也不是办法，看着纸上的表格，也就三四十个表的样子，自己去把它抄了不是更快，求人不如求己呢。

问了那位大哥百货的电表位置，拿了电房的钥匙，谢缡安就屁颠屁颠地跑去了。看了看那几个电箱，很快就找到了相应的电表号，可抄到后面时，谢缡安仰起头瞠目结舌地看着那几排高不可攀的电表，她欲哭无泪。搬来了一旁的梯子，虽然有点恐高症，还是硬着头皮准备爬上去，这时巩培钧却打来了电话。

"喂，钧哥，怎么了？"她小心翼翼地问道。

"缡安，你在哪儿？"

"我在电房抄表。"听到巩培钧的声音她心里稍微有些紧张起来。

"抄表这种事情为什么要你来做？"听巩培钧的语气，感觉他对此稍有不满。

"工程部伟哥说他没空，水电表我又赶着交给财务，所以就……"谢缡安在那吞吞吐吐地解释着。

"你在哪个电房？"谢缡安还没说完，就被巩培钧迫切地打断了。

"嗯……商业百货鞋子专柜隔壁那个电房。"

"你等我一下，我现在过来。"

"哦，好。"说完两人便迅速挂了电话。

不久后，巩培钧就真的来到了电房，问谢缡安抄到哪，还差多少。大致了解情况后，就替谢缡安爬上了梯子，让谢缡安说出表号，他报出电表读数，谢缡安记录。

这样一来，那一区域的几十个电表就很快抄好了。离开的时候，谢缡安羞怯着感恩戴德地对巩培钧说："谢谢，钧哥。"巩培钧还对谢缡安嘱咐说"要是下次伟仔不帮你抄表，就到工程部老大张总那投诉他"。谢缡安僵硬着脸乐呵呵地笑着，不知道巩培钧在开玩笑还是认真的。

谢缡安把那一沓厚厚的 A4 纸装订好，交到财务部去后，总算松了一口气。继续做其他明天就要上交的报表，下班了都还舍不得走，做累了，趴在办公桌上闭上眼睛，很快就深沉睡去了。

这一天她忙得忘记了时间，忘记了吃饭，甚至忘记了景泊这个人。谢缡安醒来的时候，发现自己身上披着一件大码的西装外套，她摸不着头脑这是谁给她披上的，一度怀疑过会不会是巩培钧，她看了看时间自己已经睡了半个小时，这个钟点巩培钧应该早下班了的。

把衣服搁置到一边，待她把剩下的工作都完成以后，已经是七点多，可谢缡安还是不想去吃饭，或是回家。她怕走到哪里，都会令她想起景泊，就这样一个人坐在那发着呆。

这样发呆的状态维持不久，有人推门而入。她看清了来人的面部轮廓后，显然有些惊喜交加。

"钧哥。"谢缡安礼貌地称呼了他一声。

"下班不回家，怎么在这睡觉，小心着凉了。"从他关切的慰问中得出了肯定的答案，衣服就是巩培钧的。

"还有点收尾，现在搞定了，嗯。"谢缡安连忙解释着，然后确切地点了点头，把西装递回给巩培钧，停顿了下，又接着问他，"那你呢，怎么也还没下班？"

"饭店出了点小状况，现在处理好了。"他边说着边接过西装。

"哦，是吗。"谢缡安应声回应。

"快回去吧，时间不早了。"说完巩培钧便竟走回到他的办公室里。

"好。"她回答。

可让谢缡安万万没想到的是，当她正准备走出广场的那一刻，老天爷却像故意捉弄她一般，下起了倾盆大雨。这令她顿时望而却步，呆呆地站在门口好一会儿，都不知该如何是好。

过了一阵子，身后突然有个人轻拍了拍她的肩膀说："走吧，送你回去。"就这样，巩培钧为谢缡安撑起雨伞，两人亲密无间地在同一把雨伞下并肩走在一起。走到车旁时，他打开了车门，让谢缡安坐进了车子副驾驶位置后，替她关上门，自己也走回到另一边上了车，打开雨刮器后便开动了车子。

问了谢缡安住哪后，他说他家也是那个方向，不过比谢缡安家还要远些。一路上畅通无阻，两人也没有更多的话语。到了谢缡安家楼下，巩培钧也像刚刚上车那样，自己先下车撑起伞，为谢缡安开了车门，关上门后把谢缡安送到楼层大堂内，自己才转身离开，仿佛雨水会腐蚀她光洁细腻的肌肤，以至于如此小心翼翼不让她淋到一滴雨水。

"走咯，今晚早点睡。"他轻声温柔地对她说。

"谢谢钧哥。"在他正准备转身离开的一刻，她说。

巩培钧没有回过头去看她，只是挥挥手示意告别。

这一刻谢缡安深深明白，一个男人是否能给你足够的安全感，不是看他能为你做多少事，献多少殷勤，而是在你最需要他的时候，他能立刻出现在你的面前，且为你排忧解难。

大概景泪并没有给她足够的安全感，所以她才会对他做出那些在景泪看来是一种束缚而又不可理喻的事情。而在谢缡安看来，那恰恰是最正常不过的，爱一个人的表现。

第九章　误会解开

第二天早上起来，天空依然下着雨，谢缡安无奈地叹了口气，因为上班下雨对她而言是极其麻烦的事。但当她洗漱完，换好衣服准备出门时，令她意想不到的是，巩培钧打来了电话。

巩培均问她起床了没，说外面下着雨她上班会不方便，待会他会经过她家，顺便载上她一起上班。挂了电话后的谢缡安还呆呆地站在那，好一阵子才反应过来。

中午下班的时候，谢缡安与巩培钧的妻子初次谋面。只是第一次见面，她就给人感觉是个温柔体贴的人，三十来岁的样子，但保养得很好，皮肤白皙，美丽端庄，风韵犹存。

大概是来找巩培钧一起吃午饭，她走进了他的办公室，不一会儿两人就一同走出来了。在一旁办公桌上的谢缡安还听到他的妻子轻声嗔怨着巩培钧说："我劝过你多少次都没戒呢，现在自己怎么就无故地乖乖戒烟了，嗯？快说！"说话的过程中还带着一丝欣然怒放的笑容。

大概是因为她的丈夫终于肯戒烟了，不管是因为什么原因，她都感到高兴。

低着头正认真工作的谢缡安听到巩培钧的妻子说的话后突然缓缓抬头，她恍然大悟想起，有一次巩培钧把她叫进了自己的办公室交代一些工作，谢缡安走进办公室的时候，他正抽着烟。

殊不知谢缡安一闻到烟味就感觉不舒服，不断咳嗽。其实谢缡安向来都是这样，只是她不知道巩培钧有偶尔抽烟的习惯。从那天以后，谢缡安就好像再没有见到过他抽烟，至少是她在办公室的时候并没见过。

下班回家的路上，谢缡安经过蛋糕店，心痒痒的，想进去吃个蛋糕。好久没有吃他做的蛋糕，虽然不是他亲手做，但品尝一下他蛋糕的味道，即使只是睹物思人也罢。

　　走进蛋糕店，到营业台点了常吃的招牌蛋糕和奶茶，四处眺望想找个角落的位置，出奇地看到了一个她见过却不知道叫什么名字的人。

　　"你好，请问这里有人坐吗？"谢缡安走到了那人面前礼貌地问。

　　"没有人，你坐吧。"她也礼貌地微笑着，示意让谢缡安坐下。

　　"冒昧地问一句，你和景汨是什么关系？"其实从那天晚上在 Waiting Bar 门口第一次见到她的时候开始，谢缡安就想搞清楚两人的关系，只是一直没有机会。

　　"欸，你认识景汨啊，那你是？"她惊奇又疑惑地问。

　　"我是他女朋友！"谢缡安稍微倾前了身子，仿似要郑重其事地向她声明此事。

　　"哦，原来是这样啊！"听到这么一句话，她大概完全明白，为什么明明有空位置谢缡安却还要走过来与自己搭台，并问出这些莫名其妙的问题。

　　"我叫阿丽，你叫什么名字？"

　　"缡安。快说吧，你和景汨的关系。"谢缡安似乎已没有耐心与她说半句废话，迫切地追问她。

　　"我是他前女友，现在大概勉强算普通朋友吧。"听到她的回答，果然不出谢缡安所料。

　　"普通朋友的话为什么他要在你家过夜？"谢缡安毫无遮拦地直接厉声质问阿丽，因为"普通朋友"四个字，听在她耳朵里是尤为碍耳。

　　"过夜？你在说什么啊？"阿丽瞪大眼睛看着谢缡安，惊讶极了。

　　"他送你回家那个晚上啊！"谢缡安用强调的语气再次提醒阿丽。

　　"哦，你说那天啊，你怎么知道这件事？"她仿似想起了什么，才恍然大悟过来。

　　大概以为谢缡安碰巧看到引起误会，停顿了下，她继续解释："不过你误会了，那天我碰巧在酒吧遇见景汨的时候都吓了一跳，本想躲开他，转身就跑,却被他的朋友拦截了,说要我跟他们一起玩。他的朋友我见过,也不好脱身,就只好答应了。"阿丽说完轻轻一笑,随后提起杯子喝了口奶茶。

"嗯,然后呢?"谢缡安催促她继续说。

"然后我们都喝多了,我也感觉自己醉了,景汩就说他送我回家。虽然我是很不愿意的,但站都站不稳,也无力拒绝了。"

"回到家我胃特别不舒服,还不小心吐脏了他的衣服,他脱了外套,把我安顿好后,我还记得我迷迷糊糊跟他道歉,坚决要替他把外套洗好了再还给他。然后他就走了。谁知道他的手机放在外套口袋里,把手机也落下了,第二天一早他就心急如焚打通了他的手机,我才知道他把手机落在我家。他说来我家拿,我说我待会要出门,晚上和外套一起给他送到蛋糕店去。"阿丽耐心地给谢缡安述说着当晚的情况。

"所以那天晚上,你跟他什么都没有发生?"谢缡安皱起眉头,再一次强调追问,以确认阿丽没有说谎骗她。

"是的。"阿丽恳切地回答道。听了阿丽详细述说了当晚的情况,谢缡安才发现自己是真的误会景汩了。

"当然什么也没有发生,我见到他都害怕死了,怎么可能还跟他发生什么。"看到谢缡安低头沉思着,阿丽又不自主地继续说道。

"你为什么害怕他?"谢缡安好奇地问。

"你是他女朋友啊,难道你不觉得他有问题?"这时的阿丽颇为激动地说,眼神变得惴惴不安起来,对谢缡安问出的问题感到非常不可思议的样子。

"他有什么问题?"谢缡安看到阿丽惶恐不安的眼神,也不禁跟着有些毛骨悚然。

"景汩他根本就是个疯子!跟他在一起的时候,他每天都要来找我,有一次找不到我,打了一百多通电话给我,还打给我的家人、朋友,想方设法要找到我。"

"他还试过偷看我手机里的各种信息,在我手机里装 GPS 跟踪我,那时候我感觉二十四小时被人监视,跟他在一起的这段日子,简直跟坐牢没什么两样，你说让不让人害怕！"阿丽在述说着她与景汨的往事的过程中，激动得差点拍案而起，表情神态是一脸愁眉锁眼，近乎崩溃，甚至快要流出眼泪似的，那像是她这一生中最不愿提起、极致委屈痛苦的回忆。

　　"但那天晚上，他送我回家却没有对我做什么，证明他真的已经不爱我了，才让我松了一口气。"谢缡安听了阿丽说的话后吃惊不已，只是情绪不形于色。但她心里依然心存疑虑，不太相信，因为阿丽口中述说的爱得如此疯狂的景汨与自己认识的那个景汨根本就判若两人。

　　"可是我认识的景汨根本不是你说的那个样子啊？"谢缡安皱起眉头一脸疑惑地问阿丽。

　　"说不定他是不够爱你，所以才没有对你做出那些事。"阿丽的这么一句话，令谢缡安更是愁眉不展，垂下了眼帘，陷入了久久的沉思之中。

第十章　温差

当谢缟安看到手机屏幕上显示着"我回来了"这么一条信息，她的心里并没有太多的想法与冀盼。你不会知道那个人已经多久没有与她联系，久到，她几乎要忘了有这么一个人的存在。

现在就算景泪这个人站在她面前跟她说"我们重新在一起吧，我还是不能没有你"诸如此类的话，都不能再让谢缟安感到怦然心动。有时候就是可以那么轻易地忘记一个人，仅仅是因为，你知道他根本不爱你，再继续死缠硬磨下去也是徒劳无功，这样又有何意义。

晚上大概八九点，谢缟安正要下楼买东西，走出楼层大堂的时候，却看到了一个熟悉的身影，大概是在等着她。景泪向谢缟安缓缓走来，两人都自然点头微笑。

"嘿，最近好吗？"

"挺好的，你呢，去旅游了吗？"

"没，去了 A 市，朋友新店开张，过去帮忙。"

"哦，原来是这样。"谢缟安向景泪点了点头，表示了解明白。随后谢缟安低下了头，仿佛心有所想，而景泪也俯头凝望着她垂下的眼帘。两人就这样久久默然不语，谁也没有想着要说点什么打破这几分钟尴尬的宁静。

"景泪，其实我想说，我觉得我们还是分手吧。"谢缟安抬起了头，凝视着眼前这个人的面容，说话的语气是那么平复自然，像早已做好了要对景泪说这么一番话的心理准备。

"为什么要分手？"大概景泪对她说出的话感到非常莫名其妙，就只是一次普通的吵架而已，足以成为两个人分开的理由吗？

"前天我在蛋糕店碰到你的前女友了，她跟我说了好多关于你的事，还解释清楚了那天晚上的误会。"

"所以你也知道是误会，为什么还要分手？"此时的景汨已尽量保持着冷静沉着。

"听完她说的话后我想通了，你跟我在一起是因为你精神上对我有所依赖，因为我总能给你灵感，所以，其实你并不爱我。这一点，大概就连你自己也不知道吧。"

"谢缡安，你是不是认为自己的直觉很准很了不起，了不起到可以看透一个人的心？"景汨终于抑制不住他激动的情绪，声色俱厉地怒斥，大概是感觉谢缡安说出的理由荒诞至极。

"那不是直觉，是明摆在眼前的事实啊！"谢缡安也跟随景汨不知不觉地提高了声调，脸色也激动得口沸目赤起来。

"那只是你自己的想法，不是我的！"

"请不要再纠结下去好吗？我已经决定了。"她深呼吸了一下，缓和了她激动难耐的情绪，眼眶涨红，只是不断努力抑制着，不容一滴眼泪肆意妄为，一涌而出。

"我是不会那么轻易放手的，终有一天我要让你回来我的身边。"就在谢缡安转身离开的一刻，他用最最坚定不移的语气向她说出了誓死不贰的承诺。

其实谢缡安早已受够了景汨这种若即若离、忽冷忽热的态度。喜欢她的时候，可以不顾她感受把她摁在床上亲吻，回想起那一幕幕情景，谢缡安曾经以为自己是景汨最爱的人。但当他厌烦她的时候，也可以冷漠地把她丢下，一声不吭抽身离开。

她却还傻傻地期盼着他的主动联系，或是在她最难过无助的时候出现在她的面前给予帮助和安慰。那种感觉就像是被他困在了冷藏室，却还冀盼着他能给自己温暖的拥抱。可是他没有，他把她漠然置之，时间长到足以让她忘记一个人。谁又受得了这种令人难以负荷的温差。

这对谢缡安这种对爱情极度缺乏安全感的人来说，无疑是一种深深的伤害。而在谢缡安知道了景汨其实根本不爱她的那一刻，她更是铁定心思要和他分手。

这天谢缡安下班，走到广场出口的时候，已见景汨早早在那等着她，这让她心里感到非常厌烦和恼火。因为早上出门的时候，谢缡安走出楼层大堂景汨就已经在那堵着她，说送她去上班，而谢缡安冷漠处之拒绝他后，就急匆匆地上了小巴把他甩掉，让谢缡安始料未及的是，下班时景汨却还不死心地在优雅广场的出口等候着她。

见谢缡安出来，景汨缓缓向她走近。

"你来干吗？"走到景汨跟前停了下来，她用漠若冰霜的语气问。

"我来接你。"往常他也总是以这种柔情似水的声音与她说话。

"你能不能不要再这样，我们已经分手了！"谢缡安大声疾呼跟他强调着"我们已经分手"这一事实。

"走吧，我送你回去。"而景汨完全没有理会她说的话，狠狠一把抓起谢缡安的手腕，用力地要把她强制带走。

"景汨你放手啊，我让你放手！"因为不想引起众人的关注，谢缡安也没有做出过大的反抗，一边因为他的牵制而逼于无奈跟跄着跟随他走，一边极力掰开他紧握着自己的手。

直至走到车边，景汨打开副驾驶位置的车门，狠狠将她推了进去。当谢缡安想要重新打开车门逃离时，景汨已坐上了车并锁上了车门，迅速启动引擎开车绝尘而去。

"停车！我叫你停车啊！"谢缡安转身面向景汨，不断拍打着他的肩膀，对他高声怒喊着要他停车。景汨终于忍无可忍地把车停到了一边，此时的景汨已被谢缡安搅和得心绪大乱，烦躁和愤怒的情绪使得他心潮澎湃，心跳加速。

景汨也转过头咬紧牙横眉怒目地盯着谢缡安，这样怒目相视的情景没有维持多久，景汨就抬起手一把抓过谢缡安的脸庞狠狠地吻了上去。任由谢缡安如何撕心裂肺地挣脱着，他用狂热的吻恣意肆虐着她的唇，直至谢缡安使尽全力将他一下子推开。

谢缡安惊慌失措间抽起车钥匙遥控器按了下车门解锁的按钮，听到"咔"一声后便急切地打开车门，顷刻逃离出去。庆幸的是景汨并没有追赶上来。

第十一章　跟踪

接下来的一个星期里，景汨都阴魂不散似的对谢缡安死缠不休，而谢缡安对此采取的行动除了尽量躲避却别无他法，导致在这段时间里，她出门和下班都变换着各种通道离开，整个人都变得神经兮兮，疑神疑鬼，提心吊胆，总是害怕会碰到他，或是被他找到。

在找不到谢缡安的这些日子里，景汨总会不定时地给她打来电话。因为工作需要，谢缡安每次也只是挂了他的电话，而没有关机，景汨平均每天都会打上几十通电话，其中有一天甚至一百多通。

景汨对谢缡安的死缠硬磨，无疑对她的生活造成困扰，使她变得精神恍惚，痛苦不安。再这样下去谢缡安感觉自己很快就会被景汨逼疯的。

其实谢缡安在准备与景汨提出分手时，早有过考虑是否要搬走，但她确实舍不得这间屋子，舍不得这黄金地段，更舍不得那难得的极其便宜的租金。

近来的几天，景汨再没有打过电话给谢缡安，这让她紧绷的精神情绪得以松懈，心情也平静了许多。

在谢缡安快要下班的时候，她的好友俞夏澄打来了电话，说她今天刚好过来西区域办事，问谢缡安今晚是否有空，一起出来聚聚，还兴致勃勃地说打算安排吃饭逛街看电影一条龙节目。这样难得可以相聚的机会，谢缡安感觉没有任何理由拒绝，而且谢缡安今天的心情还不错，所以爽快地答应了她。

缡安约了俞夏澄七点见，下班后谢缡安急急忙忙地赶回家要洗澡洗头发，刚洗完出浴室，电话就响了起来。

"喂，缡安，你现在在家吗？"是俞夏澄。

"我在呀，刚洗完澡，怎么了？"此时的谢缡安边听着电话，边拨弄梳理着她的长发。

"那你可以出门了吗？"

"没有，我头发还没吹干，衣服还没换呢！"

"啊啊啊，亲爱的那你快下来小区门口接我，我没有户主卡，保安不让进！"可以想象俞夏澄此刻边楚楚可怜地向谢缡安求救，边瞋目切齿地怒视着保安叔叔的模样。

"呃，好那我现在下来。"谢缡安放下了手机和刚刚才拿起的电吹风，拿起放置在茶几上的钥匙，就急匆匆地跑下楼去。下楼接到俞夏澄后，她却说想起有些东西要到便利店去买，拉着谢缡安要她陪她去，完全没有顾及谢缡安此时只身穿紧身无袖上衣和短裤，和那湿溜溜还在滴水的头发。

一路上都引来了不少人回头的目光。到了便利店俞夏澄细拣慢挑着她平时指定要用的那种品牌的卫生巾，一边还在征集谢缡安的意见，问哪种比较划算。谢缡安真是没好气跟她说。

两人回到谢缡安家后，俞夏澄就急急忙忙地跑到卫生间去要用她刚买的卫生巾，而此时的谢缡安却不动声色地站在刚进门的位置，一眼不眨地死死盯着刚刚她放电吹风和手机的茶几，若有所思。她总感觉哪里有点不对劲，电吹风和手机的摆放位置似乎有点不一样，她感觉有人进来过。

但她也压根记不清楚原先的摆放位置，这种无凭无据的猜测，不能实质证明些什么，谢缡安想想大概是自己想太多了，过于敏感多疑而已。

但令谢缡安不得不承认的是，她心里杯弓蛇影的奇怪心态越来越泛滥，一整晚与俞夏澄吃饭逛街都感觉有人在跟踪监视着她们。

在吃饭的时候，她的余光总感觉有个模糊不清却又十分熟悉的身影埋藏在哪个角落，默默地观察着她的一举一动。而当谢缡安转过身子放眼望去，却一目昭彰，空无一人。

在走路的时候，她总能听到那对她而言再熟悉不过的脚步声，感觉那声音总在她的身后微微响起，感觉总有人在她的身后悄悄跟随。

　　谢缡安也曾试探地问俞夏澄是否有种奇怪的感觉，俞夏澄却直呼："没有啊，什么奇怪的感觉？"反倒反问谢缡安怎么一整晚总是神经兮兮的样子。这令谢缡安一度怀疑自己是否患有思觉失调或是别的精神病症，又或者她的内心一直在逃避着另一个她怀疑的可能。

　　和俞夏澄分别后，谢缡安独自一人回家，回到大楼走出电梯口的一刹那，那个黑色的身影再次出现在她的余光内，这一次她确切地看到刚刚有个人从右边走廊的尽头拐出去。谢缡安不假思索急切地追了上去。

　　跑到拐弯处她恰恰看到消防通道门缓缓关上，她跟着拉开那道门走进了楼梯间。楼梯间里漆黑一片，眼睛一时无法适应，墙顶上的感应灯也没有因为有人经过而适时地亮起。

　　在那伸手不见五指的氛围中，她的双眼完全失去了辨析能力，转动身子环顾四周，得到的还是一样的颜色。

　　霎时间，谢缡安感觉到她的不远处，除了她自己以外有第二个人细微的呼吸声存在。当谢缡安反应过来时，刹那间，那个人已用手抓起了她的胳膊，另一只手护住她的后脑勺，用力一把将她推到墙边，把她牢牢地固定在了那。

　　那一刻，谢缡安灵敏的嗅觉闻到了他身上那份熟悉的独有的味道。没等谢缡安喊出他的名字，他已俯下身子，用亲吻堵住了她的双唇，抓住她胳膊的手缓缓转移到她的后衣尾处探了进去，手掌来回抚触着她光滑细嫩的腰部与背部的肌肤。又是那个人，那一个特别狂热的吻。

　　不同的是，谢缡安这一次却没有过多反抗，任凭他对她肆意地做出任何无礼的举措，直到他渐渐停下来，抽离了牵制住她的双手。黑暗中他看不到她的容颜表情，他不知道此时此刻的谢缡安已无法抑制，无声无息地潸然泪下。

　　他转身走向通道门的方向，拉开了那道门，顷刻离开了那个黑暗的空间。谢缡安独自一人呆呆地依靠在墙上，停顿了好几秒才提起步子要去追上他，走到拐角处见到他已进了电梯下了一楼。当谢缡安赶到一楼大堂的时候，她要寻找的身影已消失得无影无踪。

她连忙从口袋里抽出手机，拨通了景汨的号码。

"你不要以为我不知道刚刚的人是你，这样玩弄我于股掌之间觉得很有趣是吗？"她低低切切的声音中带着哭腔。

"我说过，我是不会那么轻易放手的。"其实此时的景汨就闪躲在谢缡安前方不远处的粗壮柱子后，悄然无声地藏在那儿，细微察觉着她的一切。

第十二章　狙击

　　基于景汨这段时间冤魂不散的跟踪，以谢缡安资深的经验，她极度怀疑自己的手机被装上了GPS，她翻遍手机检查，却没有发现任何一点蛛丝马迹。

　　所以这天下班，她决定去附近那家电脑城找平时与优雅广场常有生意来往的阿阳帮忙看看，查出原因。

　　经检查，手机果然被装上了GPS跟踪定位软件，更特意设置了隐藏。检查的过程中阿阳还不怀好意地问起是否是男朋友的杰作。所以现在景汨手机上对谢缡安的追踪记录，就这样无疾而终，永远只停留在了西苑电脑城这个地方。

　　景汨的攻势也不过如此，就这样被轻易地破解了。想到这里，谢缡安不禁翘起嘴角，轻轻嗤鼻一笑，展现出一个鄙夷不屑的满意笑容。

　　但也许给谢缡安一百次机会重新猜想，她都依然想不到，就在她转身离开的那一刻，一位神秘男子随即走进阿阳的店铺，向阿阳咨询了关于微型追踪器的相关信息。

　　那天以后的连续几个晚上，谢缡安一躺上床，就能快速地酣然入睡，且一整晚都睡得安稳沉着。

　　直到她有一天起来收拾东西，准备上班的时候，她杯弓蛇影的心态又再次油然而生，她觉得她的手袋被人翻过，并发现手袋里的钱包不见了，找遍了屋子都还是不见它的踪影。

　　她努力回想着自己曾经去过哪儿，上一次拿出钱包是什么时候，因为什么而用到它，用完后又将它摆放在哪儿，抑或是被扒手盗窃了自己都还一直懵然不知。

那天谢缡安一直没有寻回钱包，最后自认倒霉放弃了继续寻找，准备晚上下班回家带齐资料去补办各种证件和银行卡。

当谢缡安回到家的时候，却出奇地发现钱包静静地搁置在房间的柜子抽屉里，检查了钱包，里面东西齐全，连钱也丝毫不差。可她清楚记得早上她是打开过这个抽屉，并且仔细查找过，这是令她焦头烂额想不出其中的原因。最后她只能用"大概是记错了"这一理由，让自己别再苦思冥想地一直纠结下去。

这天谢缡安接到了一个电话，是她一个读书时关系非常要好，毕业后还依然常有联系异性朋友阿信，他约了谢缡安今晚在优雅广场的福宴饭店吃饭，说有事要请她帮忙。

在到了晚上，一起坐下吃饭开始闲聊时，才知道阿信将要与恋爱两年之久的女朋友结婚。她的女朋友阿盈谢缡安也认识的，也是大学里很要好的朋友。他说他俩想在福宴饭店摆结婚酒席。

日期已经定好了，那天是个好日子。福宴饭店处于繁华地带的中心，宴会厅装潢豪华气派，场地宽广，设备齐全，还有顶级厨师烹饪菜肴，是西区域很受年轻人青睐的摆结婚宴席的首选之地。

因为谢缡安与福宴饭店的营业总监威哥比较熟络，吃过饭后，她打电话向他打听了消息。因为还有几个月的时间，那天暂时还没有被预订，威哥说如果谢缡安的朋友有需要，他可以先帮忙留着，什么时候有空可以随时过来详谈。

在阿信送谢缡安回家的过程中，谢缡安把这一好消息转告了阿信。他喜出望外，兴奋得不得了，一把抱住谢缡安就激动连连地跟她说着谢谢。阿信说他如此执着于这家饭店是因为阿盈非常想在那摆宴席，婚礼一生只有一次，所以要搞得风风光光，赚足颜面。

谢缡安反而觉得阿盈是虚荣心过剩，那些过眼云烟的铺张浪费，在谢缡安看来是完全没有必要的，不过反正阿信甘愿，一个愿打，一个愿挨，碍于情面，谢缡安也只是不置可否。

其实这一次谢缡安不知道，此时此刻有个人，正埋伏在他们不远处一个不显眼的位置，静观默察着两人的一举一动。

阿信把谢缡安送到家的时候，她才想起毕业前阿盈在宿舍曾试用过她的那瓶进口护肤霜，说很好用，还让谢缡安帮她买一瓶。随后谢缡安很快就帮阿盈买了，只是很快就毕业了，完全忘记了有过这么一回事，现在那瓶护肤霜依然原封不动地搁置在谢缡安房间的柜子里。谢缡安对阿信说反正都来了，就上她家拿了那瓶东西，有机会转交给阿盈。

进了门，谢缡安给阿信倒了杯水，就进房拿了护肤霜给他，两人还闲聊了会，关于婚礼和宴席的筹备等。谢缡安还挑起眉调侃着阿信，问是不是因为米已成炊，才如此迫切举办婚礼。

待阿信离开谢缡安的家后，她的手机响了起来，她没有留意看来电显示，直接拿起手机就接了。

"那个男人是谁？"听到那人满腔质问的语气，声音却低沉平稳，谢缡安心里瞬间不寒而栗了一下。

"你在哪里？"仔细听可以感觉到，她的声音明显有些颤抖，即便她已经尽量保持着沉着冷静。

"我问你他是谁！"景汩重复了刚刚那句话，但音调却提高了不少。

"你不要再发神经了，行吗？"谢缡安语气颇为激动，向景汩厉声呵斥道，随后怒气冲冲地跑到阳台俯瞰着楼下的场景，发现根本了无人烟。可谢缡安依然不死心地转头四处眺望，高瞻远瞩地用她敏锐的视线与直觉，洞悉着周围一切可疑的事物。

虽然看到最多的就是楼层内灯火通明的亮光，在她不断扫视的过程中，一个疑似景汩的人影，像浮光掠影般，在她的双瞳里一晃而过。她沿着视线返回，终于确切地找到了那个她要寻找的目标——景汩就在对面那栋楼最顶层的天台，像追击手一样埋藏在围栏边上，用望远镜往谢缡安身处的方向望去，远远瞩目着她屋内的一切动静。

而景汩大概也知道谢缡安已经发现了自己的所在位置，捏着望远镜的右手缓缓垂下。两人就这样，隔着一栋楼的距离，面面相觑了几秒的时间。谢缡安气急败坏，瞋目切齿，手攥成拳头，一拳捶在了阳台石板上，转身拿起家里钥匙就夺门而出，决定要将景汩这个疯子"缉拿归案"。

当谢缡安上了那栋楼的天台,空旷的阳台空无一人,一览无余,景汨的身影早已消失得无影无踪。谢缡安从口袋里抽出手机,正要拨通景汨的号码,却被他抢先一步发来了一条信息:"我紧盯着你,是因为我爱你。"

这时,微风吹拂过她的身体,吹开了她方寸大乱的思绪。天台的周围都洒满凉意,她听着那句自己曾几何时也说过的话,早已说不清楚现在的自己还爱不爱这个男人。

第十三章　失去联系

谢缡安早上醒来伸了伸懒腰，抓起枕边的手机打开看了看时间，却发现手机屏幕弹出了一个窗口提示，说微信账号在别的手机设备上登录。谢缡安诧异间连忙坐了起身，心想不会是被盗号了吧，尝试重新输入密码登录，如她所愿地登录成功，紧绷的心脏才松了一口气。

但当谢缡安进入到微信界面后，令她大惊失色的事情接踵而来。她打开了阿盈发来的一条信息，言简意赅，清晰明了写着"谢缡安你这个贱人"这么一句话。谢缡安瞠目结舌，一眼不眨地盯着那句话呆呆地看了好一阵子，才反应过来，问她发生了什么事，消息刚回复过去，阿信就打来了电话。

"缡安你搞什么，怎么会有我昨晚抱着你的照片，而且你还发给了阿盈！现在她闹别扭，连婚都说不结了！"阿信招呼都没打，就直奔主题，口若悬河说了一大串谢缡安听了还是不明白怎么回事的话，能感觉到他此刻的心情是多么焦急不耐。

"我……那个图片不是我发的，至于到底是怎么一回事，我也不太清楚，总之我会向阿盈解释清楚的好吗？请相信我！"对于这件莫名其妙发生的事情，谢缡安一时半刻也想不通事情的缘由，给不了阿信一个清楚的解释，也只能先答应他会尽快把事情处理好。

随后两人挂了电话，谢缡安恍然大悟，一定又是景汨那个疯子的杰作。打了一串串的文字发送给了阿盈，极力向她解释清楚事情的来龙去脉，希望她能理解。

不一会儿，却得到了"你骗三岁小孩吗，编也编个有水平点的谎话啊"这么一段回复。看到这里谢缡安真心含冤莫白，心想自己就算跳入黄河也洗不清了。

最后阿盈还补上了一句"贱人，我要跟你绝交，警告你以后别再缠着信！"谢缡安皱起眉头，扶起额头无奈地深深叹了一口气。当一个人不相信你，你就百口莫辩，说再多也只是徒劳。

谢缡安感觉自己就这样失去了两个朋友，还坏了人家的好事，都是拜那个人所赐。

为了躲避景泪，谢缡安决定暂时离开这里，避避风头，那天回到办公室特意向巩培钧请了一个星期的假，决定回老家探望父母。

因为是月中的关系，没有什么必须谢缡安在才能完成的工作，要是有突发事情都可以先由阿立代替处理，更主要的是亲爱的钧哥为人处事都很随和，只要工作安排好，条件允许，就都不成问题了，就算一个月他也会爽快地批下来，因此谢缡安顺利请到了假。

谢缡安打算只背个大双肩背包，带上必须，日常用品、衣裤鞋袜家里都齐全。

为让背包腾出更多的空间，谢缡安把那个她用了很久，非常喜欢一直舍不得换的长型大钱包换成了另外一个小钱包。她就这样悄无声息地离开了Z市，以至于让景泪再也无法追查她的位置。

景泪与谢缡安失去联系的第一天：他打了一百多通电话给她，语音提示由一开始的"无法接通"变成最后的"已关机"。

景泪与谢缡安失去联系的第二天：他闯进了她家，四处观察，看是否有任何一点关于她的蛛丝马迹；打开了她的笔记本，试着登陆她的微信，但最后都提示密码错误。

景泪与谢缡安失去联系的第三天：他满世界地寻找着她，去了所有她可能会出现的地方。过去他曾经翻阅过她的手机，记下了通讯录里她的家人、朋友、同事的手机号码，现在他逐一打通了他们的电话，打听关于她的消息。

景泪与谢缡安失去联系的第四天：他再次走进她的家，却碰巧撞见正在家中替谢缡安打扫屋子的俞夏澄，他紧张殷切地问俞夏澄她人在何方，听了俞夏澄的回答，他的心情才平静缓和下来。

待俞夏澄离开后，他拿出了刚在电子设备店买的数个针孔摄像头，装满了整间屋内隐蔽的地方，除了卫生间，为的只是，在她回来的那一天，他能第一时间知道，并且日后每天都能见到她。

一个星期过后，谢绵安终于回到了Z市，她告诉俞夏澄大概下午两点到家，让俞夏澄先到家里等着她。

摁响门铃，俞夏澄给谢绵安开了门。刚踏入屋内，谢绵安又像过去的某次一样，在那停住了脚步，皱起眉头四处张望，析微察异着屋内的事物。

她觉得很多地方都有过变动，和她之前住的样子颇有不同，但一时半刻却不能明确说出哪里不同。直接说白了，就是她的直觉告诉她，有人曾经进来过这间屋子，并且动过屋内的许多东西。至于来人做了具体的什么东西，那就不得而知了。

"夏澄，在我回家的那段时间你有上来过吗？"谢绵安向厨房走去，身子倚在了厨房门边，问正在煮面的俞夏澄。

"有啊，偶尔会上来看看，在这睡过一两晚，怎么了吗？"俞夏澄回过头看了看谢绵安，就转过头继续煮她的面。

"不是带男人上来过夜吧？"谢绵安挑了挑眉，露出一个不怀好意的笑容，调侃着说。

"当然不是啊，反倒有一次碰到你男人上来过。"

"你说景泪吗，他上来干吗？"一提起景泪这个人，谢绵安总是不由自主激动起来。

"她是你男朋友啊，又是房东，他过来了难道我要把他赶出去？"俞夏澄把两碗煮好的面端出了客厅，谢绵安也跟着走出去。

俞夏澄把面放在饭桌后，接着又说："对了，你怎么连回老家都不跟人家说一声？那次他看到我一直问我你去哪了，看样子紧张死了，我就告诉他你回老家了，一个礼拜后回来！你跟他怎么了，吵架啦？"对谢绵安说完，就坐下吃起她的面条。

"我跟他早分手啦。"谢绵安走到俞夏澄面前，向她澄清。

"什么时候的事，你怎么没告诉我？"俞夏澄含着面含糊地说，把那一口面吞下，接着又说，"肯定又是你管人家太紧了吧？"俞夏澄是谢缃安的好闺蜜，所以对她的品性多多少少会有了解。

"景泊他根本就是个疯子！我跟他提出分手后，他就每天在楼下和优雅广场门口堵我；一天打几十通电话给我；之前在我手机里装了GPS啊，就是跟你约会的那个晚上，他就一直跟踪着我们；还偷了我的密码看我微信里的消息，引起了阿盈的误会，现在她都和我绝交了。我就是因为躲他，才休假回老家的，你知道吗？"谢缃安也坐了下来，鼓起腮帮，愤愤不平地数落着景泊的种种不是，说完提起筷子大口大口地开始吃面。

"你不说我真没想到，完全看不出来他是个爱情狂啊！呀，你们好像哦！"俞夏澄目瞪口呆地看着眼前的谢缃安，像是在看世界奇闻的感觉。

"我哪有他那么神经，我最多也只是查看手机和微信，偶尔有怀疑就跟踪而已啊。"

"人就是这样，自己做了再过火的事情都觉得正常，当别人对自己做出过分的事情，反倒觉得对方不可理喻，是个神经病！"

"俞夏澄你现在是帮我还是帮他？"说到这里谢缃安差一点就要激动得拍案而起。

"我只是给你们两人客观评价啊。"见谢缃安冒火气，俞夏澄立即退避三舍。

"想想，如果他对你做的那些过分的事情，只是因为他爱你，这么想是不是就变得容易接受多了？"这个总是称自己为"爱情专家"的俞夏澄，又开始在那侃侃而谈那些貌似意味深长的大道理。

"要是我已经不爱他了呢，那我要怎么办？"

"那你现在面对的问题就是，有什么办法可以令他不再爱你。这样他就不会缠着你了。"

"什么办法？"

"最直接的，找个新男朋友，让他死心！"谢缃安仿似看到俞夏澄那额头上印着"爱情专家"四个字，真不知道这娃说的话，到底该不该相信。

第十四章　他真的来过

第二天起来，谢缡安就发觉自己生病了，大概是老家和 Z 市的温差过大，短短的一个星期内游走在两个环境大相径庭的城市，一时间无法适应，所以感冒发烧起来，这一点也不足为奇。

"喂，钧哥，我生病了，能不能再请一天假？"谢缡安打给了巩培钧，气咽声丝地向他解释着。

"缡安，你回来了吗？"

"嗯。"

"怎么了，感冒发烧了吗？"

"嗯，发烧。"

"你等会儿，我待会就过来带你去看医生。"巩培钧说完就随即挂了电话，也没等她回应说好与否。他的声音虽然沉声静气，但怎么听都感觉有几分担心。

不一会儿，巩培钧就真的到来了，按响了谢缡安家的门铃。谢缡安步履蹒跚地走去给他开门。看到谢缡安裹着大衣一颤一抖的样子，巩培钧抬起手抚触了下她发烫的额头。

"能自己走吗？"他柔声细语地问道。

谢缡安点了点头，头晕目眩，四肢乏力，全身发冷，去看医生与否已不容得她自己来做主了吧。

她换了衣服就和巩培钧一起出了门。走出屋内后，巩培钧还让谢缡安扶着他的手臂，这样她就走得不那么吃力了。

来到医院量了体温后吓了一跳，高达 39℃。谢缡安心里想着本来就已经够笨的了，还发高烧，如果不尽快退烧，真不知道会不会变成弱智呢。

医生给谢缡安开了药，还开了瓶点滴，说吊瓶点滴会快些退烧。只见护士姐姐将那细小的针头缓缓插入了她纤细的手背上那条静脉血管内，随后牵着谢缡安走进了输液室，替她找了个位置，示意让谢缡安坐下，把吊瓶悬挂好就匆匆离开了。

不久后，巩培钧就替谢缡安拿了药回来，走到谢缡安跟前，脱下了他的外套轻轻地盖在了她的身上，随后在她旁边的位置坐了下来。

"靠着我睡会儿吧，吊瓶是大号，还要吊很长一段时间呢。"巩培钧转过头，轻声细语地跟她说。谢缡安昏昏沉沉地点了点头，脑袋靠在了他宽广的肩膀上，很快就迷迷糊糊地睡去了。在这个过程中，巩培钧还曾数次细心地为她轻轻提了提滑落的外套，怕她又再次冷着了。

在回家的中途，巩培钧还特意下了车替谢缡安买了粥。把她送回家后，千叮咛万嘱咐她吃过粥后记得吃药，才放心地离开。

吃过药后，因为药效的关系，本来就不舒服的谢缡安就感觉更加昏头晕脑了，爬上了床便很快深沉地睡去了。

不知道什么时辰，有个人直接用钥匙开了门，走进了屋内。见屋内漆黑一片没有开灯，他走到大厅角落的墙边，开了那盏洒出昏黄色灯光的节能灯，随后蹑手蹑脚地走进了谢缡安的房间，轻轻地在她床边坐了下来。

这时的他就连呼吸都分外小心，似乎即使是自己发出那细微的呼吸声，都会吵醒她。

借着大厅那盏昏暗的节能灯透入房间的那几丝微弱的光线，他勉强看到她憔悴无比的轮廓和苍白的面容，他不禁抬起了右手，轻轻触摸着她的脸庞。

其实他心里很生气，为什么她生病了，且病得如此难受，都未曾有过一秒钟想起要打给他，而是打给了她的上司——一个比较起来远远不及与他感情深厚的人。这一切他都透过那一个个针孔摄像头窥视得一清二楚。

她突然提起了左手，伏在了他触摸着自己脸庞的手背上，气弱声丝地呢喃呓语着"好冷"。他轻轻挪开了她的手，抽起床角的一张厚毯子给她盖上，静静凝望着她虽苍白但依旧楚楚动人的面容。

他不由自主地俯下了整个身子，轻缓地抱住了正熟睡的她，右手伏在了她的脸庞上，脸紧紧地贴在她另一边稍微有些冰凉的脸蛋旁，就这样久久没再放开。

大概他想用自己温热的体温和对她炽热的爱来温暖她的整个身体。

在迷迷糊糊的睡梦中，她感觉有个人在床边抱住了自己。她强烈的直觉告诉自己，那个人是景汨，但她却无力反抗。那种仿似身在冰天雪地之中，让她无可抗拒自己曾经那么冀盼的、他那温暖的拥抱。

第二天早上谢绮安蓦然醒来，那个在她被困于冰室的时候抱紧她的人已不复存在。这令她开始怀疑，昨晚在她脑海里浮现出的那一幕幕情景到底是真实，还是梦境。而当她坐了起身，看到盖在自己身上那张厚厚的毯子，才恍然察觉，大概他是真的来过。

第十五章　埋伏

谢缛安摸了摸额头，感觉自己已经完全退烧，就只是身体稍微有些疲惫，她吃过早餐吃了药后，就早早地出门去上班。

来到办公室跟巩培钧打了声招呼，他还一脸意外地问她怎么那么快就上班，还让她回去多休息一两天。谢缛安拍着胸脯说自己真的已经完全康复了，再留在家里会被闷坏的，巩培钧才没有多说什么。

下午，饭店的陆总监拿来了一张广场的免费 VIP 停车卡，说过期了，让谢缛安帮他续一下期，留下卡给谢缛安说晚些过来拿，便匆匆地离开了办公室。

可据谢缛安所知，广场停车卡续期这事，应该要在巩培钧那台电脑才能完成，只有他的电脑安装了停车管理系统。阿立今天休息，那就直接进去问巩培钧吧。

谢缛安敲了敲他办公室的门，停顿了半晌，走了进去，只见巩培钧在办公桌前忙着别的事情。

"钧哥，饭店的陆总让帮他续一下停车卡，他卡过期了。"

"哦，你过来吧，顺便教你，很简单的，这样要是我不在，你也能在我这弄。"

"嗯，好啊。"说完，谢缛安小心翼翼地走到巩培钧身旁，乖乖配合地稍弯下身子，边看着电脑屏幕，边专心致志地听着巩培钧的讲解。

谢缛安站了一会儿就感觉累了，自然而然地坐在了巩培钧坐着的那张办公椅的扶手上，双腿悬空，只靠着双手稍微扶办公桌面。

这样的姿势保持了没多久，椅子扶手摇晃了两下，谢缛安一下没坐稳,"哎呀"一声后,为了不让自己摔个正着,条件反射下意识双手一把环扣住了巩培钧的脖子,而巩培钧也反应快速,一只手扶上了她的腰间。被椅子扶手这么一吓,谢缟安霎时冒了一身冷汗,心里依然惊魂未定,小心脏跳得异常快速,还呆呆地这样继续坐着。

"你这小屁孩,站没站相的!"在说这句话的过程中,巩培钧对着谢缟安轻笑了下,还拍了拍她的臀部,动作神态像极了一个宠溺着自己孩子的父亲。

"呃,呵呵,不好意思啊,没事,你继续,继续讲。"谢缟安对于发生的这一事情感觉非常难堪,神情尴尬地向巩培钧傻笑着道歉。

把操作都弄明白后,谢缟安准备离开巩培钧的办公室,却突然想起有些事情要对他说,转过身面向巩培钧。

"对了钧哥,你今晚有空吗?"

"有的,怎么了?"他停下了手头的工作,抬头准备专心地听她说什么事。

"为了感谢你对我的照顾,今晚请你吃个饭吧!"其实谢缟安想对巩培钧说这么一句话也不是一天两天的事,自从在这里工作以来,每一次他对她的照顾与关怀,她都牢牢地记在了心里,想有一天要向他亲口说声谢谢。

"不用了,傻瓜,还请什么吃饭。"巩培钧以为谢缟安是开玩笑闹着玩的,只是对她客气地笑笑,也没有透露过多表情信息。

"不行,一定要的,你去不去?"谢缟安仿佛对巩培钧客套的推搪稍有不满,抿起双唇盯视着他,使出小女孩娇嗔的功力,那眼神仿佛在跟他说着:"你去不去?不去我就再也不理你了!"在谢缟安那强势的眼神的威逼下,巩培钧还是别无他法地答应了。

其实,巩培钧一个大男人怎么会真的让一个小女孩请自己吃饭,快要吃完,趁着谢缟安上洗手间的时候,他就已经叫来服务员埋单。饭店主管看到是广场物管部的钧哥,自动自觉跑去请陆总在他的单上签上名字打折优惠。

谢缟安上完洗手间回来,发现已经结了账,还一直嗔怪着他怎么可以这样子。巩培钧也只是摸了摸她的头，语气温柔和善地说："好了，别在意这些！"

因为饭店今天的客人太多，楼上四楼的各个宴会厅也开市了，货梯供不应求，还占用了客梯运送饭店的货物。

谢绺安和巩培钧两人进了电梯准备下楼离开时，两个搬运师傅推进一辆大型手推车，上面装上了大件的货物，一直向谢绺安逼近。在谢绺安身旁的巩培钧看到此情况，一边喊着"师傅，小心后面有人！"一边用手扶上了那件货物，想阻止它继续滚动而来。

而后又挤入几个正要离开的客人，搬运师傅又把手推车往里推了推，为护住谢绺安，巩培钧下意识转过身子，面向了谢绺安挡在了她的身前。那辆电梯被塞得人满为患，而谢绺安和巩培钧被死死地逼在了角落，动弹不得。此时此刻两人靠得那样近，那是谢绺安与巩培钧相识以来从未有过的距离。

谢绺安尴尬地撇过头去，望向了巩培钧以外的方向，大概她自己也感觉得到，此时的她已涨红了脸，胸口微微发烫起来。她能清晰听见他强而有力的心跳声，而他能嗅到她头顶的秀发散发而出的阵阵余香。明明只是维持了短短十几秒的镜头，却已显得那么的暧昧不清。

幸好巩培钧比谢绺安要高上一个头，要是面面相对的话一定会更加尴尬吧。

巩培钧把谢绺安送到家楼下的时候，谢绺安已经靠在椅背上侧头熟睡过去，看来是感冒药效的关系，虽然已经退烧，保险起见，谢绺安还是继续坚持多吃了两次药。

当巩培钧靠近了谢绺安，抬起双手摆正了她的脑袋，拨弄了下她遮住眼帘的发丝，想轻声地把她唤醒时，谢绺安缓缓地睁开了眼睛，一脸睡眼惺忪的样子。

恰恰看到他那好看的轮廓，在那一刻，谢绺安发现自己似乎已经喜欢上了巩培钧，这个温柔细腻的成熟男人。两人就这样静谧地凝视着对方，满含深情。

几秒后，巩培钧向她更靠近了一些，但却犹豫了一下。正当他选择放弃，要抽身远离的那一刹，谢缡安抽出右手伏上了他的后脖子，微仰头向他吻去。他也并没有拒绝，用力抱紧了她的胳膊。两人的嘴唇就这样亲近地接触着，柔缓缠绵，缱绻决绝。

谢缡安与巩培钧分别后，上了楼，到了家门口，拿出钥匙开门，木门一扭就开的情况使得她惊恐万状，因为她明明记得，早上出门的时候是锁了三级锁的。她微微推开门，探头进去看看里面的状况，用手机灯光看了看，屋内整洁，没有被翻捣过的痕迹。

她放松警惕，踏入屋内想摁下墙上那光管的开关按钮，忽然间被一只手抓住手，阻止了她的这一举措，她身旁的门也随即被猛力一下推动至关闭。

"谁？"她惊诧万分，心脏差点被吓得跳出了喉咙。

谢缡安还没反应过来，身体瞬间被束缚在一个有力的怀抱里，那种感觉是她似曾相识的。还没等谢缡安来得及思考，那个人已扶起她的后脑勺，未尽的语气淹没在他疯狂难耐的吻里。

他拼命用力摩擦挤压她柔软的双唇，一下又一下，任凭她如何反抗，依然用尽全力地将她牢牢锁在他的怀里，直至她乖乖屈服为止，他对她放松警惕的时候，她狠狠地一把将他推开。

她强装镇定地跟他说："总是以这种方式戏谑我觉得很好玩是吗？我明天就搬走！"说完谢缡安怒气冲冲想转身走进房内收拾东西。

"我都看到了，你跟那个人在楼下接吻。"景泪终于开口，冷静沉着地说出了谢缡安最不想听到的话，因为这就意味着，她又再一次被他跟踪监视。

"我跟谁接吻关你什么事？我跟谁在一起关你什么事？你以为你是我的谁？我们不可能了，永远不可能，听懂了吗？"她转过身面向他，终于还是忍无可忍地大声怒斥道，跟他再一次说清楚一切。

而谢缡安不知道，她这么说只会瞬间点燃他身体里那道名为愤怒的导火线。

他走到她跟前，一手掐住了她的脖子，迈开步子，把她渐渐逼到墙角后停下，垂下头俯视着她的眼帘。透过窗外照射进来的微弱光线，她隐约可见他愤怒的脸面目狰狞像暴怒的狮子，温文尔雅惯了的面庞此刻格外可怕，如同优雅高贵的猫陡然尖叫着露出尖利的獠牙。

仿佛只要擦出一细丝火苗，就能引燃周围的氧气，异常的安静却让空气无声地怒吼着撕扯她的心跳。谢缡安永远无法用直觉猜测，景汨这个疯子，下一步会做出什么可怕的事情来。

"我查过他，是你的上司巩培钧，三十八岁，已婚，有一个上小学的儿子，还有忘了告诉你，刚刚在你们接吻的时候，我拍了照！所以，你现在还有打算搬走吗，嗯？"他掐住她脖子的右手又更加用力了一些，手指还稍微提了提她的下颌，使得她的头微微仰起，以至于两人的目光相对，眼里都迸射出怨恨的火花。

"你是在要挟我吗？"谢缡安紧咬着牙，仰头瞪视着眼前这个人冷冽炽情交融的面部轮廓，她生气得涨红了脸，深深地呼吸着。其实他掐着她脖子的力道并不太大，但却让她有着骨鲠在喉般难受的感觉，只因她不甘永无止境地被他玩弄于股掌间那份屈辱。

"要是他的妻子看到这张照片，你猜她会有什么反应？"低声细语，却嚣张轻浮到了极致，仿似早就胸有成竹，谢缡安将会给他一个最满意不过的回答。

"只要你不把这张照片流传出去，我什么都能答应你。"她翘动起柔润的朱唇，缓缓吐出了让他满意的回答。最后她还是选择了委曲求全，把快要跳出喉咙的怒火决然地压了回去。

随后他靠近了她的脸庞，用说不清的迷离眼神凝望着她的容颜，调戏玩弄的语气，柔声细语地对她说："包括跟我上床？"在说话的过程中，他喷洒出的温润的气息，使得谢缡安整个人都软软的。

"是，要现在吗？"仿佛这几个字，是谢缡安有生以来说过的最屈辱的话。

他再一次吻住了她，给她送上了一个水深火热的深吻，正要抽离时，还不忘用力地咬了下她柔软湿润的下唇。

在一声惨烈的"唔"声之后，他低声沉稳地说："不要再让我看到你和别的男人在一起。"说完便松开了掐着她脖子的手，顷刻离开了那间屋子。

第十六章　与谁人缱绻缠绵

在谢缡安前几天收到人事部阿俊的婚宴请帖那一刻，她就知道，喜宴当晚，一定难以避免遇到景汨，那个她最不想见到的人。

值得庆幸的是，谢缡安坐在了同事席，而景汨坐在了朋友席，两人隔着几桌的距离，没有任何交集，更不必担心会与他有尴尬的会面。当天晚上，所有人都替阿俊高兴，喝得特别尽兴，就连谢缡安也难免被阿俊和他的兄弟朋友们来回敬酒，在别人的新婚大喜之宴，碍于情面，那完全是不可能拒绝的。

散席后，许多人陆陆续续地离开了宴会厅，阿俊更是差些醉晕在地，新郎新娘都上了婚车先行离开。

巩培钧看着谢缡安红彤彤的脸蛋、醉眼蒙眬的样子，走出饭店后，拦了一辆出租车，把她扶了上车，说先送她回家。而这一切都被已留意了谢缡安一整个晚上的景汨收进了眼底。

下了出租车后，巩培钧背起谢缡安上了楼，进了屋，走入房间，坐到床边，把她慢慢放了下来。他正要压下身子，伸手拿起在床头一角处的那张薄被子，却被谢缡安抓住手臂阻止了。此时两人的脸庞与身体都只隔着近在咫尺的距离，房间没有开灯，周围都充斥着黑天墨地的氛围，感觉格外暧昧。

谢缡安被醉意笼罩着双眼，透过窗外透射进来的几丝微弱光线，极其努力地凝视着眼前这个人的面容与神态。两人都已经被酒精麻醉得心醉神迷，大概已无法理智地思考自己该做什么，不该做什么，又或者是想趁着这个喝得酩酊大醉的好时机，借酒行凶，做出自己清醒时根本想都不敢想的事情。

谢缡安默默喜欢着巩培钧，那是毋庸置疑的，只是她不知道巩培钧对她的感情是否存在。喜欢一个永远不可能在一起的人会是什么感觉？就像在机场等一艘船，人在身旁，心离太远，像隔着天与地。

谢缡安提起了右手伏上了他的脸庞，轻柔缓慢地来回抚触着。而他也终于不能自已那蠢蠢欲动的心，用行动解答了她一直心存疑虑的问题。

他深情地亲吻着她，温柔细腻地抚慰着她虚空、患得患失的空荡心灵。人总是这样，明知道是错事，却依然不顾一切地去做，一错再错。

巩培钧的手机响起，屏幕上显示着一个不明的手机号码，两人的亲热就这样戛然而止。谢缡安也没有再次主动，静静地躺在那，眼睛一闭一合，快要睡着的样子。

巩培钧以为她已经醉得熟睡过去，就走出房间到客厅接了那通电话。在接了电，听到电话那头的人说了几句话后，他瞬间闻言色变，声音低沉地回过对方一句"你到底是谁"后，就再没有说过任何话。屋内一片哑言，静默无声，半晌只听到了一下轻声关上门的声音，小心轻声得就连在房间内的谢缡安也无从听见。

深夜的正点时刻，房间再次走进了一个人，轻手轻脚地走到她的床边，静静地坐了下来，开始提手为她整理她身上虽凌乱但依然完好无缺的洋装连身裙，随后替她盖好那张薄被单。正想立身离开房间，他的手却被谢缡安突然伸出的手一把握住。

房间内依旧是一片黑暗。为了避免影响她睡觉，他进入房间的时候并没有开灯，而现在正是深夜时分，窗外还亮着灯的住户更是寥寥无几，外面的世界也昏天黑地，这使得整个房间都黑漆寥光，没有更多的颜色。

谢缡安歪歪扭扭地坐了起身，双手环扣住他的脖子，贴近了他的脸庞，娇声细语地对他说："你去哪了？我还以为你已经走了呢。"说完噘起唇想吻他，而他却撇过头去躲开了。

她抿起嘴感觉有些不满，不甘心地伸出右手托起他的脸庞，把脑袋摆正过来，再一次向他吻了过去，而他也终于无可抗拒她满腔热忱主动献上的热吻。

梦悄悄地飞过这漫漫长夜,爱偷偷地闯进两人的心里。酒精迷幻中在她的体内飞坠浮沉,是谁张开双手抱紧她熟睡。她苦苦追逐的梦若云雾,微风一吹便烟消云散,抚他吻他却如梦似幻。反倒是她恨的人,日日夜夜望穿双眼,守着她心都快破碎,却依旧不计昼夜地陪伴在她的左右。

大概等待着有一天,衔接上两人未完的爱、未尽的缘,与她完成那未遂的约会。

而那个来自她梦里的人,又到底是何人。

第十七章 他的离开

　　第二天醒来，谢缛安盖着被子，一丝不挂地躺在床上，那个昨夜与她在床上缱绻缠绵的人早已离开了这间屋子。因为喝得烂醉的缘故，关于昨晚的记忆，谢缛安的脑子里已模糊不清，唯一能清楚确定的就是，她和他已发生了关系。

　　这天谢缛安休息，心里犹豫纠结了一整天，明天上班，两人再次会面的时候一定会万般尴尬，因为难以避免地要与他谈话交流。

　　应该要当作什么事情都没有发生过，只字不提继续保持着两人暧昧不清的关系，还是要大胆说破，清晰说明两人的关系不可能继续这样下去？这些都是谢缛安今天苦恼考虑，明天无法逃避要亲自面对的问题。

　　可是就算这一秒再怎么考虑周全，也永远无法预知下一秒事情会演变成什么模样。那天谢缛安回到办公室，只见巩培钧在办公室里收拾着东西，他刚刚和阿立交接好了一部分工作，叫谢缛安来他的办公室。她没有提问心中的疑惑，因为一时间还没有反应过来，又或者敏锐地意识到事情的不妥，只是下意识无法接受，也不愿相信。

　　他也没有过多解释什么，一味不停地跟她交接事情，像迫切难耐地要急于结束关于优雅广场的一切，包括和谢缛安有关的一切。而谢缛安也只是专心致志地听着他交代下来的事情，应声虫似的说着"嗯""好"等回答，偶尔抬头，瞟一瞟他的表情神态。

　　他交代完事情后，谢缛安就一直在办公室里兜着圈晃来晃去，心里在犹豫着，要如何开口，把事情弄清楚。

　　"我会调到公司南区的分公司工作，等接任我位置的新老总来了，你们再把工作交接给他，明白了吗？"就在谢缡安晃到了他办公桌的对面，准备转过身子就问他时，他在办公桌前，低头收拾着他的东西说。

"为什么会那么突然，是因为我的关系吗？"她从桌前走到了桌子的侧面，为的只是能看清他此时的表情，也终于忍不住问出了那个充满假设性的问题，不管怎么想只有这么一个最有可能而又合情合理的理由。

"不是的。"巩培钧的声音低沉平稳，只是依然没有抬起头看向她。

"如果我影响到你的生活了，我可以辞职，要离开的人不应该是你。"说出这番话的过程中，谢缡安的双眼快要被她悲忧、内疚的情绪逼出眼泪。

"我现在去人事部办一下手续，你整理一下交接的工作资料吧。"说完巩培钧头也不回地离开了办公室。转瞬间，整个室内就只剩下谢缡安一人，空荡荡的。

谢缡安继续呆呆地待在那空荡荡的地方没有离开，走到了那张长沙发前坐了下来。她百思不得其解，就算抓破脑袋，想得焦头烂额还是想不出这陡然出现的变故的缘由，她想，还是因为他不能接受两人前天晚上所发生的事，他再无法面对眼前的谢缡安。

在接近中午十二点的时候，谢缡安累得在沙发上睡着了，她隐约感觉到，他似乎回来了，来回反复走过几次，一次次拿起了属于他的东西离开。大概是到了最后一轮，他向熟睡在沙发上的谢缡安走近，脱掉了身上的夹克外套，给她盖上，凝眸细视了她的容颜，俯下身子在她的额头上蜻蜓点水般轻轻一吻，随后就真的彻彻底底地离开了那间办公室。

而巩培钧不知道，在那一吻过后，他转身离开的那一刻，谢缡安再无法抑制她的泪腺，早已泪如泉涌。

她起身抓起盖在身上的外套追了出去，乘坐电梯下了一楼跑到广场外。远眺可见他在接近广场出口的那一个停车位，正把一箱箱东西搬进车子的后备箱内，而他的妻子，也站在一旁协助着他。

眼见巩培钧关上了后车厢门，揽过他妻子的后腰护送她坐上了副驾驶的位置，他自己也转过身走向驾驶位准备上车离开，谢缡安提起步子拼命向他奋起直追过去。

她好想亲口告诉他：谢缡安是真的很喜欢巩培钧，不希望他因为她而放弃太多东西；她希望他是真的能留下，她可以无条件地消失在他的世界里；还有就是，真的非常感谢他一直以来的照顾。

　　跑到了中途，却被一个人一手揽过阻止了她的去向。

　　"你放开我！来不及了，你放开我！"她拼了命地在那个人的怀抱中挣扎着。

　　而半响后，随着"啪"的一声，在那个人狠狠地甩了她一个耳光。谢缡安捂住了脸庞，挣脱和反抗都随之停止了下来，眼睁睁地看着车子渐行渐远的影子，她痛哭失声。

　　"别再追了，醒醒吧。"揽着她的人在她身旁附耳低声说道。

　　"我也只是喜欢他，仅此而已，我错了吗？"谢缡安含糊地带着哭腔对他说。此时的她，脸庞已靠在了他的胸膛上，无可抑制地号啕大哭起来。

　　"我也只是因为太爱你，所以才会这么做，我也没有错。"此时此刻就这样紧抱着谢缡安的景泪，为了拥有她，可以不择手段，可以不惜一切地做出任何疯狂的事情，即使那会像锋利的刀尖绞划过她的心脏，伤及她的身体。

　　那个口口声声说最爱谢缡安的人，全世界都不知道，其实他正是把她伤得最深入骨髓的人。

　　巩培钧离开后，谢缡安依然在优雅广场上班，偶尔走进他的办公室，缅怀一下那个她一时间还无法忘却的人。她的心里还有过奢望，说不定他哪天会回来走走，这样她又能再一次见面。

　　这天谢缡安又像往常一样，走遍优雅广场的各个场所巡视，走到广场外的停车场时，她仿佛真的看到了那个她思念成瘾的最熟悉不过的背影。他从广场走进了百货的大门，谢缡安不由自主地提起步子小跑追随了上去，哪怕自己能亲口说声"再见"也好。

　　待谢缡安也踏入了百货的门口，她恰恰看到，那个人会面了在那等他已久的女性伴侣，那个女人还亲吻了下他的脸颊。那一刻谢缡安看清了那个人的容颜，他并不是她要找的人，并不是巩培钧。大概谢缡安真的是太想念他了，从而产生了错觉，明明是一个跟巩培钧一点也不相像的人，也能将他看成是他。

而后谢缡安就晃荡到了三楼的福宴饭店。现在是下午三点，早上的茶市刚收市不久，距离晚上的饭市又还有很长的一段时间，每天这几个钟头是饭店的空档时间，员工都已下班，就只有大堂亮着一盏微暗的天花灯，整个饭店包括走廊、宴会大厅甚至一个个大小房间无一例外都被收拾得整整齐齐，漆黑廖光。

谢缡安喜欢这个时候的福宴饭店，宁静致远，了无人烟，只剩下一个个大鱼缸中自在游戏的各种海鲜生物，和打氧器往水中打氧时发出的汩汩水声。

谢缡安沿着宴会厅左边的走廊继续走进去，走廊的左边并排着一个个宴会客房，她想走到走廊尽头的洗手间上个厕所。走到最末尾的一个房间门口时，黑暗中却被一个人伸出手一下猛力地拉进了房间内，瞬间把门关上。她还没来得及思考这一秒的状况，就被那个人束缚在了他有力的怀抱里。

那种感觉是她非常熟悉的，谢缡安抬起头，努力地品吸着他身上的气息。意料之中，除了他不会再有第二个人会对她做出这种突如其来的偷袭。

"又是你。"

"对，又是我。"

说完她又迎来了一个仿佛不管再重复多少次，他都不会感觉到腻味的亲吻。他这么做，都是为了要她尽快忘记巩培钧这个人。

这次她没有再反抗，而是双手抚上了他的背部迎合。也许谢缡安自己也没有察觉到，她对景汨的这种突如其来的抚慰已习以为常，又或者已经渐渐喜欢，甚至到最后，会离不开，像染上了毒瘾，想戒也戒不掉。

第十八章　二次伤害

在接下来的日子里，景泪对谢缡安的态度依旧如昔日一样，关怀备至，照顾有加。在他无微不至的照料下，两人的关系仿似有所好转起来，起码谢缡安再没有拒绝景泪对她的好。

如果毫无意外的话，谢缡安和景泪真的会就这样旧情复炽也不足为奇。可是这个意外，仿佛冥冥中就注定会发生。

那天休息，看着脏兮兮的手袋，趁着这个阳光明媚的好日子，谢缡安就决定把它洗了晒干。把里面的东西都翻了出来后，当她最后一次把手伸进包里反复摸索，检查包里是否还有遗漏的物品时，在那个暗层的位置，隔着包里那层薄薄的布料，她摸到了一颗固定在里头的凹凸不平的小硬物。

谢缡安反复挪捏着那一块东西，仔细观察可见，那个位置的布面还有一道曾经剪开过又缝上了的小口，她拆开那道口，拿出了那件硬物，发现是个硬币大小的黑色装置。她瞪大了眼睛诧异万分地盯着它看，虽然她从未见过这玩意，但依她聪明的脑袋和敏锐的直觉，大概能猜出这样东西的用途，还有是何人做出的好事。

她把所需大大小小的随身物品和全部手提包都装到了一个大袋子里面，急切地离开了屋子，到了小区外，走到马路上拦截了一辆出租车，去了电脑城阿阳的电子监控设备店铺。

"阿阳，你知道这是什么东西吗？"谢缡安拿出了口袋里那个黑色的装置给阿阳看。

"微型追踪器，怎么了吗？"原本低着头修理着东西的阿阳抬头瞄了瞄谢缡安手中的东西说。

"果然没猜错。"谢缡安在那低声喃喃自语着，停顿了下，就弯下身从地上提起了那个大袋子，把里面的东西都稀里哗啦地一口气倒到了桌面上说，"有没有办法帮我检测一下里面的东西有没有被装上微型追踪器？"

"可以，你等一下啊。"阿阳移开了他手头上的工作，走到隔壁柜子里拿出了一个仪器，说是检测微型追踪器的仪器。打开按钮，感应区靠近检测的东西，他一边向谢缡安解释着，一边摆正了手中的仪器，没等阿阳解释完，仪器上那盏红色的灯就不断闪烁起来，还拼命发出"哔哔哔"的刺耳的声响。

不需要阿阳加多解释，谢缡安就已经知道了答案。她抬手无可奈何地扶起额头，闭上眼睛苦思冥想着造成这一切的缘由。最后谢缡安留下了那袋东西给阿阳，请求他帮忙找出在里头的所有微型追踪器，垂头丧气，不知该如何是好地离开了阿阳的店铺。

在回家的路上，景汩给她打来了电话。

"喂。"

"缡安你在哪儿？一起吃饭吧。"电话那头的人说。

"你不是应该知道我在哪儿吗？为什么还要问？"说完，她挂掉了电话。

回到家后谢缡安感觉双腿发软，全身都在颤抖着。她走到沙发前坐到了地毯上，恐惧地抱起腿，埋着头畏缩在那，那颗心跳到了嗓子眼，手心在不断地淌汗，脚掌和头皮都在发麻。

谢缡安抬头环视着屋内的事物，她一度怀疑，景汩那个疯子还在这间屋子里装上了摄像头也不奇怪。他是这间屋的屋主，可以光明正大走进屋内，要完成任何事情更是易如反掌。

谢缡安感觉这个世界上，已经没有一个地方是安全的了，就算逃到天涯海角都会有无数双眼睛协助着景汩监视着自己。屋内无尽的黑暗中像藏匿着魔鬼，随时随地准备走出来对她进行袭击，周围的一切仿佛都要把她吞噬掉。

不久后景汩就来到了，他用钥匙开了门，见谢缡安蜷缩在那儿，他走到了她的跟前蹲了下来。这时谢缡安也抬起了头看向了他，只是眼泪已湿透了眼眶。

"怎么了，发生什么事了吗？"他伸手替她轻轻擦拭去了眼下的余泪。

"那么快就找到我身处的位置，看来你装上的跟踪器还不止那些。"她甩开了他的手，用自己的手背擦拭了再一次蔓延滑落的泪水。

"你不是我，你永远不会知道，我有多爱你。"景汨用最沉声静气的语气回应着她。

"你总是口口声声说你爱我，爱一个人会像对犯人一样二十四小时监视着她吗？"她带着哭腔唏嘘吃力地说着话质问道。

"我紧盯着你，是因为我不想失去你。"他的语气也稍微有些激动起来，紧抓起她的前臂，情真意切地告诉她，他有多爱她。

"原来这就是你爱一个人的方式。你知道吗？这样只会让我觉得你很恐怖，真的很恐怖……"说到这里，谢缡安已无法抑制她的泪腺，炙热的泪水如雨般溢出了眼眶，一滴一滴地掉落下来，在景汨的手背上散落开来，感觉似乎要灼伤了他的手。

景汨永远不知道，他给她所带来的一次又一次的伤害，是再用多少次拥抱、多少个亲吻都无法弥补的。

第十九章 越伤害越爱（上）

这天谢缡安在屋内收拾着行李，找好了别的出租屋准备搬走，在收拾东西的过程中，感觉到身体极度不舒服，有恶心想呕吐的感觉。偶尔头晕乏力、食欲不振、恶心呕吐，其实这样的状况在谢缡安身上已将近维持了一个星期的时间，这分明像极了怀孕的早期反应症状。

起初她以为这只是身体不适的普通症状，没有怎么理会，但这个月月经已经比上个月足足晚了十来天，谢缡安严重怀疑，自己是真的怀孕了。

她慌忙中到小区外的药店买了验孕棒，回到家中自己进行测试。五分钟过后，看着验孕棒上清晰显示着的两条鲜红色横线，她神情呆滞，身体僵硬地站在那无法动弹，拿着验孕棒的右手不禁开始抽搐起来。

那一刻她感觉世界天翻地覆，在一瞬间像世界末日般完全崩塌下来，仅存希望的诺亚方舟，也渐渐沉没在无尽的大海之中，连一根绳索、一块薄板也没有留下。明明是在预测之中的结果，在被验证为事实的那一刻，为何依旧是那么让人难以承受。

下午回到家后的景汩，习惯性地第一时间打开电脑，快进回看了今天一天下来在谢缡安屋内发生的一切，看到了她收拾着行李，毅然决然要搬离出这间屋子，继续耐心地看下去。

景汩发现画面中的谢缡安非常不正常，先后几次拿着什么东西来回走进洗手间，最后一次走出洗手间的时候，无力地跌坐在了沙发上，神情恍惚，呆滞地坐在那好一会儿后，才缓缓地走出了家门。

景汩皱起眉头，集中精力拿起鼠标来回倒退播放器时间轴上的时间，观看了几次录像，才看清谢缡安的手上拿着什么东西。他连忙起身夺门而出，闯进了她的屋内，并没有找到谢绺安的身影。景汨走进了洗手间，发现摆放在大理石洗手台上的验孕棒，拿起了那玩意看着检验结果，在那一瞬间，他似乎明白了一切。

记得录像上显示的谢绺安离开屋子的时间是四点三十分，景汨提手看了看表，现在已将近五点三十分，而这长长的一个小时，足够谢绺安做出任何不堪设想的事情来。

景汨拿出了手机打给她，语音提示拨打的电话已关机。而后他立马离开了屋子，开了车，开始满世界地找谢绺安。这么一个情景感觉似曾相识，这是他第二次与她失去联系。安装在随身物品上的追踪器都已经被她一个不剩地处理掉，他又再一次因为无法追踪到她身处的地理位置而心慌意乱起来。

这个时候的谢绺安，抓起手头上刚拿到手的验孕报告，在妇产科 1 室内，医生为谢绺安讲解着验孕报告和她现在的身体状况。

回到小区后，谢绺安并没有立刻回家，而是搭电梯到了自己居住的那栋楼最顶层的天台上，这个时候的她非常需要高处的新鲜空气缓和她凌乱的呼吸和心跳，并且想自己一个人待在一个了无人烟的地方静一静。她依偎在了天台的围墙边，无助地蹲下身子，情难自禁地扶额痛哭起来。

不知道过了多久后，有个人也急切地跑进了天台，并找到了这几个小时他一直苦苦寻觅的人。

"你怎么会在这里？"谢绺安用手背擦了擦眼泪，清晰可见她哭得红肿的双眼。

"就算没有追踪器，我也一样可以找到你。"景汨往谢绺安的方向渐渐走近。

"到底发生什么事了？知道我很担心你吗？"他在她的跟前蹲了下来，用温柔的声音问她。

"我……怀孕了，是巩培钧的，明天我就去……做人流手术。"谢绺安又再次无可抑制地痛哭起来，泣不可抑地一下下哽咽着，用颤抖的声音无比吃力地说完了这句话。

"你冷静听我说，不是巩培钧的，那天晚上和你发生关系的人是我。

你不必把孩子流掉，我会负责任的，知道吗？"景汨两手用力地抓住了她的胳膊，紧张地连忙向她解释道。

"你在……说什么啊，那天他……送我回家，我们还在床上……不可能的，绝对不可能，我不相信。"谢缡安低着头，神情恍惚摇晃着脑袋，不断地说着"不可能"，看似完全不敢相信景汨所说的话。

她努力回想着当天晚上的来龙去脉，完全想不到是哪个情景有不妥，整件事情里又有哪个漏洞可以将他所说的话变得合理。

"走吧，我带你去我家。"看着谢缡安如此痛苦，景汨二话不说，抓起了她的手腕，干脆带她到自己的家，让她直接目睹那如山的铁证。

到了景汨的家，景汨让谢缡安坐到了房间里的电脑桌前，打开了视频播放器，播放了12月29日晚安装在谢缡安房间的针孔摄像头所拍摄到的四个画面。那天晚上房间内的光线非常昏暗，但还是可以清楚辨认出，在巩培钧离开了房间后，他就再也没有回来过，取而代之再次走入房间的，并且一丝不挂与谢缡安在床上缱绻缠绵的人，是景汨。

此时的景汨就站在谢缡安的身旁，一只手压着电脑桌上的鼠标，另一只手扶在了谢缡安所坐的椅背上，微俯着身子跟她解释着说："针孔摄像头是我在你回老家那几天装上的。那天晚上，我在监控中亲眼看着你们在床上亲吻，衣服都快要脱下，我无法忍受，就给他打了通电话，威胁他要是不立刻消失，我就会把录像视频刻成光盘寄给他的妻子。最后他就真的离开了。"

"不久后我就进入了你的房间，整理了下你的衣服。给你盖上被子正要离开时，你却以为我是巩培钧……对于你的主动，我无法抗拒。"

"够了景汨，你这个疯子！"谢缡安激动得拍案而起，此时的她早已哭得梨花带雨，大概心里已变得非常害怕他，拼命地往后，退避三舍。景汨见谢缡安如此之大的反应，随之也拘谨起来，站直了身子。

随后谢缡安加急了脚步要离开景汨的家，走到客厅时，却被他用力地抓住了手臂。

"你别碰我！"她撕心裂肺高声叫喊着，竭尽全力挣脱了他的钳制，狠狠地甩了他一个耳光后，一手抓起了茶几上的水果刀，举起刀子搁在了自己的脖子上，慢慢往门口方向挪动着脚步。

"谢缡安，你冷静点好吗！"景汨瞠目结舌地看着情绪激动的她，紧张得不敢再有所动弹。

她眼神空洞，微张着嘴巴，大口大口地呼吸着说："你不要再靠近我！我现在就去做手术，我不要再跟你有任何关系！"说完谢缡安打开了门，成功地逃离了景汨的视线。

谢缡安从后门走出了小区，拦截了一辆出租车。在车上谢缡安想起了学美工的俞夏澄，想着她应该能帮到自己，于是给她打了一通电话。

"喂，夏澄，你现在在家吗？"

"在啊，怎么了？"

"你家的电脑，扫描打印设备什么的都齐全吧？"

"齐，这些都是我的饭碗呢，缺一样都不成大戏。"

"好，我现在去你家，要请你帮个忙！"

离开了俞夏澄家，谢缡安打电话约了景汨在他家见面，说一会儿就会过去。出了电梯，谢缡安看到景汨家的家门没有完全关上，留下了一条空隙。门轻轻一推就开了，只见景汨弯着身子，低垂着眼帘，两手扶着额头，坐在沙发上一副懊恼烦躁的样子。

见谢缡安来到，景汨连忙站起身，问她还好吗，其实意思就是问她："你真的做手术了吗？"谢缡安向景汨走近，从包里拿出了一份抽血检验的验孕报告递了给景汨。报告中显示，HCG 值和 B-HCG 值都没有超过后面的参考值，两项指标都呈下降趋势，呈阴性。结果显示，谢缡安并没有怀孕。

"刚去了医院做检查，结果我没有怀孕，所以你也不必对我负责。"她好久没有像这样沉声静气地跟他说过话。此时的景汨就只是呆呆地看着那张报告，一副难以置信的表情。

停顿了下谢缡安继续说："我明天就搬走，到时候再还你钥匙。"说完便转身离开了景汨的家。看着谢缡安离开的身影，景汨垂下了拿着报告的右手，说不出任何话，第一次眼睁睁地看着她离开自己，却没有一个可以挽留下她的理由。

第二十章　越伤害越爱（下）

医院的妇产科 1 室内，医生和谢缟安谈着话。

"考虑清楚了吗？"

"考虑清楚了，请你帮我安排下手术。"

"好，等会儿就可以做了。"

谢缟安来到了俞夏澄的家，废话不多说直奔主题。她从包里拿出了一份验孕报告，让俞夏澄帮忙扫描入电脑内，再利用学美工的俞夏澄精湛的改图技术，把报告里的数据和结果都稍微修改了一下，把整份报告弄真成假，不留一点破绽和蛛丝马迹。再用和医院使用相似的纸单打印出来，一份伪造的报告就此完成。

俞夏澄一度追问谢缟安为什么要这么做，别的女人不择手段为了留住自己心爱的男人通常都会"弄假成真"，而谢缟安却恰恰相反。

"依景汨这个疯子的性格，一定会想方设法地阻止我做人流手术。我真的不想再和他有任何关系。"谢缟安这么回答道。

做完手术后，谢缟安回家收拾好了行李准备搬离时，阿盈却打来了电话，说要约谢缟安出来喝东西，与她见面。

来到咖啡馆的时候，见阿盈已经坐在那儿等候着她。见谢缟安来到，阿盈也向她微笑地招了招手。

"等很久了吗?"谢缡安坐了下来,随之向服务员点了杯热牛奶。

"没有,我也刚到,这个给你。"阿盈从包里掏出了一个喜庆的红色信封,里面装着请帖。

"你和阿信要在预期的日子结婚了吗?"谢缡安欣喜若狂地问,阿盈也在甜甜的笑意中点头回应。

"请帖上只写了你的名字,要是那天你男朋友有空,就和他一起来吧。"看来阿盈是真的没有再生谢缡安的气。

"我被他陷害,引起你们的误会,还差点害你们结不成婚,如果我现在还跟他在一起,我真的是有病了!"每次谢缡安提到景汨这个人,总是不由自主地激动起来。

感觉情况不对劲,她又开始不断解释着:"那一次真的是误会,那天我帮阿信预约到了你们结婚当天福宴饭店的婚宴档期,阿信激动得抱我跟我说谢谢而已。我不知道我前男友那时候在跟踪我们,还拍了照片,晚上偷我的密码,上我的微信把图片发给你。"

"好了好了,你不用那么激动,我都知道,你之前向我解释过,阿信也跟我解释过,是误会一场啦。所以你们现在分手了?"阿盈神情八卦地又补上一句。

"当然啊,谁会受得了这种疯子!"对于景汨这种疯狂的人,谢缡安是一脸的鄙夷不屑。

"你说你受不了他?我还以为你们会一直在一起呢,我觉得你们超般配的,简直天生一对!"阿盈对谢缡安说出的话感觉非常不可理喻,目瞪口呆地看着她。

"你……何以见得?"谢缡安皱起眉头,不解阿盈说出这番话和摆出这一惊讶表情的缘由。

"你自己明明也是这种人啊,你忘了你读书谈恋爱的时候是怎么样的?"

"我最印象深刻的一次,有天你在监控设备店买齐了各种微型追踪器和窃听器让我协助你装到你男朋友的随身物品上。那一次我真被你吓坏了,然后我劝阻你不要这么做,他知道了一定会很生气,最后你才放弃了那可怕的念头。你还记得吗?"

阿盈不提，她还真忘了有过这么一回事。那些在过去谢缡安谈恋爱时，心里极度缺乏安全感促使她做出过火事情，像触电般一跃而过她身体的每一条神经。

"小盈，我严重怀疑阿翔在外面偷吃，我要在他的钱包里装跟踪器，你帮我找机会引开他，我见机行事。"

"我看了你的微信，还在你手机里装了GPS啊，你去哪里我都知道，你跟谁搞暧昧我都知道。"

"你的隐私还不够多吗？多到你现在可以在外面偷吃啊？"

"如果他爱过，然后忘记我，那我宁愿他恨我，记住我一辈子。"

"你有试过很爱一个人吗？有没有试过伤害你爱的那个人？如果你有的话，你会明白我的感受。"

"我管你是因为我爱你，我紧盯着你是因为我不想失去你。"

"你不是我，你永远不会知道我有多爱你！"

翻飞的往事，有时灼伤眼眸，那些关于疯狂爱情的举措与对白，跌宕起伏的记忆，抽丝剥茧，走马灯般在她的脑海深处一一浮现。就在那一刻，她终于明白，他口中说的对她的爱，是到底有多爱。

走出了咖啡馆，在两人分别后，走了几步路，谢缡安小腹突然剧痛起来。她人开始发冷，无力地蹲下身子，眼前一点一点发黑，周围嘈杂的人来人往和车流的声音都听得不再真切，感觉下身伴随着剧烈的疼痛感涌出了大量的血色液体。在两眼一黑，失去最后的意识之前，她隐约感到阿盈扶着她的肩膀，张着嘴喊着什么，但说的是什么，她一句也听不见。

当谢缡安重新恢复知觉，再醒过来的时候，她感觉浑身软得像一摊烂泥，从一个冰冷的地方回来，全身打着寒战，只有一点点麻木的知觉，似乎死过一次的感觉。她睁开眼睛，发现眼前的人是景泪，他坐在了自己的病床旁，愁眉锁眼地凝视着她。

她现在身处的位置是医院的病房里，旁边一些医疗仪器发出嗡嗡的声音，手上挂着点滴，而另外一只手被景泪用力紧握着。

"我怎么会在这里，阿盈呢？"谢缡安气咽声丝地开口问景泪。

"是她送你进医院的，她用你的手机给我打了电话，见我来了，她有事先离开了。"景泊简单地交代。

"你怎么哭啦？"谢缛安看到景泊红红的眼眶问道。

"医生说你做了人流手术，流产不完全，导致大出血。为什么要骗我？"他双眸凝望着她苍白的面容，但根本不忍大声质问她。

"对不起。"是谢缛安低沉的声音。

"我没想到你会那么恨我，恨到不惜伤害自己身体也要切断和我的联系。"说到这里，他的眼眶又再一次涌出了眼泪，然后蔓延滑落至脸颊，谢缛安还是第一次见到他哭的样子。

"对不起，就在我以为自己快要死的那一刻，才明白你口中所说的有多爱，我们重新在一起好吗？"她也静静注视着他的每一个表情神态，看到他为自己痛哭流涕的样子，也无可抑制地潸然泪下。眼泪一滴滴地掉落到枕边，浸湿了那个白色的枕头。

"好。"说完景泊弯下了整个身子，温柔轻缓地抱住了病床上的谢缛安，他的脸也紧紧贴上她微凉的脸蛋，久久不再放开。

那种感觉是谢缛安似曾相识的，她依稀记得，在那个发高烧的深夜，也曾像这样被悄无声息闯入的景泊紧紧抱住。他用他温热的体温，和对她炽热的爱，来温暖她整个冰凉的身体。

进行了二次清宫手术后的谢缛安，身体也很快恢复健康。在病床前深情相拥的那一天，两人都答应过对方，再也不会轻易放开彼此的双手。在爱情狂的世界里，我们永远无法想象，他们爱一个人可以疯狂到何等模样，达到何种程度。

这天两人一起吃饭时，景泊送了谢缛安一台外形特别的手机，机身背后是由一块块零组件模块嵌组而成。这是一款新型的模块化手机，是由Wohayo——一家跨国科技企业出品的。

这款手机今天才在Z市上市，用户可以自由定制、组合、更换手机的内存卡、处理器以及镜头等组件，极具创意。

景泊就是被这款手机的最大特点——模块化所吸引，买了两台一模一样的，想着送谢缛安一台。谢缛安也欣喜若狂地亲了一下景泊的脸庞向他道谢。

第二天早晨，谢缡安从景汨的家出门后，去上班前，从容淡定地走入了 Wohayo 手机专营店，跟店员咨询了是否有可以给手机替换一个定位模块这一回事。细了解了这一功能的使用方法后，给景汨的那台手机也更换上了定位模块，最后谢缡安满意地离开了那家专营店。

待她离开后，专营店的一个店员跟站在她身旁的同事交头接耳聊了起来：

"昨天模块化手机上市后，就有一个年轻小伙特意更换安装上定位模块呢。"

"这个模块不怎么大众化，一般普通百姓很少会用到的，除非用来跟踪别人咯。"

"喂，给你男朋友买台也装上吧。"她挑了挑眉，轻撞了撞她的肩膀，和她开玩笑地调侃着说。

"傻咧，才不做那么神经质的事。"在她看来，那样疯狂的行为是非常不可理喻的。

谢缡安回到办公室后，景汨立刻就打来了电话，那是谢缡安早就预料到的事。

"喂，缡安，你今天早上出门的时候拿错了我的手机呢！"从景汨急切的声音里，能听出他此时焦急的心情，没有自己手机在身边的他，大概会觉得浑身不自在吧。

"哦，是吗，我现在才发现呢。你别急啊，中午下班我给你送过来吧。"谢缡安故作懵然不知，回着他。

"嗯，好。"

就在模块手机在 Z 市上市的第一天，景汨就到了专营店，购买了两台 Wohayo Ara 模块化手机，还多买了一块定位模块，让店员帮忙在其中一台手机中嵌上，而另外那台刻意更换了手机壁纸，以便之后辨认。

景汨就是看中了这款手机允许消费者自由选择、替换甚至移除机身上任何的零组件这一特点。嵌入模块所安装上的功能不能在手机"设置"中自行卸载，想要将某个功能移除就必须在机身中拔出模块。这样一来，只须在手机中隐藏了定位这一功能，使用者就不易发现机身上定位模块的存在，以为全都只是处理器、屏幕、电池等手机常用的零组件模块而已。这可是景泪一早就精心了解过的。

而谢缡安，在景泪送她手机的那天晚上，她就感觉有些不妥，上网查了一下关于这款新型手机的详细介绍与功能后，她大概明白了些什么。但谢缡安并没有向景泪说破一切。

那天晚上她选择了在景泪家过夜，第二天早上出门时，所谓的不小心拿错了景泪的手机，也分明是故意的，为的就是给他的手机也装上定位模块。

相爱中的景泪和谢缡安两人，就这样心安理得地监视对方，也被对方监视着。不是因为双方的不信任，恰恰相反，是因为彼此太爱对方，所以才会这么做。

除了爱情狂，大概没有其他人能够理解这种矛盾又深刻的爱。

下午一点时分，谢缡安准时来到蛋糕店，把手机递给了早已在铺面等着她的景泪。

"喏，谁让你送我一个一模一样的手机，害我不小心拿错了。"

"对不起，都是我的错。"两人都默契地与对方开着玩笑。

"走咯，我还要回去上班呢。"

"我送你吧？"

"不用了，你忙你的吧。"

"那好，今晚一起吃饭吧？"

"嗯，好。"在每次离别时，两人亦会习惯性默契地给对方的唇送上轻轻的一吻。

在谢缡安转身走出蛋糕店的一刻，她不由自主地扬起了一侧嘴角，再一次展现出那个诡秘莫测的表示十分满意的笑容。

在爱情狂的世界里，越伤害就代表越爱，当爱一个人也成病态狂徒，有多爱就能有多疯狂。

冬之章：幻想狂徒

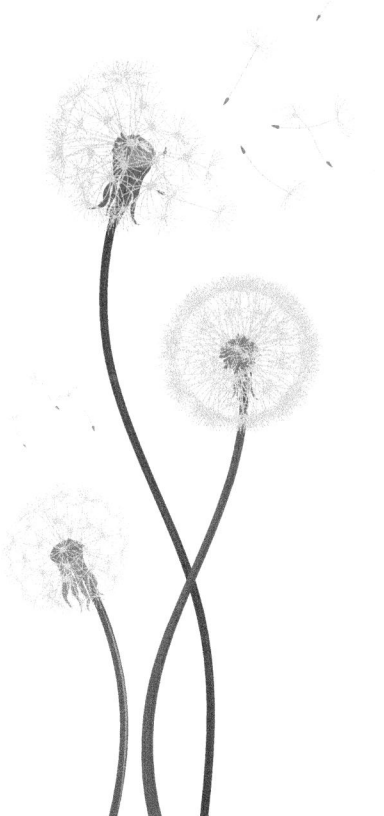

第一章　焉知非福

"塞翁失马，焉知非福"，现在的林映桐还挺相信这句话。若不是因为失去了她的左手，她也不会遇到对她而言那个生命中最重要的人，这让林映桐开始相信也许这就是所谓的命中注定，即使她曾经不太相信，甚至要反抗那些她无法接受，但已尘埃落定的宿命。

林映桐跟随她的母亲移民至 A 国生活已经有两年的时间，在这里，她认识了易纬安，那个愿意用尽一切去爱她的男人。

晚上，易纬安和林映桐就约在了 Forget It 西餐厅吃饭。此时两人就坐在餐厅外的露天广场上，右侧遥遥望去是无边无际的西江河，在这座城市夜晚华灯初放的灯光照耀下，整个河面五光十色，灵光散散，偶尔有艘小游艇在波光粼粼的河面上缓缓经过。观赏着这一幕幕江河美景，享用晚餐的这一愉快心情和兴致便自然而然提升到了极点。

"怎么样，东西好吃吗？"易纬安看着林映桐吃东西时那满足的表情，嘴角不自觉上扬，微微一笑。

"好啊，你是第一次带我来这家餐厅哦。"林映桐手拿着刀叉品尝着她最爱吃的牛排，说完抬头对易纬安嫣然一笑。

每当林映桐看着眼前这张眉目如画的温暖面容，不管心里曾经有过何等伤痛，仿佛都能瞬间痊愈，把伤痛都统统抛之脑后。易纬安在她的生命里出现，把她从绝望的岩洞中带出。

"到了今晚十二点就是你的二十二岁生日，在这之前我想我必须做一件事。"

"什么事啊？神秘兮兮的。"看着易纬安甚是认真的神情，她的笑容依旧。易纬安叫来了侍应生，在侍应生的耳边说了几句悄悄话后，很快从餐厅内便走出来几个穿西装打领结的年轻小伙，像阿卡贝拉纯人声乐团演唱般，边哼声清唱起了 *Only You*，边走到林映桐和易纬安桌前。

主唱是个圆头圆脑的高大胖小伙，其他几个人就在他的身旁轻声哼着旋律，作为给他的伴奏。林映桐对突如其来的惊喜感到欣喜若狂，看着几个小伙深情款款地演唱，又转头看了看易纬安，他也陶醉在这好听的歌声和美好的氛围中。

当他们演唱到了歌曲的高潮部分，主唱的胖小伙走到了林映桐的跟前，礼貌地轻握起了她的手，示意让她站起来。林映桐虽然感到有些意外，但还是随之配合地站起身，因为比起害羞和意外，她更想知道，易纬安说的惊喜到底是什么。

胖小伙把林映桐拉到自己的身旁，提起握住她的手让她像跳舞般转了一圈。随后易纬安也站起来，走到了林映桐的身旁，胖小伙伴随着他们几个人动人的纯人声清唱演唱，把林映桐的左手交付给了易纬安，这时候，几个小伙子都边唱边有节奏地打起了响指。就在周围的气氛都热情高涨的这一刻，易纬安像个翩翩绅士，在林映桐的跟前单膝下跪。

"林映桐，嫁给我吧，以后就让我充当你失去的左手，照顾你一辈子。"易纬安梳着干净利落的短碎发，白衬衫的领口微微敞开，衬衫袖口卷到手臂中间，露出小麦色皮肤，手捧着打开的戒指盒，举在林映桐的跟前，深邃有神的双眸静静地注视着她。

此时此刻的林映桐眉目洋溢着幸福，她感动得说不出任何话，唯有嘴角扬起好看的弧度点头答应。易纬安从戒指盒中取出戒指，托过林映桐装着假肢的左手，缓缓给她的无名指戴上了戒指。随后易纬安站了起来，将林映桐拥入了怀中。

"餐厅的名字叫'Forget It'，我希望过了今天，你能把过去所有的伤痛和不开心的事都统统忘记，就当作是做了场梦，如梦初醒，一切都可以重新开始。就算你失去了全部，至少现在这一秒你还有我，从今以后，还有我陪伴在你的身边。"易纬安柔声细语地在她耳边向她承诺道。林映桐瞬间红了眼眶，眼泪随着面部轮廓蔓延滑落，在白皙的脸蛋上留下了两道淡淡的泪痕。

两年前在 C 国的一场车祸使林映桐失去了她的左手。当她从医院的病床上醒来，一个足够令她崩溃的坏消息像世界末日来临般猛烈冲击着她的意志和信念，她感觉自己仿佛带着无穷无尽的绝望跌落地狱。

之后经过多次的治疗，死里逃生的林映桐渐渐康复，但在那段悲痛欲绝的日子里，林映桐万念俱灰，萎靡不振，完全失去了活下去的信念。

她不断地在心里逼迫自己做出选择：要么死了一了百了，要么就是伴随着无尽绝望继续生活下去。她也曾经尝试过拿起刀子，想在脖子大动脉上狠狠划上一刀自杀，但就在那一刻，她发现自己连死的勇气都没有。

三个月后，林映桐和她的弟弟映伽都顺利大学毕业，申请移民 A 国的批文也早就批下，于是一家人顺理成章地一起移民到了 A 国。

不久后生活安定下来，林映桐的妈妈就带着她到医院找到肢体外科的李医生。根据她被截肢的情况，李医生建议林映桐给左胳膊接上假肢。虽然林映桐的妈妈犹豫了好久，但最终还是决定听从医生说的，这也是为了林映桐日后能更好地生活下去。

随后，李医生提起了林映桐的右手，拿软尺帮她测量全臂的手长，说将会联系假肢的生产厂家去倒模，为林映桐定做一副完全合适的假肢。

"装上假肢后，偶尔你会感到那只手仍然存在，我们把它称为'幻肢'；可能还会感到有点痛楚，其实那是幻痛。当然那都只是错觉而已。"李医生耐心地对林映桐讲解着一些失去肢体后还偶尔会出现的心理生理反应。

在这个过程中，林映桐只是一直低垂着眼帘，两眼空洞，心如死灰，脉搏也像是永远保持着静止的状态，一副萎靡不振的样子。她颓丧得像行尸走肉，没有了表情神态，没有了思想，没有了喜怒哀乐，没有了一切一切。

即便装上了假肢，日后可以像正常人一样生活，但失去了始终还是失去了，失去了就再也不会出现。而且林映桐的精神意志，早已被折磨得垮掉，她身心俱疲。

"林小姐，如果你感觉到痛楚的话，就自己拍一拍自己的手臂。"李医生大概对这样的病人早已司空见惯，继续为林映桐讲解交代着一些注意事项，说完，还示范性地用手轻拍了拍林映桐的左臂残肢。

这时，林映桐才条件反射般给出反应，畏惧惶恐地伸手抚过自己的左手残肢，生怕医生会对她的左臂做出什么似的。

"林小姐，你别害怕，这样做就可以纠正你的感觉，以及提醒自己这只手已经不在了。"李医生似乎是在再三提醒着她这一残酷的事实，希望她能尽快接受，走出灰暗的阴霾，因为他看到，虽然自意外发生以来已经过去了几个月的时间，但林映桐对于这一事实依旧难以接受，并且心有余悸。

一个月后，林映桐装上了肌电假肢。虽然价格高，性能相对要低，正常人手的二十七个关节自由度，假肢只能完成其中的两三个，远远达不到真手的效果，但起码几个常用的重要关节和手指都可以活动，且日后慢慢适应后会变得更方便，怎么说总比单手来得强。

在之后林映桐也别无选择地不断努力适应使用假肢，但很长的一段时间，她始终无法重新振作起来。她自己也知道，这没有那么容易。

直到有一天，林映伽下班回到家后，和林母、林映桐说想带林映桐去北区的一家社区中心参加一些有意义的社区活动，总比林映桐老是窝在家里，无所事事的好。

林映伽也是经朋友介绍才得知这家社区中心。中心经常会为许多小孩、老人家、残疾人举办一些健康的社区公益活动，希望他们不要因为自己本身的一些缺陷而感到自卑，努力帮助他们走出灰暗的阴霾，重拾信心，重新开始新的生活。

一开始林映桐听了林映伽的述说后，不怎么愿意去那种人多又不知道能有些什么事可做的地方，但在林母和林映伽的再三劝说下，林映桐还是去了。

那天林映伽带着林映桐去了那家社区中心后不久，接到了一个电话，说有点事要先走，交代了他在社区中心工作的朋友照顾一下他的姐姐后，就先行离开了。但林映伽的那个朋友，忙碌着中心的工作，根本没有时间理会林映桐。

于是林映桐就自己跑到了二楼的大堂，看到有个二十七八岁，留着一头利落短碎发的年轻男子，正在为在他面前的一群坐得整整齐齐的小孩做魔术表演。他把手中的报纸一下下撕得粉碎后，提醒孩子们做好心理准备，专心看他接下来的表演：他娴熟巧妙地舞弄了下他那双轻巧的双手，在一秒钟过后，顺利地将报纸还原得完好无缺，没有被看出来一丝破绽。

在孩子们都纷纷为之鼓掌，哗然赞赏着"好厉害哦"的时候，站在他们身后不远处的林映桐却轻嗤笑了一声说："骗小孩的把戏！"说完便转身下了楼，走出了社区中心的大门。

林映桐走到社区中心室外的院子，在草坪上的一张长木椅上坐了下来，而后刚刚表演魔术的那位年轻男子也尾随其后走了出来，走到林映桐的身旁停下。看到她左手的假肢，他似乎明白了些什么。

"你好，我叫易纬安，你刚这么说，孩子们会感到很伤心呢。"易纬安半蹲着身子，凑到林映桐的身旁，柔声细语地跟她说。

"明明是假的，却被骗得信以为真，他们知道后，才会更伤心吧？"林映桐撇过头面向了易纬安，一副鄙夷不屑的样子。

"人不一定以为魔术是真的才会喜欢，即便小孩也明白这只不过是一场表演。我不是要孩子们相信一个谎言，事实上，他们之所以笑，是因为他们选择了相信他们看到的事物。是真是假并不重要，重要的是，只要你相信它存在，它就会存在。"易纬安边说边从后面围绕着长椅一圈，走到了林映桐的身旁坐了下来，用手轻轻握起了她的左手后又接着说，"如果我告诉你，我还能感觉到它的温度，你会相信吗？"说着易纬安提起了她的左手，安抚在了自己的脸庞边，闭上双眼，仿佛真的在感觉着林映桐左手的温度。

"人只要有信念，就能站起来继续往前走，你不是还有健全的双腿吗？"易纬安放下了林映桐的左手，对着林映桐微微一笑，说完便站了起来，转身顷刻离开了她的视线范围。

那是林映桐第一次见到易纬安，虽然身份未知，但却给她留下了深刻的记忆。她垂下眼帘，仿佛若有所思，她对他所说的话也有所领悟。缘分似乎在那时开始了，虽然表面上看来两人并没有发生任何事情。

第二章　痴心妄想

那天以后，林映桐决定留在社区中心工作。中心正好缺人，中心主任看到林映桐的情况，似乎没有什么理由拒绝，让她填了份履历，便顺利地录取了她。

而林映桐在社区中心留下的主要目的是为了得到更多关于易纬安的信息，找到工作之余，又能轻而易举地达到目的，这又有何不好呢？

在社区中心工作了一段时间后，林映桐发现易纬安并不是在社区中心工作，只是常来社区中心协助中心举办活动的义工。这分明是让林映桐先得到一个令她失望至极的坏消息，然后再让她尝尝甜头，给她一个尚算有希望的好消息。

他们还是有再次见面的可能，这也成为林映桐继续留在社区中心工作的重要动力来源。林映桐有意无意间翻阅了社区中心义工团队的登记名单信息，得到了易纬安的出生年月、住址、手机号码等基本信息。

林映桐在社区中心工作了一个月，期间总能与易纬安会面，只是彼此间没有交集。

在不久后，终于有一次如她所愿，她和易纬安再次见面，并有了交集。在那一次，易纬安协助林映桐，两人共同完成了一个残疾人篮球社区公益活动的案子。

两人连续几个星期每周日朝夕相处，他们闲谈分享了许多关于彼此的事情和过往。易纬安知道了林映桐为何会失去左手，林映桐也多多少少知道了一些易纬安的事，例如他也是几年前从 C 国移民 A 国定居，现在算是已经在A国落地扎根，生活也安定下来。

他也并不是专业魔术师，只是业余爱好者，因为有个在这方面很有研究的魔术师朋友，所以他才学到了几个最多也只能用来骗骗无知少女的魔术，而他真正的工作，其实是一家装修公司的预算统计员。还有一个关于他至关重要，也是林映桐一直特别想知道的信息，就是那个在她得知后，心都要碎了一地的坏消息：易纬安已经结婚了。

但林映桐并没有因此而放弃，因为她发现，自己在不知不觉间已经喜欢上了易纬安。她甚至开始跟踪他，除了工作，林映桐的闲暇时间都用来做这件事，跟踪易纬安似乎成了她每天都会做的例行公事，是她移民A国后的主要爱好抑或是娱乐之一。

其实林映桐心里明白，即使做再多，到头来或许都只是徒劳无功，也毫无意义，可她就是不由自主地想要这么做。

林映桐有时会跟踪易纬安从公司下班回家。因为他家离公司比较近，徒步二三十分钟，所以他很少自己开车，车子通常会让给他的妻子开。

林映桐每次跟踪都会戴上鸭舌帽，换上平时从来都不会穿的衣服，一身易容的打扮，一路上蹑手蹑脚，在障碍物的背后躲躲藏藏，悄悄跟随在易纬安的身后，在跟踪的过程中，也一直与他保持安全距离。

易纬安住在北区的一个楼龄有十几年，名为"水月熙园"的小区，虽然也算是旧建筑，不过建筑外墙面貌尚算保存得新，且电梯和走廊装潢一新，所以简洁而现代。

每次林映桐都只是跟踪易纬安到6栋的入户大堂，便藏躲在粗壮的柱子后面静谧凝望着他按下电梯外按钮。不久后他提起步子走入电梯，看着电梯旁不断转换着楼层数字的小显示屏停顿在"16"，林映桐才愿转身离开。

有时，林映桐会跟踪易纬安从家里到公司上班。那天她会早早地来到水月熙园小区大门外，躲藏在大树后，悄悄等候着他的出现，她知道易纬安的上班时间是九点，而他通常会八点半出门，徒步走去公司。

看到他现身后，林映桐总会第一时间静悄悄地跑到对面马路，隔着一条马路，与他一同沐浴着清晨第一缕和煦的阳光，共同品吸着周围清新醉人的空气。那一刻林映桐仿佛觉得自己与他正并肩走在一起，她早已是陪伴他已久的亲密伴侣。

就这样一直尾随着易纬安，直到他走进装修公司，从玻璃大门外看着他走上了拥有复式装修设计的公司二楼的他的独立办公室，林映桐便跑到装修公司背后的后巷子，抬头仰望着公司二楼，顺数第三间办公室。

易纬安的办公桌安放在了窗边，林映桐恰恰可以看到他，看得一清二楚。窗边摆放了几盆绿色植物，他也正静静地坐在办公桌前，全神贯注投入一天忙碌的工作。就这般悄无声息的凝眸细视，每次林映桐在那一待便是一个半个钟头。

林映桐还跟踪过易纬安和朋友同事的约会。他的同性朋友不计其数，但异性朋友屈指可数，而与异性朋友单独约会的次数几乎是零。他和朋友同事间的约会通常是饭局，或是在酒吧KTV，偶尔会和一两个挚友出没在运动广场、健身房锻炼，还有就是出席他那个魔术师朋友的地方演出，和参加社区中心的活动等。

不管身处什么场所，林映桐都只是悄无声息地待在一旁，静观默察着易纬安的表情神态、言行举止、一颦一笑、和朋友间的闲聊谈吐。许多时候，林映桐就只是这样，在熙熙攘攘的人群中，或是隔着遥远的距离静静凝睇着易纬安的容颜，纵使没有交集，但她也感觉心满意足。关于他的一切一切，都牢牢地刻画在了林映桐的心里。

或许就连林映桐自己也不知道，她对他的爱只有愈渐加深，却从无退减。纵使明知道这样会越陷越深，最终无法自拔，但爱上了就是爱上了，自己是否会沦陷，他是否已婚，除了易纬安这个人，其他的任何事情她都已无从顾及。

跟踪了易纬安三个月后，林映桐甚至疯狂到租下了易纬安家对面楼的同层住房，那里和易纬安家遥遥相对，从客厅的窗户恰恰可以看到他家屋内客厅的情况。林映桐从朋友那借来了望远镜和三脚架，把窗帘拉上留下一条小缝隙，把望远镜定格在窗边，悄然观摩着易纬安家屋内的一切动静和情况。不要问林映桐为什么要这么做，就连她自己也说不清楚。

暗夜里飘荡，有过多少痴心妄想，也别笑她太荒唐，只怪梦太难舍难忘。如同歌中唱的，难忘的是他的面孔，只愿能每天凝睇上百遍，仅此而已，别无奢求。

直到有一天，那个她朝思暮想的男人易纬安，他要离婚了。那天林映桐在望远镜里看着客厅内的易纬安和他的妻子，由头到尾完整地看完了一场充满戏剧化的离婚情景。因为相隔甚远的缘故，根本无法听到两人的谈话内容，林映桐不知道他们为什么吵架，也不知道离婚的原因是什么，不过她也不想知道。

她唯一能用双眼读到的信息，就只有易纬安的妻子那坚决的神情和口中吐出的"离婚吧"三字的唇语，还有易纬安怅然若失的忧愁眼神。

林映桐不禁有些开心起来。这明明是个令人难过的事情，但对她而言，却是个不折不扣的好消息。从此后也许她再也不必这样偷偷摸摸地爱着他，甚至可以毫无避忌地靠近他，放开心胸地染指他。

第三章　执着的信徒

三个月后。

冷清的早晨，寂寞的黄昏……不知不觉要寄托的感情越陷越深，才发现他是她最执着的信仰，她是他最忠实的信徒。

那天过后不久，林映桐从易纬安口中确认了他已和他的妻子离婚这一事实。而在之后的这三个月林映桐一直在等，等一个成熟的时机，向易纬安说明她一直以来藏在心底的话，但却一直犹豫不决，迟迟未曾说出。她很爱他，到执迷不悟，却不露痕迹，暗地里想念，在他面前却装作无所谓。

她准备了一封情书，里面写满了她对他的心思，一遍又一遍地在脑海里想象排演着那一个情景。她做足了接受现实的心理准备，即使尴尬难堪也没关系，还重复深思着，若真正被拒绝又该如何是好。

犹豫迟疑了三番四次，她终于下定决心。

社区中心的活动结束后，眼看着易纬安就要离开中心，林映桐提起步子追了出去。

"易纬安！"林映桐从背后喊出他的名字。

"怎么了吗？"易纬安转身回头看向了她说。

"我……"林映桐抬头凝眸细视着他的容颜，欲言又止，大概是想要说出迟迟未曾说出的那番话。

"你最近还好吗？"到最后林映桐还是转移了话题。

"还好，在努力地适应一个人的生活。"说完易纬安微微抿起双唇，展现出一个似笑非笑的无奈神情。

最终她还是没有向他说出一直藏在心底的心意，在易纬安和她告别后，转身离开的那一刻，林映桐往易纬安的背包里塞了一个全白色的信封。

下班后，林映桐像往常一样，第一时间到了出租屋，开始耐心观察易纬安。此时的易纬安在房间内，他翻开背包，看到了那个白色信封。

他把信封拿了出来，翻转着，发现信封没有署名，也没有写上其他任何字，然后他打开了信封，想要看看里面有些什么东西，打开后却意外发现信封是空的。

信封里面空空如也，那是必然的，因为，林映桐根本没有往信封里放任何东西。她只是两手撑开信封，然后嘴巴对着信封轻声细语地说了三个字"我爱你"，仅此而已。

看到易纬安颇为失望地放下了信封，转身走出了房间，林映桐也抽离了紧挨着望远镜的脑袋，走了出客厅，拿起包，顷刻离开了出租屋。

走到楼下，出了楼层大堂后，让林映桐意想不到的是，她看到了易纬安渐渐走近的身影。最终他走到了她的跟前停了下来。

"为什么要这么做？"易纬安皱起眉头，第一句就直接开口问她。

"我……"她嚅嗫着，感觉一切似乎都已经被他识破戳穿，再狡辩下去也是徒劳。

"你在信封里说了什么？"他平声静气地问了一个使她意外的问题，不带一点特别的语气，只是默默地盯着她低垂的眼帘。反倒她像个做错事的小孩，畏怯在那，不敢抬头正视他。

"我爱你。"迟疑了半晌她最终还是情不自禁地抬头看向他，直接坦荡地说出了那憋在心里半年已久的三个字。

"多久了？"

"半年了，我跟踪偷窥你半年了。"林映桐情急之下脱口而出，不打自招把不该说的都说了出来，一字不漏。

其实她根本不知道易纬安问的是喜欢他多久还是跟踪偷窥他多久。

"我知道，三个月前我就知道。"易纬安依旧喜怒不形于色，说话语气依旧沉稳，这让林映桐根本无法揣测，他此时的情绪到底是高兴还是生气，抑或是鄙夷不屑。

"那你为什么要装作什么都不知道？装作不知道我跟踪你，装作不知道我爱你。"即便是质问他的话语，但依然表现得怯懦而又于心有愧，毕竟做了不光彩的事的人是自己。

"因为我想看看你到底要做这种偷偷摸摸的事情到什么时候，才肯向我坦言，又或者放弃。"他回答了她的疑问后，紧接着又说，"我想再听一次。"易纬安在说这句话的时候，他的声音从冷若冰霜变得柔和细腻。

"易纬安，我爱你。"林映桐又再一次深情向他重复了一遍那句话，眼神流露着对他那最坚定不移的情意。她话音刚落，就被易纬安一把拥入了怀中。

"我承认我被你的坚持不懈打动了，那我们在一起吧。"易纬安在她的耳边柔声细语地跟她说。

"好。"她轻声回应。

"还有，以后别再做那种事了，你真的一点潜质也没有，那么快就被我发现了。"林映桐的耳边，流过他柔情似水的声线，沿路旅程，如歌蜕变。

"呵呵，好！"林映桐依偎在易纬安的肩膀上，脸上洋溢着满满的幸福。

有人说，在沙漠不可能种花，但在这个世界上，仍然会有人坚持去灌溉，去相信有可能。因为开花的原因，并不在乎有没有水，而在乎是否有一份执着的信念。

第四章　他有何不好

不知不觉间，林映桐和易纬安在一起已经有两年的时间。自从那天易纬安替她戴上戒指，与她正式订婚后，林映桐就经常跑到易纬安家过夜，每次早上易纬安醒来，总会替还在熟睡的林映桐先拔掉正在桌上充电的义肢电源。

过去易纬安特意请教了医生使用假肢时的保养和维护的知识，他都把医生的话牢牢记在了心里。早上起来洗漱后，就会例行帮林映桐小心翼翼地清洁假肢的接受腔，因为接受腔是直接与残肢皮肤接触的，如果接受腔内表面长期不清洁，会增加残肢感染的危险。每天替她准备好清洁好的接受腔内衬套和残肢套，这样林映桐一醒来就可以使用。清洁过后，易纬安就会细心地检查假肢接受腔是否有裂纹，关节及结合部是否有松动、异常，装饰外套表皮是否有破损，因为倘若在接受腔表面产生了细小的裂纹，就可能会弄伤残肢皮肤，这样就得找专业人员解决了。

平日里，除非易纬安不知道，只要是被他看到林映桐肆无忌惮地用她的假肢与那些生活上常用但对她而言却是极度危险的物品，如酸碱化学溶液、有色溶液、火、坚硬外物等，易纬安都会万分紧张地立马阻止，然后不厌其烦地又絮叨林映桐一遍，千叮咛万嘱咐她下次做这些事情之前记得戴手套，或是让他来完成。

而让林映桐感觉易纬安过分紧张、最为夸张的是，就连那微细的一丝雨水他都生怕会伤害到那矜贵的假肢，淋雨时会立即拿衣物替她包裹住。

易纬安对林映桐总是这般体贴入微，关怀备至，可谓是照顾有加，是无可挑剔、无以复加的好。这让林映桐觉得，比起未婚夫，易纬安更像一个待她如心肝宝贝的爸爸。

经过长时间的训练，林映桐早已适应她的那副肌电义肢，并能控制自如，她可以用义肢辅助她的右手做一只手没有办法完成的事情，如拧干毛巾、穿衣服、系鞋带等。那副义肢，在不知不觉间，似乎真正意义上成为她身体不可缺少的一部分。

只是这个亲密的生活好伙伴，在她的身上待久了，也会有发出无声抗议的时候。大概是使用时间久了，义肢偶尔会发生故障，不听使唤，不知道是否因为义肢的驱动系统出现了问题，明明充足了电，但林映桐不管如何调试都还是无法屈伸肘关节和张合指关节。

而每当这个时候，如果林映桐又正巧和易纬安在一起的话……

"纬安，我的手又在发神经了啦，怎么办？"在易纬安的家里，林映桐不耐烦地抓耳挠腮着，心怀不满地走出了客厅，走到沙发前在易纬安的旁边坐了下来，向他嗔怨着说，一边皱起眉，卸下了义肢，一把将它丢在沙发上。

"我平时替你保养得挺好的啊，看来真的是肢体的组件出现问题了。"易纬安拿起了她的假肢，翻转舞弄着左右看，但毕竟自己也不是专业人士，不懂问题出在何处。

"呜呜呜，没有假手好麻烦，但有还不是一样麻烦。"林映桐依偎在了易纬安的肩膀上，想要从他身上博取满满的关爱和怜悯之心。

"待会带你去厂家做一次保养吧，据我所知上一次做保养已经是一年前的事了，嗯？"说完，易纬安亲吻了下林映桐的额头。

"好，听你的话。"林映桐低眉顺眼地回应着他。

保养好林映桐的肌电假肢，两人离开的时候，易纬安突然问起林映桐是否已经告之了林母他们订婚之事，这时，林映桐才扭扭捏捏地跟易纬安坦言说没有，还没有告诉她。

易纬安说要找个时间亲自登门造访，向未来丈母娘郑重其事地宣告两人即将结婚的计划，林映桐听到他的话后闻言色变，极力推搪着易纬安说不必如此兴师动众，她会找个最好的时机跟她妈妈说。林映桐总是把忧愁烦恼藏在心底，不形于色，总想着自己一个人能把事情简化解决，其他都可免则免，希望不必牵扯惊动到其他人。

即便如此，易纬安还是从林映桐的表情神态里察觉出细微的情绪变化，他的直觉告诉他，林映桐心里对于他们已尘埃落定的结婚一事，还存在着顾虑和担忧。在易纬安的再三追问下，林映桐也开始烦躁不安起来。

"你又不是不知道，我妈根本一直就不喜欢我们在一起。"林映桐甩开了挽着易纬安的手，自己打开车门先上了车。

"这个我知道，可是……"易纬安也跟着坐了上车，正要说点什么，却被林映桐毫不留情地打断了。

"当初在我告诉她我决定跟你在一起的时候，她第二天就跑去报了个五天四夜的旅游团，期间还故意不接我电话，说白了她就是不想理我。"说完，林映桐愁眉不展地低下头去。

"我们都在一起这么久了，你不觉得她已经慢慢认可我们了吗？"易纬安转过身面向林映桐，凝重地细视着她忧虑重重的侧颜安慰着说。

"她不作声不代表认可。"

"不管怎么样，这是你的人生大事，她是你妈妈，怎么都得第一个告知她。"

"我就是怕，我说了她都不给反应。没反应就算了，我更怕她泼我一脸冷水。"林映桐也转过头看了一眼易纬安，凝重的目光淡然掠过眼底，一瞬即逝，很快便低回头去，静静凝视着她那一只颇为逼真的左手假肢，开始娓娓道来。

"我记得在那件事发生以后，我在医院醒来，睁开眼第一个看见的就是妈妈，我永远记得她在床边看着我时，那副失魂落魄、愁眉苦脸的担心样。"

"以前我总觉得她很重男轻女，只偏心我弟弟，但出事以后，我才知道原来她很紧张很疼我。她还跟我说，假手也要见人，女孩子不可以这么随便，所以她每次看见我就算多不开心、多烦躁也好，都很有耐心地帮我涂指甲油。"林映桐平心静气地向易纬安述说了她对她妈妈的感觉。

"你成天都说你妈妈总是偏心你弟弟，不疼你，如果你妈妈真的不疼你，就不会那么紧张你了，不是吗？"易纬安握住了林映桐搁在大腿上的双手，情深意切地安慰着她。

"她不高兴你嫁给我，不是她的问题，是我自己做得不够好。不过我会努力，我有信心一定可以改变她对我的看法。"

"可是我觉得你很好啊，比谁都好！"说完，林映桐抓起易纬安的手，撑起身子，吻了一下他的脸颊。

"谢谢林大小姐的夸奖。我决定了，明晚约你妈妈和弟弟来我家吃饭，我亲自下厨，然后跟她宣布，怎么样，你觉得这时是个好时机吗？"看着易纬安满怀自信、胸有成竹的样子，林映桐实在不忍心再拒绝他，毕竟他所做的一切，都是为了她，犹豫嗫嚅了好一阵，最后还是答应了他。

吃饭当晚，易纬安做了几个拿手小菜，还特意熬了汤，想着好好款待林映桐的家人。只是整个吃饭的过程中，林映桐的妈妈都只是默不作声吃着饭菜，当易纬安和林映桐向她说起两人决定结婚的事，她只是冷冷地回答了一句"哦"。

林应伽也懂事地想要缓解如此尴尬难堪的氛围，跟他妈妈说让她替两人选个好日子，但林映桐的妈妈也只是不屑一顾回应说"不急，再看看吧"敷衍了事。就这样，这场无声无息的餐桌大战结束了。

因为今天晚上林映桐不打算在易纬安家过夜，所以易纬安就主动提出要开车送他们回家。在小区停车场上车的时候，林母主动打开了前面的车门，坐到了副驾驶的位置。

在一个红绿灯转成黄灯之时，易纬安安分地渐渐停下了车，没有闯过黄灯的意思。

"这辆车开了不少年了吧？"林映桐妈妈忽然开口问。

"也有六七年了呢。"

"怪不得力道不足，想闯也没本事闯。"林母轻嗤笑了一声说。

"没这回事，我只是想小心行事，安全驾驶。"易纬安保持着平静回应着她。

"小心行事？是你天生保守，还是你天生没有本事，不敢去闯？"林母的鄙夷不屑提升到了极点。

"妈，你在说什么呢！"这时坐在后头的林映桐终于忍不住插足两人的对话。

"伯母，开车和做人本是两回事吧。"红灯转绿，易纬安开动了车子，只是车速依旧保持着沉稳安全的时速。

"有分别吗？两年前看着你开这辆车，两年后的今天你还是开着这辆车，你明白我的意思吧，不只是在说车子。"林母用轻蔑的眼神瞥了一眼身旁的易纬安，这时坐在后头的林映桐早已皱了眉头，但却无力再说些什么。

"其实伯母有什么想说的可以直说，因为很快我们是一家人了。"易纬安心平气和地跟身旁的林母说。

对待林映桐妈妈，易纬安一直都是和颜悦色，毕恭毕敬，从不说出一句会冒犯到她的话。林映桐知道易纬安是个脾气极好的人，也从不害怕两人会起什么冲突，她最怕的只有她妈妈永无休止地说出难听的话给易纬安听，使他不开心。

"说我一定会说，只怕说了也只被当耳边风。"最后林母也只是嗤之以鼻，表示不满，再没有说什么。

下车后，林映桐和易纬安道了别，跟随在弟弟和妈妈的后头上了楼，进了家门，林映桐狠狠用力一把甩上门，气急败坏地走到沙发前一屁股坐了下来。

"你这是在向我发脾气吗？"看到林映桐如此举措，林母脸也勃然变色，开口问。

"你非得要在人家面前说这么难听的话，说完你心里舒服了是吗？"林映桐对着她妈妈厉声呵斥道，她还是第一次对她妈妈有如此强硬的态度。

"我说什么话了我？我是在提醒他做人的道理，我说我不让你嫁给他了吗？"

"你明明心里就这么想。"

"当初我就已经反对你们交往，条件一般，还是个离异过的男人，那时候你有听我说的话吗？"

"你以为你女儿现在的条件是有多好？我现在是个残疾人啊，人家不嫌弃你女儿你就该求神拜佛了！"吵到这里林映桐红了眼眶，要流泪的样子。

"都怪你的命不好，当年要不是因为发生了那种事……妈明白你现在的想法，但求能嫁出去，就不敢计较了，是吧？"林母走到她的身旁坐了下来，握起她搁在她大腿上的双手，语气缓和下来，心平气和地跟她说。

"我觉得易纬安很好啊，你说他有什么不好？"林映桐转过身面向了她妈妈，摇了摇她紧握着自己手的手问。

"你问我他有什么不好？你出事前围着你转的是什么素质的男人，现在出事后，在你身边的又是什么样的男人，你妈我都看在眼里。呵，问我他有什么不好？"说到这里林映桐妈妈似乎又有些不高兴了。

"妈，只要姐喜欢，你就别那么执着于对方条件好与否了，好吗？"一直在一旁看着两人吵闹的林映伽也开口劝说着他也同样觉得固执蛮横的妈妈。

"都到了这种地步我还能说什么？过几天我去找师父给你选个好日子！"说完她放下了林映桐的手，起身走回了房间内。

第五章　偏爱成扭曲

在那天晚上，林映桐的妈妈算是勉强答应了林映桐和易纬安两人的婚事，但自从那天以后，他们结婚一事，犹如雷雨一闪而过，就此没有了下文。林母没有再主动提起，两人也不好再三说些什么。

直到有一天，林映伽回到家，主动和妈妈还有姐姐商量，他和他女朋友殷晴打算在年末结婚，殷晴的家人也同意他们两人的这一决定。当被问起为何如此急切又突然地决定结婚，明明林映伽和殷晴都还那么年轻，林映伽才向林映桐和林母坦言说，因为殷晴怀孕了，前两天才在医院检验出来的结果。

林母听到这一消息后，欣喜若狂，高兴得不得了，说是儿媳妇怀孕了的话，确实要尽快举办婚礼，不应该有所怠慢拖沓。当林映伽提出他和林映桐的婚礼合并一同举办的时候，却被林母不假思索地驳回了，以一同举办忙不过来和怕殷晴的家人不喜欢为由拒绝了林映伽。

这时林母才漫不经心地转头问起林映桐："映桐，你打算什么时候举办婚礼，或是摆婚宴？如果也定在了年末，妈妈希望你和纬安的婚期可以延后。"

"没有，一切都没有定下来。纬安的父母说无所谓，他们尊重我们的意见，现在就是要看你的意思了。"

"既然无所谓，那在你弟弟的婚礼过后你们俩就旅行结婚吧，其他就不搞了，一切从简，省钱又省力，你觉得怎么样？"

"哦，好。"虽然林映桐的心有种被刺了一刀的感觉，但却又说不出不好的理由，最后还是答应了她妈妈的提议。

用几分钟时间谈妥了林映桐的婚事后，林母转过头又继续着急地跟林映伽说，要尽快约个时间和殷晴的家人一起吃顿饭。

果然饭局快速地约在了第二天晚上。当天晚上，不只是殷晴的父母，她的兄弟姐妹、舅舅和姨妈都到了。看来不只是林母，殷晴的家人也非常重视这桩婚事。

在吃饭的过程中，他们就边谈起了婚礼的事宜。林映桐坐在了林母旁边，林母小声示意林映桐给客人斟茶倒水。

因为顺手的缘故，当给右边离得稍远的殷晴斟茶时，林映桐下意识用了左手义肢。刚一把拿起瓦茶壶的耳朵才发现茶壶比想象中要重得多，是义肢完全无法承受的重量，她一时间没能及时抓稳茶壶，瞬间左手连带茶壶重重地落到了桌上，甩开了壶盖，茶水从壶口以及壶嘴的位置洒溢出了一片，沾湿了殷晴的手和衣袖。

"有没搞错，拿个水壶都拿不稳，万一是沸水烫到我了怎么办？还有我这衣服很贵你知道吗？"林映桐都慌了，还没反应过来就迎来了殷晴不留情面的厉声呵斥。

"不好意思，我一时没拿住壶。"林映桐急忙向殷晴道歉。

"没事，她也不是故意的，晴晴你别那么失礼。"殷晴的爸妈试图缓解林映桐的难堪。

"我姐的手不大灵活，她不是故意的，陪你去洗手间洗一下吧。"林映伽起身走到殷晴的身旁，扶起她的胳膊，陪她走出了包间。

"给我坐回去。"林母似乎有些生气，大概是觉得她女儿丢尽了她的颜面，小声说，看林映桐时是一瞥而过的犀利眼神。

"姨妈你看，她的手是假的吧？她没有了左手啊，好恐怖！"殷晴的妹妹和坐在一旁的姨妈交头接耳，小声议论起来。

"你不说我还没注意呢，原来是个残疾啊，手装了假肢。才那么年轻，不知道她嫁人了没啊。"

"很恐怖吗？不是挺有型的么。"殷晴的哥哥也加入了她们间对林映桐的评头论足。

即使他们说话的声音再小声，但多多少少还是能传到林映桐的耳中。

他们轻视她的左手义肢，拿它来开玩笑，并且低估了林映桐敏锐的听觉神经，还有就是，他们不知道林映桐在社区中心学习了唇语，普通的日常用语她能毫不费劲地通过说话唇形读懂。

林映桐发现，自己越来越不喜欢弟弟的女朋友和她这帮八卦无知又大惊小怪的亲戚。

饭局在林映桐的无奈和厌烦中结束，从林映桐打翻茶壶后，餐桌上的气氛就变得异常怪异。

林映桐一家三口回家的过程中，平时爱滔滔不绝的林母异常得一言不发。林映桐明白，妈妈是在生她的气，即便她保持缄默，有时候沉默比放声埋怨更可怕。

"你为什么要用左手而不用右手？在那么重要的场合你就不能小心行事，让我省点心！"回到家后，林母终于忍无可忍地怒责身后的林映桐。

"对不起咯，现在是不是残疾人打翻个水壶都成罪过？"林映桐不以为然，不屑地回了林母。

"妈，你就别怪姐了，明明很小的一件事。"在一旁的林映伽插话试图平息两人间的火药味。

"殷晴的家人看到会怎么想？他们会说让女儿嫁过来和一个手不方便的人住在一起，都不知道会不会反过来要孕妇照顾她。"林母总能口无遮拦说出如此难听的话，从来不顾及她女儿的感受，这一点林映桐早就习以为常。

"你放心，结婚后我会离家远远的，我才不想和这种大小姐住在一起，反倒是妈你，当心要像佣人一样伺候她。"说完，林映桐头也不回，径直走回了房间内。

在房间内，林映桐没事无聊，从笔记本电脑中翻出了几年前的照片。那时他们还在C国，庆祝林母50岁生日寿宴时，一家人和亲戚朋友一起吃饭拍了这些照片。当林映桐点着鼠标，翻看到她和妈妈的合影时，还特意停顿下来凝眸细看了好一阵。

扪心自问，自己明明已经对妈妈百般孝顺、敬爱有加，为何她总是偏爱着弟弟，甚至她紧张外人还多于自己的女儿？想到这里，她有种心如刀绞的刺痛感，这不禁让林映桐开始怀疑，自己到底是不是妈妈的亲生女儿。

林映桐继续点击翻看下一张，看到的是林母和弟弟的合影，这张照片她也细视了好一会儿。下一秒林映桐就皱起眉头，点击着鼠标，来回进退反复观察琢磨，瞳孔住着两张照片上的林母，恍惚的眼神一掠而过，转瞬即逝，取而代之的是愈渐凝重的表情神态。

她似乎发现了些什么，她发现了两张照片林母截然不同的细微表情变化：在和林映桐合影的照片中那轻蔑的笑容，而和林映伽合照时那发自内心的欣然笑容。明眼人一看就知道她打从心里喜欢和疼爱她的儿子，至于对这个女儿，无法置评。

说到底她还是和大部分人一样，重男轻女的传统封建思想严重，纵使在林映桐出事后，她表现得那么紧张不已、忐忑不安。想到这里，林映桐感觉自己的心在隐隐作痛。

林映桐离开房间，想到厨房倒水喝，经过林映伽房间的时候，她听到了林映伽和林母在房间内谈话的声音。

"妈，你不要再这样责怪姐了，你这么说她会很难过的。"

"我也只是一时恼怒才这么说，她是我女儿，难道我会故意让她难过吗？"

"是我间接害她没有了左手，怎么说也有一定责任，我心里一直都感到很内疚。"

"傻瓜那是意外，没人会希望这种事情发生，你也别太自责了，幸好断了手的不是你。"

"妈你别说这种话，让姐听到的话她会怎么想啊。"

"我说事实，女孩子有什么所谓啊，迟早是要嫁人的，男人断了手就麻烦大了。"

此时此刻，林映桐就站在林映伽的房门外，传到她耳边的无比伤人的台词，她妈妈是用何等轻松的语气说出，像是在闲聊诉说着别人的事情，无关痛痒。

不只嫌弃她断臂，还心安理得地庆幸，其实林映桐的妈妈根本不如她所想象中的那么疼爱她，在那一刻林映桐终于认清了这一切。

"为什么我会有一个这样的妈妈?"林映桐反反复复在心里问着自己，她稍仰起头，试图不让更多眼泪汹涌而出，但无可抑制的眼泪早已彻底浸湿了她的脸庞。她努力咬起牙，不让自己发出哽咽抽泣的声音，身体在不断地颤抖着。

这一刻，林映桐是彻底感到心灰意冷，和自己纯粹又模糊的以为相比，听自己母亲亲口承认确实要震撼疼痛得多。从今以后就再也没有理由自欺欺人了吧。

表面上流出的是透明的眼泪，但其实心脏却是被刀一下又一下割划过，淌出一滴滴鲜红的血液。撕心裂肺的绞痛在她的心里不断蔓延开来，久久无法平息。

其实人心，天生就有所偏向，因为这个缘故，我们对事对人的判断从来就不可能做到公平、公正，善恶正邪、黑白是非，又有谁能说得清楚?

第六章　时有时无的左手

当天晚上，林映桐一言不发地离开了家，到了易纬安家一屁股坐到了客厅的沙发上。

"我今晚在你家过夜。"她愁眉不展地低着头，玩弄着左手的假肢说。

"怎么啦，发生什么事了吗？"易纬安走到她跟前，给她递了杯水。

"我妈居然亲口说宁愿断了手的是我而不是弟弟。纵使她心里是这么想，可她怎么可以说得那么心安理得啊。"林映桐接过水后放声埋怨道，无比心怀不满的样子，喝了口水，哐地一下把杯子搁到了茶几上。

"别难过，又不是第一天认识你妈，她有多尖酸势利我也领教过。"易纬安站在林映桐身旁，进一步贴近了她，无比温柔地将她拥入怀中，"没事了，你还有我呢。"

听到这里，即使如何抑制泪腺，她的眼泪还是忍无可忍地夺眶而出。"请你答应永远不要离开我，我现在除了你，什么都没有了。"林映桐带着哭腔，用近乎哀求的语气，埋在他的怀内含糊地说。那一刻她真的知道现在的自己到底有多卑微。

"我答应你不会离开你，不会再让你失去，因为我知道你已经失去了太多。"易纬安信誓旦旦地向她许下了承诺，而她当然是毫无疑问地选择相信，因为她现在除了他根本没有其他人可以相信。

易纬安把林映桐抱到房间，她用双手揽起他结实的后背，一下下轻柔地抚触着。每次用双手抚摸过他的身体时，林映桐有种错觉：她的左手回来了，是有血有肉，有温度有触觉神经，真真切切的左手。

两年前的夏季，林映桐一家还身处C国，那时候林映桐的手依然完好无缺，那天晚上是林映桐和她的初恋男友在C国的最后一次约会。因为再过一个月，林映桐大学毕业，就会随同母亲和弟弟一起移民A国定居。

两人约会结束的时候，因为知道男友还有别的事情，即便男友如何坚持要先送林映桐回家，还是被她婉拒，林映桐说她可以自己回去。最后他也未再执意下去，两人就此依依不舍地分别了。

之后林映桐给弟弟林映伽打了通电话，得知他恰好也在附近，他和朋友的约会也快要结束，于是林映伽就让林映桐在某个标志地点等等他，待会他就会开车过来接她一起回家。

林映桐上车后，车子开到了郊区公路的拐角处，一辆小车突然疾驰而来。林映伽为了躲过车子，急速转弯撞向了路边的围栏，最后两辆车还是犹如闪电般猛烈碰撞在了一起。对方车子侧翻过来，摇摇欲坠，只见车头冒出阵阵白烟；两人的头部都被磕伤，血流如注。

林映桐力竭声嘶地叫喊着被卡在驾驶座一动不动的弟弟，不管如何摇晃他都毫无反应。林映桐试图打开车门逃脱，她这边的门紧挨着栏杆，无法开启，于是她转到了林映伽这边，想着自己脱离出去，再把弟弟拉出车外。

正当她打开了车门，把手伸出了车门外，那台摇摇欲坠的小车刹那间倾倒而下，毫不留情地砸压在了林映桐纤细的胳膊上，她的整个人也随之一下摔倒在地。

不知道过了多久，交警和救护车赶到，两姐弟还有那个和他们相撞的小车司机才被急速送到医院抢救。而林映桐后来才知道，那个司机喝得烂醉如泥，所以才会开着车子横冲乱撞。

林映伽的头部受到猛烈撞击，颅内存有一些瘀血，经过抢救，等瘀血散去便能醒来。

而林映桐这边，医生诊断，手被物体砸的力道很大，已经不仅仅是开放性外伤，左手包括里面的软组织和骨头已经完全被压得粉碎。医生毅然决定要帮林映桐左臂截肢，再拖下去造成细菌感染，进而细菌通过暴露的血管断端进入伤者的血液，随着血液循环传播到身体的每一个角落，造成严重的全身感染，后果不堪设想。

为了保住林映桐的性命，林母在情急之下也别无选择地签了手术知情同意书。

就是因这一次车祸，林映桐失去了她的左手。谁会料到打给林映伽的一通电话会铸成大错，谁又料到上了林映伽的车，她连自己的左手都搭了进去，虽然这是一场让人始料未及的交通意外，也许根本不应该怪罪任何人。

直到如今，林映桐还清楚记得，那件事发生以后，她在医院醒来，睁开双眼第一个看见的就是她的妈妈。林母极其努力地抑制着自己悲痛的情绪，安慰着林映桐说"没事，都过去了，只要人没事一切都好"。

这时的林映桐才渐渐回忆起之前发生了什么事，她又为什么会躺在医院的病床上，她的左手被车子压住，痛不欲生的感觉一跃而过她身体的每一条敏感的神经。当她下意识想要感觉一下左臂的存在之时，她猛然转头看向了左手，发现衣袖里什么都没有。林映桐激动得一下子坐起身，惊恐万状，用右手一遍又一遍摸索空空的衣袖，她完全不敢相信，也无法承受她的左手已不复存在这一事实。

"为什么会这样，我的手呢，我的手……"她像发了疯似的，瞳孔放大了好几倍，大口大口喘息着，抓起她的妈妈大喊大叫问着她的手去哪了。

逼于无奈医生给林映桐打了镇静剂。在林映桐渐渐闭合眼睛安静地再一次睡去之前，她看到了她的妈妈偷偷独自躲在角落哭泣流泪。林映桐还是第一次亲眼看到妈妈为她伤心流泪。

在林映桐住院康复的一段时间里，林母每天都会来看林映桐，坐在床边边陪着她，照顾她，一待就是半天或是一整天，有时候陪着陪着甚至在林映桐床尾处不知不觉睡着了。

林映桐见到她妈妈永远是一副愁眉不展的愁苦样，她开始害怕担忧，再这样下去妈妈会憋出抑郁症来。而林母是怕林映桐会想不开，会做出傻事，她太了解她的这个女儿，她也不想失去她的女儿。

出院两个月后，林映桐一家三口顺利移民到了Ａ国。林母知道Ａ国的制造假肢技术尤为先进，在一切都安定下来后，立马就带了林映桐去医院咨询了专业的医生；因为肌电假肢比普通假肢使用起来更方便有用，即使价格再高昂，林母都毅然决定给林映桐配了一副。

后来林映桐戴上了假肢，但依然意志消沉，始终不是那么容易就能重新振作起来。而林母总会耐心地安慰她，鼓励她，在她最痛苦难挨的时候陪着她，在她烦躁发脾气的时候告诉她"虽然是假手，但假手也要见人，女孩子不能这么随便"，并一边说一边耐心细腻地为她的假肢每个手指头涂上指甲油。

那时候的林映桐才知道，纵使林母过去如何偏爱弟弟，但同时她还是会很疼爱很紧张她的女儿。

林映桐任记忆在她的脑海中盘旋，回忆着过去她和妈妈之间爱的点点滴滴。此刻她真的无法接受亲耳听到从她妈妈的口中说出幸亏断臂的是她而不是弟弟。

想到这里，林映桐的心又再次迎来阵阵绞痛，她把脸埋在枕头上，偷偷抽泣起来。不知道身旁的易纬安是否听到了林映桐的哭声，他转过身，从背后张开双手把她揽入怀中，抱紧她继续熟睡。

林映伽的婚宴定在了第二个月月中的一个好日子里，在这之前林母都一直忙活着筹备婚宴，尽心尽力，并且分外紧张，每一个细节都力求完美，不容有失。在婚宴当晚吃饭的过程中，林映桐的好朋友白语菡问起林映桐和易纬安的婚礼打算如何筹划时，林映桐无言无语，只是淡淡回答她说林母让他们旅行结婚。

而白语菡听到后，立即感叹回应："你妈要不要偏心得这么明显啊！"林映桐低下头没有再说话，就连外人都看得出来林母的偏心，似乎已经超出了能理解的范围。

林映伽和殷晴新婚后，林映桐更铁定心思要搬离这个家，因为她知道，随着殷晴和她肚子里的孩子的到来，这个家已经没有容下她的一席之地。

　　林映桐和易纬安坦言不想再面对林母，所以决定搬到易纬安家住。易纬安当然是毫不犹豫地答应，和未婚妻同居是最正常不过的事了。

　　其实早在林映桐到来易纬安家向他诉苦的那天晚上，他就想说让林映桐搬过他家来住，只是担心林母觉得他故意挑拨离间林母和林映桐两人的关系，而更多是为了林映桐的感受着想，最后还是打消了念头。

第七章　蹊跷邮件

以即婚之名，林映桐理所当然住进了易纬安的家。和林母说要搬去他家住的时候，林映桐并没有坦言她是因为妈妈的极度偏心感到不满。得知林映桐要搬离到易纬安家住的消息后，林母还特别高兴，这样一来就可以把林映桐的房间腾出做婴儿房。

听到林母这么说，林映桐也不以为奇。她早已看透了她妈妈是什么样的心态，被伤害得心灰意冷，对她早已失去了任何冀盼，也磨平了愤然忌恨的情绪。

在易纬安家中，有天晚上，林映桐在房间内上网时，因为要注册一个网站论坛账号，需要用到邮箱捆绑注册，她便填了那个自从移民 A 国后已经很久没有用过的陈年邮箱。当她登入了邮箱后，意外地发现有几封新邮件，原来是几个 C 国很久没有联系的朋友依然试着通过这个邮箱和林映桐联系。

林映桐点击了第一封邮件查看，是她过去很要好的一个朋友阿丽，恰巧两天前才发来的邮件，内容如下：

　　映桐，我是丽丽，最近好吗？有个紧急消息要告诉你：恐怕骆顾城他真的快要离开了。我觉得你非常有必要回来见他最后一面。

看完这简短的几句话后，她带着疑问继续点了下一封，是初恋男友骆顾城在三天前发来的邮件，内容如下：

　　我将会到 A 国找你，请你等我。

看到骆顾城发来的邮件，林映桐感到无比愕然，一双瞳孔放大再放大，一眼不眨，注视着那句话，反反复复。明明只是简单的几个字，却像电闪雷鸣般触动起她的心弦，一跃而过她身体的每一条敏感的神经线。她的心脏不由自主地怦怦直跳起来，久久无法平息。也许骆顾城还爱着林映桐。

待她冷静下来想想，把两封邮件联系起来，林映桐幡然明白，阿丽所说的骆顾城要离开，大概指的是他要来 A 国。

至于为什么阿丽会转告林映桐这一消息，也许是因为，阿丽对骆顾城要去哪，离开的目的，还有离开后又会不会回来等一系列问题都全然不知，只知道他将要离开，所以才会保险起见先通知她。林映桐是这么理解的。

但林映桐还是觉得整件事有着异常不妥之处，想打电话问个清楚，又没有阿丽和骆顾城 C 国的电话号码，只好回复了两人的邮件询问。回复阿丽邮件内容如下：

丽丽，我是映桐，能说清楚是怎么一回事吗？顾城三天前给我发来邮件说他将要来 A 国找我，你说的他要离开是指这件事吗？如果不是，请说清楚是怎么一回事。

回复骆顾城邮件内容如下：

城，我是映桐，我已经和别人订婚了。如果你是要来 A 国旅游，我可以当你的导游。你现在来了吗？或者你打算什么时候来？

回复完两封邮件后，林映桐又再次呆呆地看着骆顾城发来的那封邮件的内容。短短的几句话，字里行间隐藏着多少两人对彼此魂牵梦萦的思念，勾起了多少在脑海深处沉睡已久，关于骆顾城这个人的记忆。

两年了，她还不曾忘记，也无从忘记。两年前，因为林映桐失去了左手，骆顾城就一声不吭地从此销声匿迹于她的世界。任记忆在脑海中盘旋，眼泪在眼眶里打滚徘徊。

林映桐以为她和骆顾城不会有再相见的机会，她压抑着对他的感情和思念，强迫自己在最短的时间内把他忘记，到头来发现全都是枉花气力，白费心机，他发来一句话就能把她折磨得辗转反侧，彻夜难眠。

　　林映桐曾经以为，自己心里的伤痛因为易纬安的出现真的彻彻底底地痊愈了，但其实并没有想象中那么容易。

　　当她再次听到关于骆顾城的消息，勾起那些从不愿提及的记忆，触及那些不可触碰的前尘过往时，才发现伤痛只是被暂时性地打了麻醉，待药效过后，一旦回忆，就会撕裂心脏，随即迎来的是撕心裂肺的绞痛，就连早已失去神经知觉的左手，也会幻有一阵阵隐隐作痛的错觉。

　　就在此时，易纬安悄无声息地走进了林映桐的房间，轻柔地从林映桐背后张开双手环腰抱住了她，轻吻了一下她的后脖子，柔声细语地问她在看什么。

　　"没什么，上上网。"林映桐被易纬安突如奇来的举动吓了一跳，心虚胆怯间立即关闭了邮箱页面。

　　第二天林映桐就收到了阿丽的邮件，却迟迟未收到骆顾城的邮件回复。林映桐迫不及待地打开了阿丽发来的邮件，邮件内容同样是简短的一段话，但已经清晰传达了最重要的信息，那是个不幸的消息。

　　林映桐再次一遍又一遍重复盯着至为关键的几个字细看，表情愈渐凝重，黯然神伤，每字每句，一笔一画都像万箭穿心般刺在她的心上。悲伤似有毒物质扩散蔓延至她的全身，她完全无法承受也不敢相信这个足够使她痛得肝肠寸断的事实。

　　她凄然泪下，抱头痛哭起来，悲痛欲绝的灵魂撕扯着她的五脏六腑，痛入骨髓，痛切心扉。

　　易纬安发现林映桐哭得如此难过，走到她身旁问她怎么了。但此时的林映桐早已泣不成声，急促地呼吸着，想要表达也无法说出任何话。

　　见此情况，易纬安只能把她抱在怀中，不断地抽纸巾替她擦干眼泪，放任她这般哭泣。易纬安以为只要她哭累了，就会停下来，哭够了，也会令她心里舒服些，谁知道林映桐这次是来真的，她耗尽了全身的力气去哭泣流泪，欲罢不能，恍如全身上下的水分都通过眼睛化成泪水流出。

不管易纬安如何温柔安慰，直至她哭得眼睛发疼，睁也睁不开，身体疲惫不堪，头昏无力，在易纬安的怀里晕厥过去才停止流泪。

林映桐醒来时发现自己躺在了医院的病床上，右手吊着点滴，而易纬安坐在床旁的椅子上，趴在床边睡着了。林映桐伸手轻抚着易纬安的碎发，这么一个小小的举动，便惊动了他。

"你醒啦，有没有觉得哪里不舒服？"易纬安立马坐起身，贴近了她的身旁，皱起眉头，紧张不已。

"没事啊，我怎么啦？"林映桐轻声回应，看她的样子，除了哭得红肿疲惫的眼睛，精神状况挺好的。

"医生说你伤心过度，哭至虚脱，吊些葡萄糖，醒来恢复后就没事了。"他耐心给她解释了。

"哦，我为什么那么伤心啊？"林映桐眨巴着红肿的眼睛疑惑地问，对于自己居然会哭到这种程度感到有些莫名其妙。

"昨晚的事，你都不记得了吗？"易纬安对林映桐的话感到诧异万分，明明只是昨晚的事情。

"哦，我想起来了，我朋友阿丽说一个大学朋友在一场意外事故中去世了，让我有空就回C国参加他的葬礼。"

"很重要的朋友吗？"

"还好。"她淡淡地回答。由于林映桐哭得如此惨烈的举措和平淡的话语之间的矛盾，易纬安总觉得事有蹊跷，但一时间又无从证实。

林映桐当天出院后就回到了社区中心上班，顺带请了假，因为林映桐那个大学朋友的葬礼就在后天举行，从A国坐飞机回C国大概要10个钟头的时间，这样一来一回，林映桐也至少得请上三四天假才足够。

易纬安本说要陪林映桐回去，可是林映桐坚决不要，认为只是参加她的一个朋友的葬礼，不必如此"劳师动众"。

就这样，第二天早上林映桐和易纬安在机场道别，当天晚上就回到了C国的Z市，这个她土生土长的环境舒适宜人的小城市。

林映桐没有太多的时间触景缅怀，找好朋友一一相聚，参加完明天的葬礼，和几个相熟的好朋友聚聚，大后天她就要坐飞机赶回A国。

第二天林映桐出席了朋友的葬礼，在灵堂内，看到死者的家属在接受着奔丧者的吊唁。在那里林映桐见到了阿丽，两人前后跪拜祭奠了这位朋友。

"为什么会发生这种事啊，他和我说只是去旅游，真没想到会遇上飞机失事，好好的一个人这样就去了，我上辈子到底造了什么孽，老天爷要这样折磨我。"林映桐和阿丽在一旁看到在那哭丧着脸悲痛得寻死觅活的人，那一定就是死者的母亲。

只是林映桐没有注意到，她的这位朋友的另一位家属，正站在不远处，目不转睛地注视着她。

林映桐和阿丽一同离开殡仪馆后，两人聊了起来。

"他死了，你一定很难过吧，毕竟你们……"阿丽说道，只是她话音未落，就被林映桐毫不留情地打断了。

"还好啦，读书的时候，我跟他不是很熟。"林映桐用淡淡的语气回答阿丽。

"你跟他不是很熟？"阿丽瞠目结舌地看着林映桐那若无其事并十分镇定的侧颜，在她看来，林映桐这样回答是件怪事，完全不合情理，愕然的表情在阿丽的脸上表露无遗。但见林映桐没有回应，阿丽也再没有拿此问题继续和她纠缠下去。

有时候面对现实还是逃避现实，只在一念之间，而林映桐选择了后者，或许她身不由己，也心不由己。

第八章　世事的真假

回到 A 国后，林映桐当天下午就迫不及待地想要见到易纬安，她到了易纬安工作的装修公司，想给他一个惊喜。林映桐去到装修公司，站在那扇玻璃大门外往公司里头看去，正值下班时间，公司的职员都已经离开得七七八八。

正当林映桐想着易纬安会不会已经离开了公司，却透过玻璃大门，窥视到公司里头前台的位置，易纬安正俯着身子面对着电脑显示屏，大概是和前台的那位美女在交代讲解着工作上的事情。

但林映桐越看越不对劲，是两人间的距离贴得异常近，仿佛只须轻轻转头，就可以毫不费劲地亲吻到对方，十分暧昧。那个女孩还会偶尔抬头偷瞄易纬安一眼，她的眼神里饱含了少女对一个人最单纯的爱慕和喜欢，就像当初的林映桐一样。

在交流的过程中两人总是保持着交头接耳的姿势，谈笑风生，伴随着时不时连带而来的肢体接触。他们的周围充斥着暧昧，纵使他们之间其实没什么，林映桐同样感觉特别不舒服。

最后，林映桐行若无事地推门走进装修公司。易纬安看到她惊喜万分，站直了身子，从前台女孩的身边转身，走到林映桐的跟前。

"你回来啦。"易纬安握起她的双手，惊喜地看着她。

"嗯，回来想见你，就第一时间来找你了。"她说。

"好，我下班了，那现在一起去吃饭吧。"说完易纬安转头向背后的女孩点头致意，打了声招呼，两人就一起走出了公司大门。

林映桐看到的仅仅只是他们两人间一些暧昧的举动，这根本不能代表什么，但那些多多少少还是使林映桐对易纬安提高了警惕，有所防范。不是不信任自己爱的人，林映桐也知道易纬安是个怎样的人，但她始终无法用肯定句去认定任何一个人。林映桐只是觉得，人心是会改变的，对再亲密的人都应该持有一份保留，不能一味地盲目相信。因为无论一个人有多真善，他的内心深处往往也是漆黑一片，就算再爱你的人，哪天他也有可能会背叛你。

自从那次后，林映桐就一直想找机会查明真相。直到有天，她趁着休假，又开始不能自已地对易纬安实行揣摩窥探攻势，她又再次易容装扮自己，旧念重萌要跟踪易纬安。当初是因为太喜欢他，才会做出这种出格的事，如今却是因为猜忌怀疑，但两者有着同一个初衷，那仅仅只是因为她爱他。

林映桐早在易纬安不注意的情况下，在他手机里装了一个 GPS 定位软件，林映桐在自己的手机里可以清楚地在软件地图上看到易纬安这一刻的定位坐标，他所在的位置，去过哪些地方，一切一切都在她的掌控之中。

正值中午下班吃饭时间，林映桐跟踪易纬安到了他公司附近，文华广场的益华百货内。在这之前他一直是形单影只的一个人。林映桐没有跟进去，而是在百货外面的走道悄悄跟随，隔着一行商铺，透过商铺内外的两块透明玻璃，她并肩跟随着他，高调却又隐蔽，不易被发现。

直至走过几间卖衣服的商铺，外面的玻璃都被窗帘遮挡住，林映桐无法看到里面的情况，不过她依旧镇定自若，保持着刚刚走路的速度走着。她很清楚百货里面的路线状况，是一条没有拐角的直线，只能一直走，走到了尽头才会有分左右的两个出口，所以易纬安也只能像这样一直走，只要过了那几间商铺，林映桐还是会再次见到他。

可让林映桐万万没想到的是，透过玻璃再次看到易纬安的时候，他的身旁多了一个女伴，和易纬安真正意义上的并肩走在一起。她的两手紧紧挽起易纬安的左臂，嘴巴凑在他的耳朵旁，眉开眼笑，和他交头接耳说着悄悄话，易纬安更是转头翘起嘴角，欣然地回了她一个笑。易纬安旁边的那个女孩，就是昨天林映桐见过的装修公司的前台女职员。

走出百货后，他们一同走进了一家餐厅，林映桐蹑手蹑脚地跟了上去。在餐厅外，林映桐的右手掌伏上了餐厅外围欧式设计的落地玻璃窗上，一双瞳孔紧贴上透明玻璃，一眼就发现了她要寻找的目标，视线定格在了他们两个人的身上。

他们就坐在不远处一个角落的位置，易纬安背对落地窗而坐，大概很难发现林映桐正在窥视他。那个女孩用筷子夹了一块食物递到易纬安的嘴边给他喂食，而易纬安也抽出一块纸巾，替她擦去残留在嘴角的食物。

看到这里，林映桐瞬间黯然失色，后退几步后，闭上了双眼，深呼吸了一分钟。她知道根本无法排解心中的痛，想逃避想麻醉也不能解决问题，最后还是决定要进去跟易纬安讨个说法。

当林映桐鼓起勇气提起步子迈进了餐厅的门口，顺着刚刚看到的方向走去的，刹那间她停了下来，离他们所坐的那个位置远远地驻足，呆滞地站在那，因为她发现那个位置上已空无一人，桌子也擦得干干净净，没有留下一点蛛丝马迹。他们那么快就走了吗？林映桐在心里疑惑着。

到了下午六点，林映桐依然心存不甘，给易纬安打了通电话，说要约他晚上一起吃饭。但易纬安却以要加班为由，婉拒了她。

林映桐再次打开了定位软件，发现易纬安确实还在公司没有离开，于是林映桐悄无声息地来到了装修公司，要一探究竟。当她来到装修公司后，推了推大门发现门没有锁，前台的位置也没有人，只见复式二楼易纬安办公室的灯还亮着。她静悄悄推门而入，然后轻手轻脚地上了二楼。

走到易纬安的办公室前，在办公室门外完全听不到里面有任何动静，于是林映桐迈开了步子，走到玻璃落地窗，双眸贴近了玻璃窗，通过办公室里头百叶窗稀疏的空隙，可以看到易纬安所处的方向。

林映桐终于看到了正坐在办公桌前看着电脑认真工作的易纬安，看似办公室内除了他并没有其他人。就在林映桐稍微有些松懈，呼了一口气之时，只见在林映桐看不见的死角处，走出来一个女人。又是那个前台的女职员，她穿着一身性感的紫色迷你紧身短裙，走到易纬安的跟前，在他的大腿上坐了下来，双手环扣住易纬安的脖子，他也双手抱起她纤细的腰。

两人就此热烈地亲吻了起来。女人背对着林映桐的视线，也遮住了易纬安，只见他抱住她的双手在她的全身上下，甚至大腿不断摸索游移，时不时还挑逗拨弄着她及腰的长发。

　　眼前的这一幕情景使林映桐寒心酸鼻，触目刺心，不断放大着瞳孔，手脚变得冰冷，全身不寒而栗。她完全不敢相信自己的眼睛，不禁对玻璃窗内的景物退避三舍，掩面而泣。还有什么好说的吗，事实明摆在了眼前。她转身，脚跟也站不稳似的，步履蹒跚离开了。

　　目睹了她不愿看到的情景，她不敢去看清那是真实还是虚幻。不过，世事的真假重要吗？掩饰本来就是人的天性，真真假假又有谁能分辨。有些事若永远都不知道真相，就永远不会受到伤害，所以世事的真假或许本来就不重要，不是吗？

第九章　失去是另一种重拾

　　林映桐一个人在床上辗转反侧，难以入眠。已将近深夜十二点了，但依然不察易纬安归家的动静，于是乎她起身跑到易纬安的房间去睡，若他回来了，自己好第一时间知道。

　　过了不久，易纬安终于回来了。他总会第一时间到林映桐的房间看看她是否已经安然入睡，检查她是否有盖好被子，担心她会着凉，这一次却意外发现林映桐的房间里空无一人。找遍了整间屋子，最后发现她在自己的房间内，才定下心来，松了一口气。

　　洗过澡后，才小心翼翼蹑手蹑脚地上床睡觉，生怕稍有声音就会吵醒她似的。

　　其实林映桐压根没有睡着，只是一直假装熟睡罢了。

　　"你回来啦。"她缓慢地转过身子，面向易纬安，故意用慵懒的声音问他。

　　"吵醒你了吗？"

　　"没有，怎么加班加那么晚啊。"

　　"嗯，在赶一个楼盘的预算报表，明天要用。"

　　"你不在家我睡不着。"她这样故作撒娇是为了什么，大概是企图挽回，挽回他对她的爱。

　　"好了，我现在不是在你身边了吗？快睡吧，明天还要上班。"说完易纬安身子贴近了林映桐，把她揽入怀中。她的脸庞埋在他的胸膛上，听着他频率均匀的心跳声，她依旧感觉忐忑不安。

　　太多恐惧太多悲伤向她袭来，不断冲击着她的意志力，磨光她对生活的信念。

过去她失去了左手，就连她的母亲也对她处处嫌弃，就只有易纬安由头到尾没有离弃过她。

如今除了易纬安，她一无所有，不知不觉间已视他为生命中最重要的人。易纬安是她的全部，亦是她的唯一，她不能失去他，也从来不愿假想失去他会是什么感受。即使知道他对自己背信弃义，也宁愿选择佯装不知，闭口不言，因为她知道这是让易纬安继续留在她身边的唯一办法。

第二天林映桐到社区中心上班，一天下来都魂不守舍，弄错了案子，还忘了一些中心主任交代她完成的事情。明眼人都能看出来，今天林映桐的精神状态非常不佳，都知道她有不妥，却没有一个人主动去关心她发生什么事。

下午快要下班的时候，林映桐接到了白语菡的电话，说好久没有见面，晚上一起吃饭，林映桐不假思索地答应了。

在吃饭的过程中，林映桐一直寡言少语，在白语菡的闲聊谈笑间只是以"哦""嗯""好"等词汇草草回应，有时就是付诸一笑，敷衍了事。

白语菡很快便察觉到了她的不妥，问林映桐怎么了，她只是回答"没什么"。想要从林映桐口中套出她的心事，真不是件容易的事。

"语菡，我……去你家住几天好吗？"林映桐犹豫了三番五次，吞吞吐吐，但最后还是嗫嚅着说出了这么一句话。

"整晚我跟你说了那么多话，你都心不在焉，怎么一开口就说出那么吓人的话啊，你到底发生什么事了？"看到林映桐一反常态的表现，白语菡肯定她一定发生了什么。

"我怀疑纬安他，出轨了。"林映桐终于说出了真实。白语菡听到后的第一反应当然是非常生气，愤愤不平地要跑去找易纬安理论一番，只不过被林映桐阻止了。

最后白语菡毫不犹豫地答应了林映桐要来她家住的要求，好让林映桐冷静思考，接下来要怎么处理这件事。

就这样，林映桐带了一些衣物，去了白语菡的家，给易纬安打了通电话，告诉他在朋友家住，这几天都不回去了。易纬安没说什么，也没有不同意，只是让林映桐照顾好自己。

之后在白语菡的房间内，林映桐讲述了整件事的来龙去脉。

"都到了这种地步，不能再如此纵容他，你应该让易纬安自己站出来，说清楚到底是怎么一回事。"白语菡拿起了林映桐放在桌面上的手机，示意要她打电话给易纬安，问个究竟。

"别，别妨碍他，这几天他都要加班，很忙。"林映桐闻言色变，畏怯地抢过手机，转身走了几步，逃避开来。

"你们都快要结婚了，是一家人，有什么问题都得说清楚。如果他还爱你，愿意改过，一切都还有商量的余地；反之，那你就得跟他分手！"白语菡从床上站起身，语重心长地在林映桐身后跟她说。

"不能分手，不能分手，我不能没有他，你懂吗？"林映桐转过身激动地向她吼。

"所以你宁愿选择不吭声？这不是关心对方感受的正确态度，林映桐你这是在逃避！"白语菡毫不留情地戳穿林映桐的内心，不容她心里有半点的自欺欺人。

"不然我能怎么办？我没有了左手，当初骆顾城不要我，现在连我妈也不要我，我真的不能失去他。"林映桐挪开了步子，走回到床边坐了下来，俯身扶额痛哭起来，懊恼不已。

"现在易纬安出轨，如果不尽快处理，他不要你也是迟早的事。我不是要打击你，如果不想再次被抛弃，就应该选择主动站出来把事情弄清楚并处理好。"白语菡走到她的跟前蹲下了身子，双手扶上了她的肩膀，用最真挚诚恳的眼神凝视着林映桐，苦口婆心地奉劝她给她建议。

"只要心里还存着不甘心，就代表还不到放弃的时候，这不是你经常跟我说的吗？"这时林映桐抬起头，泪水模糊了双眼，凝着眼泪还是能看到眼前的挚友最真情实意的神情。也许白语菡说得对，最应该有知情权的人，就要第一时间站出来把事情弄清楚，逃避只为不想失去，到头来也许失去得更多。

所以林映桐明白了，现在她要做的，就是马上去找易纬安。

于是林映桐便一个人回了易纬安的家。白语菌让林映桐处理好事情后，不管结果是好是坏都给她打个电话，报个平安。

拿钥匙开了门，走进屋内，发现客厅没有开灯，一片漆黑，往里头看去，发现只有易纬安的房间亮着灯，大概他已经加班完回来休息。

可当林映桐打开了客厅那盏昏黄色灯光的节能灯，绕过客厅的白色沙发后，她顿时驻足，眼前的场景瞬间将她从人间拉进了地狱。

厚重的棕色地毯上，搁置着一地的衣物，有女人的黑丝袜、内衣，亦有男人的领带和衬衫。当林映桐认出那条熟悉的领带时，心顿时跌入了谷底，恐惧感颤跃过身体的每一条神经。这条领带是林映桐为易纬安精挑细选的礼物。

林映桐扶着沙发心跳加速，不敢想象现在易纬安在这个房间内，正和别的女人做什么……

林映桐屏气敛息，摇摇晃晃地走到房间门口，依稀听到房间里断断续续传来男人的喘息声和女人的娇吟声。她带着最后一丝希望，用颤抖不止的右手轻轻推开轻掩的房门，至房门微微敞开一条足够窥视的空隙。

看到眼前的一幕，她绝望地闭了闭眼睛。昏暗的灯光里，男女衣不蔽体地在床上缠绕在一起。

林映桐无力地依靠在门边，她牙齿紧咬着，张大的瞳孔中充满恐惧，身体被无尽的寒意笼罩，全身的筋骨都在颤抖抽搐，像筛糠一样哆嗦起来，大口大口地不断深呼吸着。在她差点控制不住要抽噎起来的时候，立马抬手捂住了自己的嘴巴，饮泣吞声，用尽全力抑制着泪腺，任由悲伤充斥着双眼，都发红起来也依旧强忍着。

这对于林映桐来说是个可怕的时刻，仿佛世界末日要来临，每一秒钟都像有一把铅锤在她的心上重重地敲击，使她粉身碎骨。林映桐甚至开始怀疑，当初易纬安会和他的前妻离婚根本就是因为他是个爱拈花惹草的男人。

最后林映桐转身，步履蹒跚、跌跌撞撞地离开了易纬安的家。

曾经她安慰自己说这很值得，失去了一只手，换来一个愿意用生命去爱她的人。她不知道这样无条件的爱，有期限，并非永无休止。

"塞翁失马，焉知非福"，只不过是那些逃避现实的人用来安慰自己的废话，失去了就是失去了，失去的东西不会再出现，上天不会因为你失去了重要的东西而特别眷顾你。

第十章　醒着做梦

目睹爱的人背叛自己的感觉，此时此刻的林映桐体会得淋漓尽致。

离开了那个是非之地，她在街上四处游离晃荡，漫无目的地走着，现在对她而言，已经没有一个地方真正可称之为家，也没有一个人真正专属于她。她不知道自己该怎么办，也不知道自己该何去何从。

她只知道一件事，那就是哭，无止境地流泪，除此之外，她就什么也做不了。

有一种尖锐在心里搁浅，悲痛特别剧烈，仿佛就连呼吸也一下下抽痛着心脏。似乎只有让眼泪不断地从眼眶涌出，才能把那些悲绝的情绪统统随同眼泪流淌出来。

不知不觉林映桐走到了市中心区域的海滨公园。夜阑，公园里了无人烟，她走到了一棵高大的梧桐树下，在石凳上坐了下来，只有树上吱吱的蝉叫声回应着周围的寂寞，只有飒飒微风给她看不见的拥抱以作安慰，也在她的身旁惹起了无尽微尘。

"你在哪？我来找你了。"林映桐从口袋中抽出了手机，凝着眼泪，深邃的眼静谧凝睇着手机屏幕上那条刚发来的短信。屏幕正上方显示是个陌生号码，可是林映桐知道那是谁，直觉告诉她；发信息的这个人就是他。

林映桐过去转身抬头总能看到他微微扬起嘴角的好看侧颜。在她伤心难过的时候，他总会如影随形陪伴在她的左右，给予最真切的安慰，他是那个在她泣不成声的时候，将她拥紧怀中，和她一起流泪的人。

只不过在林映桐最绝望之时，他不在。尽管如此都没关系，只要他来了，跨越国度，逃过约束，抛开生死，不顾一切地远赴而来，只为寻觅到她，她都可以不计前嫌。一切都还可以重新再来，基于他还爱着她，她也从未忘记过他。

林映桐试着回拨了那个陌生号码，让她始料未及的是，在她的附近居然悠扬地响起了《蕾西》这首曲子的八音盒音乐，那是过去他最喜欢用作手机铃声的一首音乐。

林映桐顿时站了起来，顺着声音的源处奋起直追，当跑出了公园门口时，那熟悉的旋律霎时间戛然而止。希望落空，怅然若失，她呆呆地站在那，低垂着眼帘，凝重地皱起了眉头，深邃眼底满含无奈。

稍提手看了看手机，意外发现电话没有被挂掉，而是接通了，她战战兢兢地抬手，将手机搁在耳边。

"喂，骆顾城，是你吗？"她低声细语地对着手机呢喃自语，声腔带着一丝颤抖。电话里没有传来说话的声音，只剩空气在冷漠的回应。

过了许久许久，即便电话里没有人说话，但林映桐还是舍不得挂掉通话，她依旧把手机留在耳边，不愿放弃，希望能从里头发现关于骆顾城踪迹的任何蛛丝马迹。

"滴滴滴。"再没过多久，电话里头果真传来了一些声音，是红绿灯发出的滴滴声响。林映桐提起步子跑出了公园外，往最近的一个红绿灯奔去，红绿灯发出的声音频率缓慢，所以此刻他一定是在等红灯。

当林映桐身在不远处，远远眺望着那个红绿灯的路口时，电话里头传来的声音频率愈渐急促起来，也正当这个时候，她清楚遥望到，红绿灯路口的此岸，有个高大伟岸，疑似骆顾城的背影。

在下一秒，红灯转眼变成了绿灯，那个人迈起了步子，正要往彼岸走去。对面马路就是这座城市的中心地标：中天广场。那里坐落着一座繁华的欧式钟楼建筑。

林映桐见此，极力向他追赶过去，待她也过了红绿灯，走在了中天广场上，大口大口地喘着粗气之时，她却发现，骆顾城早已了无踪迹，不知去向。

"骆顾城，骆顾城你在哪儿？"

"骆顾城，你给我出来！我知道你就在附近，你给我出来！"林映桐歇斯底里，像个疯子似的到处奔跑，想要找到他的身影，声嘶力竭地拼命呼喊着骆顾城的名字。

过往本安葬于岩洞已久，上帝却三番四次愚弄她，强烈地思念像风暴席卷而来，她越想要逃避就越向她移动。

一切只因彼此爱未央，倘若时光可以倒转，就算世界荒芜，她还是愿意和他一起在心里刻上最深的毒誓。

林映桐还是连连不绝地打着他的电话，但不再有过接通。

当她察觉到，她的两点钟方向有与幽暗的街灯不同的微弱光线照射出来，她慢慢向那走近，陡然发觉，那人就在茂密的大树下，那不一样的光线就是他拿在手中的手机不停震动时屏幕亮起照射出的光线。

众里寻他千百度，蓦然回首，与他转身会面，犹如相隔了十年。

林映桐跑到骆顾城的跟前，两年了，她终于能和骆顾城重逢。她凝眸细视着眼前这个她无比熟悉的面容轮廓，眼泪早已无可抑制，潸然流下，浸湿了她白皙的脸庞。而骆顾城看她的眼神依旧是昔日的温柔细腻，满含深情。

"好久不见。"骆顾城轻声地说，他的面容上没有挂着一丝多余的表情。

林映桐踮起脚尖，抬起双手紧紧环扣住了骆顾城的脖子，贴上了他的身躯，和他深情相拥在了一起。

这个曾经很久一段时间只会在她的梦里与她相见的人，终于真真切切地出现在了她的现实生活中。

骆顾城把林映桐带到了附近一家酒店的套间内。缱绻缠绵间，他摸索到了林映桐左手中指上的戒指，他转身摆正身子，颇生气地问她："看来我来晚了，你已经结婚了？"

"没有，我们只是订婚了，我现在后悔还来得及。"林映桐急切而又小心翼翼地向骆顾城解释道。

"明天就去。"骆顾城冷冷地回答，语气中却带着无比毅然的坚定，话音刚落，就一下拔掉了林映桐中指上的戒指，一把扔得老远。

第十一章　缘分是上帝的愚弄

早上醒来后，林映桐睁开双眼，像做了场梦，只不过一切都显得太真实，真实得连林映桐这个置身于里头的人也毫无疑义地信以为真。空荡荡的房间内，凌乱不堪的床褥上只有林映桐只身一人，而骆顾城，这个夜里和她在床上缱绻缠绵的人，早已不知所踪，杳无音讯。

昨晚的一切仿佛都只发生在梦里似的，这般影影绰绰，如梦似幻。

林映桐不是没有试着提起手机拨通骆顾城的号码，只是不管她再拨多少次，电话里头的提示音都只是不断诡异离奇地提示着"你所拨打的号码是空号，请查证后再拨"。这让林映桐感觉无比诡谲怪诞，而骆顾城的行踪也更加扑朔迷离起来。

林映桐回想起中指上被骆顾城拔掉后扔得老远的戒指，她起身下床，套了件衣服，顺着记忆中骆顾城扔出戒指的方向仔细寻找，果然在房间尽头的落地窗前找到了戒指。

林映桐蹲下了身子拾起戒指，捏在拇指和食指间。窗外照射进来的几缕光线，使得戒指映射出了一丝丝耀眼的光芒。担心戒指有被划花的痕迹，明眸细看了好一阵，发现别无大碍，林映桐将戒指套回左手中指，穿上了衣服，收拾好东西，就离开了酒店套间。

骆顾城，这个林映桐曾经以为离开了 C 国后就永远不会再相见的人，昨天晚上又无故出现在了她的面前。只是梦醒时分，现在这一刻又从她的生命中销声匿迹，杳无音信，只言片语甚至是一丝证明他曾经来过的痕迹

都没有留下。

在她毫无防备的时候出现，又在她毫不知情的时刻悄无声息地离开，这一切到底是为了什么。

这样的处事作风和两年前一样，在林映桐最需要他的时候，人间蒸发，音讯全无，离开了就再也没有回来。

当初，林映桐和骆顾城快要大学毕业时，他们曾经约定，工作稳定了，一切都安排妥当后，他们就结婚。但后来林母说一家人办理的移民Ａ国申请再过一年半载就能批下来，要求两人的婚事暂缓，待一家人成功移民安定下来后，林映桐再以配偶名义申请骆顾城一同移民赴Ａ国。这对两人的前途无疑是更有利的，不管是骆顾城还是他的家人都非常同意林母的这一提议。

在林映桐一家准备移民Ａ国的前一个星期的礼拜天，骆顾城突然告知林映桐，明天他要和家人一起回老家Ｓ市探望亲戚，一个月后才回来。这一消息无疑让林映桐感到无比失望，出发Ａ国那天，骆顾城没有办法亲自送机，这天晚上便是两人分别前的最后一次见面。

那天晚上他们做尽了情侣约会都会做的事，普通到吃饭逛街，疯狂到他抢过街头卖唱歌手的麦克风和吉他为她高歌一曲，林映桐当然是被感动得一塌糊涂，泪如雨下。

而后在周围的气氛都涨势得令人心潮澎湃的时刻，他们在众目睽睽下深情拥吻。一旁有人还举起了手机打开录像，把整个过程都拍下了视频，上传到网上，由几百万网民见证。

骆顾城和林映桐两人对彼此间的爱，天地为证，日月可鉴。他们有过山盟海誓，即使爱到海枯石烂，也永远不要分开。

当天晚上的最后，林映桐和骆顾城到了他自己独住的楼层套间内，林映桐把她的第一次献给了骆顾城。他们有过约定，以此承诺彼此的等待。

两人离开骆顾城的屋子时已经是夜深，林母从来不同意她在外面过夜，再晚林映桐也决计要赶回家。因为知道骆顾城还得赶着回家做好明天出发的各种准备和要完成的事，即便骆顾城如何坚持要先送林映桐回家，最后还是被她婉拒，林映桐说她会打电话给弟弟林映伽，让他来接她回家。听到林映桐这么说，骆顾城也没有再执意下去，两人就在骆顾城的屋子楼下依依不舍地分别了。

之后谁料坐上了林映伽的车后飞来横祸，这么一宗交通意外，使得林映桐永远失去了她的左手。

在医院抢救期间，早已害怕得失魂落魄的林母一时间根本想不起来要给骆顾城打通电话，告知他林映桐两姐弟出车祸一事。第二天骆顾城和他的家人依照预期出发前往探亲。

林映桐住院期间，有试着给骆顾城打电话，但一直都处于关机状态。直到某天，有个人走进了病房来看望林映桐，林映桐认识她，她是骆顾城的姐姐。她说因为工作关系，她没有和家人一同到 S 市探亲，现在在这里她也是骆顾城家人中唯一一个知道林映桐出事了的人。

当林映桐拜托她转告骆顾城自己出事了的时候，她却毅然决然地拒绝了。她只是说："现在我只有替顾城和你分手了，希望你到了 A 国后好好继续生活，自己保重。"简单得不能再简单的几句话，言简意赅还不忘客套，说完，她就头也不回地离开了病房。

她所说的话和说话态度，深深刺痛了林映桐本已被痛苦绝望折磨得遍体鳞伤的身心。从那次以后，林映桐就再没有见到过他们一家人，包括骆顾城。

因为林映桐留院观察的关系，她们推迟了一个月移民 A 国。足足一个月，在这一个月的时间里，林映桐每天只是盼望着骆顾城的到来。一个月前他就应该回来了不是吗？为什么迟迟仍未出现？为什么手机永远处于关机状态，像人间蒸发了似的，从此销声匿迹于她的世界。

林映桐也不清楚骆顾城是否已经知道她发生了意外。是否还全然不知；是否知道了却选择不现身；是否早已知道，只是因为家人的阻挠，最终还是选择离她而去？现在的林映桐是一个失去了左手的残疾人，已经不再完整，没有人会傻到愿意和一个残疾病患一辈子生活在一起，增加自己的负担。

一个月后，林映桐还是得不到关于骆顾城的任何消息，带着无尽的绝望和遗憾离开了 C 国。

到了 A 国，通过电邮和 C 国的好朋友阿丽联络时，林映桐才得知，原来当时骆顾城的姐姐得知了林映桐发生意外并且失去了左手的消息后，立即悄然通知了身处 S 市的骆顾城的妈妈，并要求合谋隐瞒骆顾城，想尽办法，找尽各种理由，使得探亲的时间延长，为了保险起见，逾期一两个月再回到 Z 市。因为骆顾城的家人都清楚，若是他知道林映桐的情况，一定会不顾一切继续义无反顾地跟林映桐在一起，而那是他的家人所万万不能容许的。

而纸又怎么能包得住火，这件事铁定会欲盖弥彰，越是想隐瞒，事情就越是容易败露。

骆顾城回到 Z 市后就发现了异常，不管是家人，还是关于林映桐。骆顾城不小心被丢进水缸里的手机修好后，屏幕显示着林映桐打来的几十个未接电话，明明照常理她已经离开了 C 国的日期，却都还有不断打来的电话。骆顾城对这一切都感觉非常奇怪，问了家人，但他们全都默契地绝口不提。

最后骆顾城从阿丽口中得知了真相，回到家发疯似的责怪他的家人为什么要这么做，责怪姐姐为何擅作主张替自己向林映桐提出分手。

他的家人一致执意反对骆顾城和林映桐继续来往下去，那时候的骆顾城还只是个学生，面对家人施的压制，他自己根本什么也做不了。

从那天起他对自己承诺，大学毕业就立即工作存钱，还上网查了各种资料，如何办理护照，最快能批下去往 A 国的签证以及可能会遇到的其他问题。

他还试图发送邮件到林映桐以前常用的邮箱，留言让林映桐一定要等他，他从来没有忘记彼此许下的承诺，终有一天他会远赴而来和她见面。

有些人千方百计去逃避一种缘分，而有些人寻寻觅觅企图挽回，但缘分这回事，根本是得失不由人，因为上天最喜欢就是拿缘分跟世人开玩笑。

第十二章　似是故人来

　　她的灵魂被掏空，只因和骆顾城失去了联系。自从那天以后，林映桐就再也没有见过，也联系不上他。

　　即便日子一天天消逝，但林映桐依然无法忘却他，无法承受骆顾城从她的生命中消失，每天在思忆成郁的悬崖边缘苟延残喘，若问她何苦如此一往情深，因为对她而言，现在在她黑白相间的世界里，只有骆顾城是她眼里能看到的仅存的那一抹彩色。

　　林映桐忘了她要做的所有事情，同事朋友甚至易纬安和她说什么都心不在焉，工作上频频出错，生活上糊里糊涂，甚至三番四次忘记和易纬安的约会，忘记保养假肢。她的脑海里满满装的都是骆顾城，她的心里除了他再也容不下其他事物。

　　林映桐第一次遇见骆顾城是在那条有着水泥石板围绕的河边郊区大道上。那时正是深秋的十月末尾，秋风吹过树梢，和煦温柔，阳光下温馨恬静，层林尽染一片金黄，眼看长空蓝天白云飘逸，河面被秋意朦胧的阳光点缀得波光粼粼，被阑珊的微风戏弄得波澜起伏。

　　骑着自行车，走在这茂密的林荫大道间，悠然间欣赏着繁叶凋零落尽的浮华美景。

　　因为平时林映桐去往J大的那条公路临时封路维修，她拐远道而行，恰巧经过这河边的郊区大道，有幸观赏到这俗世美景，和遇到他。

　　有很长的一段时间，林映桐骑着自行车去J大上课都走这条路，起初她把注意力全都放在了景物上，然后她慢慢注意到了总是沿着河边石栏路行走的翩翩少年。高大的背影，乌黑亮丽的短碎发，一身干净的白T恤和黑色外套，好看的侧颜，他身上的一切都深深吸引着林映桐的目光。

每次经过见到他都是徒步走着，迈着轻缓的步子，悠然自得，而林映桐也会跟着放慢骑自行车的速度，在后头悄悄跟随着他。林映桐开始好奇关于他的一切，他叫什么名字，他是从哪里开始出发，他要又要去哪，为什么总能在这条河边的漫漫长路中遇见。

而每一次林映桐都没有在他身后尾随太久，自行车的速度终将会缓缓超越过徒步的速度，还有赶着上课的缘故。林映桐在越过骆顾城后从来不会回眸去看他的神态面容，她也从来不知道每次骆顾城看到有个身材消瘦的自行车少女从他的眼前经过时，他的目光总会在她的身上落实，久久明眸细看着她的身影，直至她渐行渐远，从他的视线范围内彻底消失远去。

每当走完了那条河边的林荫大道，林映桐总是无比期待下一次和他的擦肩而过，仿佛只要每次都能像这样远远地看到他走路的样子，即使没有交集也已经感觉心满意足。

不知不觉间，这样没有交集的邂逅已经维持了一个月，公路已经修好了，但林映桐还是宁愿选择继续走这条郊区大道，拐远路而行。这一切纯粹都只是为了每次都能见上他一面。

林映桐发现自己似乎已经无法自拔地喜欢上那个有过百面之缘，但却素不相识的熟悉的陌生人。很傻吧，不单只恋爱会使一个人变傻，单纯的喜欢也会使人变得傻头傻脑。

林映桐以为她会将自己对他的这份微妙的感觉永远藏在心底，经过无数次的擦肩而过，她初时眼底的满足变成后来眼底的无奈。

直到有一天，天空乌云盖顶，绵绵细雨逐渐演变成了倾盆大雨，于是乎林映桐把自行车放回车房内，从包里掏出雨伞决定徒步去J大。她曾经三番四次地答应自己，下次再也不要走河边那条路，再也不要见到那个暗恋已久却永远不可能的人。

但那一天她还是忍不住拐入了那条路，伴随着还能见他最后一次的侥幸心理，心里暗暗念叨着"这是最后一次好了"。

她踏着浅浅的雨水路，伴随着雨滴掉落雨伞滴答滴答的声音，沿着河边他走过的地方，已经走了一大半路，却迟迟未曾看到他熟悉的身影。

在林映桐决定要放弃之时，就在那棵飘落尽繁华的梧桐树下，她看到了他。秋风微澜，眼看漫天黄叶远飞，岁月静好。

好看的轮廓、俊俏的脸庞、高挺的鼻子、深邃动人的明眸，每次顶多只能看到他的侧颜，她从来不知道他长着这样一副好看的模样。雨水透过树梢的缝隙落在了他的身上，打湿了他乌黑的头发和干净的T恤衫，林映桐不知道他是在等雨停，还是在等……

总之就是有股神秘的魔力促使她向他靠近。在滂沱的雨里他看清了她的面容，此时此刻他们就在同一把雨伞下，他和她近在咫尺。

"你是要去哪啊？"林映桐用最轻的声音，小心翼翼地问他。

"J大，你呢？"说完他微微翘起嘴角，是一个似笑非笑的表情。

"我也是，那一起走吧。"林映桐很惊喜，对他同是J大的学生感到非常意外，但兴奋的表情却不形于色，脸部表情和语气依旧平复自然。

"好，谢谢，我来吧。"他接过林映桐手中的伞，迈开步伐和她并肩走在一起。

"你叫什么名字？"在默言不语的恬静氛围中，林映桐还是抑制不住对他那强大的好奇心。

"骆顾城。"他低声回应。

"那你住哪啊，为什么我每次都能遇到你？"她乘胜追击，要把她这几个月来憋在心底的疑问统统问上一遍。

"西区域。"骆顾城沉声静气地继续回答她。

"好巧我也是。不对啊，住西区域走康华道不是更快吗？为什么要走河边？路早修好了，你不知道？"林映桐转过头看向骆顾城那丝毫没有变化的侧脸。

只见骆顾城轻抿了抿嘴唇，嘴巴里呢喃出了一句话，声音低沉得可以轻易被雨水声淹没，她稍不留神都会听不清，也容易错过的一句简单的话："因为我想见上你一面。"

林映桐任一幕幕关于骆顾城的记忆在她的脑海中盘旋，翻江倒海，天旋地转。

难忘对他枉花的力气，随着他的离去，心里的伤痛无从倾吐，快乐从此渺无音讯。她很想他，她在睡梦中还不忘思念，在睡梦中还忍不住流出眼泪。她欺骗得了所有人，却欺骗不了她自己。

说好的永远不分离，那些山盟海誓，都命中注定要奉献给他沦为谎话了吗？

林映桐发了疯似的逃离家，她跑遍了骆顾城有可能会出现的地方，满世界寻找着他，再一次固执地掏出手机拨通了他的电话。

"喂，骆顾城你在哪？"林映桐颤抖着声线提着手机说道。

"我在……"还没等骆顾城说完，林映桐就缓缓垂下了手中的电话，因为就在她拐入中天广场前的华新街街角时，幽暗的晚空下，在街角华灯初放的咖啡馆前，那个高大的身影就站在灯火阑珊的地方。就在这时，天空中下起了连绵夜雨，最先知晓的是那昏黄色的街灯，灯光氤氲了飘落着的一丝丝细微的雨线。

骆顾城正想要躲避雨水，转身刹那间，才察觉身后的路人是林映桐。眼泪从她眸中无可抑制地夺眶而出，顺着面部轮廓蔓延滑落至脸颊，留下了一道道隐约模糊的泪痕。

为何她的心未曾改变，总是思忆着返回旧时光，千方百计找回早已逝去了的人。他们相遇的时刻阴雨绵绵也像今天。

林映桐提起步子走向了骆顾城，在他的跟前停了下来。骆顾城什么话也没有说，她看着他那深邃动人的双眸逐渐逼近，他两手托起她的脸庞，深深地亲吻下。

身影背着华灯初放的马路，她被困于他怀中。无怨无悔，一旁的行人如何用怪异的眼光看她也没关系，最重要的是这一刹灼心的温暖感。世界的一切都不再重要，唯独只有骆顾城是她的至亲，只求他给她最深的吻就已经足够。

而这一刻，林映桐相信，骆顾城就存在于她的面前，和她深吻着，这已是她一生中最大的幸福。那细微的丝丝雨水流入尘世，延续着人间的离合散聚，见证着她卑微的爱恋。痛苦促使了月亮下两人的团聚，那丝丝雨水亦掩盖了她无可抑制的眼泪。

  其实你我的人生并不能像我们理想中那么完美，它根本就是由一个又一个的谎言堆砌而成。但如果一个谎言可以让自己心里感觉良好的话，那骗自己一生一世，或许也未尝不是一种幸福。

第十三章　梦中人

林映桐做出了一个重要的决定，那就是她要和骆顾城逃跑私奔。早在与他重逢的那天起，她就萌生了这样一个狂妄的念头，只是迟迟未能实现。

造化弄人，相见时难别亦难，她答应过自己，如果有再次相见的机会，一定会用力拥紧他，再也不会轻易放开他的双手。

林映桐向社区中心请了一个星期的假，然后欺骗易纬安说是要去出差，最后问白语菡借了她海边那间度假屋的屋子钥匙，向白语菡坦言，请了一个星期的假，想到海边去散散心，只是林映桐隐瞒了她将是和另外一个人一起去。因为白语菡是林映桐和易纬安共同认识的朋友，以防万一，她怕白语菡会不知不觉向易纬安透露了关于骆顾城的事。

这天林映桐和骆顾城到了南海区的码头，他们一同坐上渡海小轮。站在开放式的轮窗边，放眼望去，一望无际，海天一色，蔚蓝大海波光粼粼，温柔恬适的微风扑面而来，吹拂着头发、面颊，吹拂着身体每一处。

垂头看去，波涛汹涌的蓝色海水起伏翻腾，载着小轮晃晃悠悠，给人带来高低起伏的感觉，像极了个力大无穷的蓝色大力士。

这时林映桐掏出手机，贴近了骆顾城，抚起了他的脸颊，用前置摄像头近距离照了一张照片。

抵达了对岸的海滩，到海边的度假屋放下了背包，他们两人便一同到了海滩。屹立在岸边的沙滩上，放眼眺望近在咫尺又一望无际的大海，只见蓝蓝的一片与远天衔接，海水和天空融为一体，碧海蓝天，犹如一块缓缓隆起的蓝色大陆，闪着远古洪荒般琉璃的光泽。

而远处的海水，在娇艳的阳光照耀下，金黄闪闪，林映桐欢天喜地地拉起骆顾城奔向大海，要感受一下海水带来的温度和触感。果真一个轻柔细腻的波浪向他们涌来，淹没过他们的双脚，又迅速退缩回去，像在和两人玩捉迷藏似的，格外有趣。

林映桐似乎被海水逗乐了，眉飞色舞拉起骆顾城，蹦跶起脚步要继续往海里走，而这时恰巧海水涨潮，浪涛像顽皮的小孩子似的跳跃不定，不断向岸边袭来。

波浪一个连着一个，有的撞到了海边的礁石上，溅起好几米高的浪花，发出飒飒美妙的声音。有的一跃而起，像一座座滚动的小山，热情似火像他们扑去，毫不留情地溅了他们一身的海水。林映桐还品尝到了夹杂着海腥味的咸咸的味道，真是令人好气又好笑。见骆顾城湿透了衣衫，林映桐捣蛋地挥舞着双手又往他身上泼了几下水花，两人就这样在海边像个孩子似的追逐嬉戏起来。

每天下午骆顾城都会骑着自行车载着林映桐到几公里外的市场去买菜，她环抱住骆顾城的腰，伏在他宽广的肩背后，一脸的依赖，听着他扑通的心跳声，越听越心潮澎湃。她眼帘垂下闭着眼睛，嘴角微微翘起，满脸洋溢着幸福的笑容。

他慢慢拐过转角，坐在后座的她也随着他摇摆，实实在在地把他抱在怀中，没有安全带，但却感觉有着满满的安全感。穿越人山人海，她都沉浸在只有他的世界里，对身边其他的事物置若罔闻，完全置身事外，乘着温润清爽的海风，漫游在那幼细柔软的沙砾上，悠然自得。

他们每天一起做饭，一起吃饭，晚上一起在海边散步。她扣上他的双手抵达浮华海浪处，在沙砾上拥吻，于海水中嬉戏，视世上旁人若空气，仿佛红尘俗世就只剩下他和她两个人，每时每刻都如胶似漆地在一起，朝夕相处，难舍难离。

在林映桐离开几天后，易纬安到社区中心去做义工，意外得知林映桐并不是因为出差才需要离开几天，而是她自己请的事假，请假的事由却没有跟社区中心报备，只是说因为某些私人事情要处理。这些林映桐从来没有向易纬安提及过。

易纬安觉得事有蹊跷，并不是想象中那么简单，他害怕林映桐发生了什么事，却从来没有告知他。易纬安认为林映桐一定有什么事情隐瞒着他。

做完义工后，易纬安专程打给了他和林映桐共同认识的朋友白语菡。当易纬安问起白语菡是否清楚林映桐去哪、发生了什么事时，白语菡支支吾吾地回答说不知道，因为临走前林映桐千叮咛万嘱咐白语菡要替她保守秘密，不要向易纬安透露她的任何行踪和消息。

但在电话里头，易纬安明显感觉到白语菡吞吞吐吐，明明知道些什么，可刻意隐瞒。在易纬安的再三追问下，白语菡最终还是忍无可忍要彻底揭穿易纬安的罪祸，他还爱不爱林映桐，打不打算改过自新、弥补自己犯下的过错，这一切都总要向他讨个说法。

所以白语菡约了易纬安到附近的咖啡馆见面，要当面跟他说明清楚。

"映桐她去哪了？"易纬安一坐下就直截了当地问白语菡，他迫切地想要知道答案。

"她请了一个星期的假，到海边散心！"白语菡低头喝着她的咖啡，平声静气回答易纬安。

"到底发生什么事了？"

"呵，发生什么事？你自己心知肚明啊。"她哐的一下放下杯子，对易纬安厉眼相看，一脸不满的样子。

"有什么就直说吧，我不明白你在说什么。"

"她知道你出轨了，知道你外面有别的女人，明白了吗？"白语菡一直替林映桐愤愤不平，憋在心里的不忿，今天终于有机会在易纬安面前释放出来。

"你在说什么啊，是谁跟你说的？"易纬安听到白语菡说的话后，似乎感到诧异万分，皱起眉头，一脸极其疑惑不解的表情。

"映桐跟我说的啊，她说她亲眼看到你抱着别的女人，你不是想抵赖吧？"

让白语菡意想不到的是，她看到了易纬安如此惊诧的表情，一点也不像是装出来的，不像是在撒谎。

"为什么她要这样跟你说?"他继续追问。

"都说了是……"易纬安似乎猜到了白语菡想要说什么,还是"那些是林映桐亲眼看到的"的屁话。易纬安自己心里最清楚,他确确切切压根没有做过那种事,他知道林映桐在说谎,没等白语菡说完,他就毫不留情地打断了。

"如果我告诉你我根本没有做过那种事,你会相信吗?"易纬安说话义正词严,一脸严肃的神态,目不转睛看着眼前白语菡的面容,视线久久没有移开。

"你说你没有出轨?"白语菡的双眸里闪烁过无数的疑惑,她瞠目结舌地看着眼前这个人。她不是没有怀疑过是易纬安的演技太好骗了她,但对比起这,白语菡更怀疑,或许根本一开始,在林映桐那就已经出了问题。

"没有!"他回答。

"那,映桐为什么要说谎?"两人静谧地对视着,不解地面面相觑,虽然没有再说任何话,但仿佛两人心里都默契地察觉到林映桐多多少少有些不寻常。

人清醒时难感性,只有在梦境中迷失了方向时才方能找到藏于心底最深处所期待的爱情。即使只是在梦中相见,和梦中人说尽心中的希冀,亦心满意足。

俯望这城,看似有故人如影相伴,但其实只剩下她孤单的一个生命。错过了今生,是否还能有来世,再结一段尘缘,哪怕只是顷刻的擦肩而过。

在海边度假的最后一天晚上,他们像往常一样早早地吃过饭,肩并肩坐在沙滩上,一同细赏着夕阳西下那桑榆暮色的凄绝美景。

"骆顾城你答应我,再也不要离开我,我们要在一起一辈子。"林映桐挽着骆顾城的手臂,依偎在他的肩膀上,静静地说。

"我答应你。"他的声音低沉,语气却坚定。

"再没有人能把我们分开,就算是老天爷,就算是命运也不可以。"

"我们一起离开这里,回 C 国,到一个没有人认识我们的城市生活吧。"骆顾城转头轻吻了一下她的额头。

"好，等我处理完这里的事，我们就一起离开这里。"她继续依靠在骆顾城的肩上，只是说完，稍提起了左手，看了看假肢中指上的戒指印。在收拾行李决定出走海边的时候，她就把戒指摘了下来，搁置在了房间的抽屉里。

这天晚上，林映桐和骆顾城向彼此信誓旦旦地许下承诺，他们再也不会离开彼此，并要永远在一起，以天地为证，以沙海为证，山盟海誓，至死不渝。

梦悄悄地飞过这漫漫长夜，爱偷偷地闯进她所渴望的梦里，睡梦的迷幻记忆在脑海中飞坠浮沉，是他张开双手在她的身旁抱紧她熟睡。

纵使缘分尽失灰飞烟消，但情分未眠，冀盼和他会在梦里继续完成那未遂的约会。

别人笑她太痴狂，劝她趁早觉悟苏醒，别再醉生梦死，梦若风吹雾散虚无缥缈，莫继续执迷不悟苦苦追寻。可是这梦太真实，真实得她以为真的梦想成真，她宁愿欺骗自己，她不愿意醒来。

谎言就如同饮酒一样，当习惯了醉酒后的飘然，就会愿意永无止境地醉下去。当她品尝了那自欺谎言的甜蜜之后，就不会再愿意去了解事情的真相，情愿被它骗一辈子。

第十四章　幻想症患者（上）

"我回来了。"下午时分，林映桐提着背包，回到了易纬安的家中。

"你回来啦！"一进门就看到易纬安坐在大厅的沙发上回应了她，随后他起身走到林映桐跟前，替她接过背包走进房间内安放好。

"这几天怎么样了，工作进展还顺利吗？"易纬安试探性地问。

"挺好的，已经完成了。"林映桐淡淡地回答。

易纬安似乎没有继续追问下去的意思，在没有弄清楚整件事情之前，他也从没想过要直接撕破脸皮戳穿她，或是直接开口问个究竟。易纬安从来都是处处为着林映桐着想，他不希望伤及她的自尊，更不希望影响到和她之间的感情。

易纬安转身要走出林映桐的房间，"你还有别的话要跟我说吗？"走到门口时，他又再次回头转身问了在一旁整理着东西的林映桐一句。

"没有啊，怎么啦？"林映桐转头看了看今天感觉颇为怪异的易纬安。

"没什么。"他轻摇头，真正安静地离开。

林映桐的手机响起，她看到来电显示是骆顾城，颇为紧张，关上了房门才滑动滑盖接听了电话。

"喂，顾城，我回到家了，你呢？嗯，好，那我们再约。你放心，我不会忘了我们的约定。好，拜拜。"易纬安正想给林映桐倒杯牛奶，此时他恰巧就站在林映桐房门前，他一字不漏地听到了房间里林映桐和别人在电话里的对话。他的心翻滚绞痛难以平息，怀疑林映桐也许真的移情别恋了。

易纬安敲了敲门，得到林映桐的回应后，他开门走了进去，把手中的杯子放在了一旁的桌子上，轻声说："趁热喝了吧。"

"好。"她放下手中的衣物，走到易纬安身旁，拿起了杯子，喝完后说好累，想要先洗个澡，然后好好睡一觉。易纬安点头说好，她便转身从床上拿回衣物，走进了浴室。

易纬安看到搁置在林映桐床上的手机，他轻手轻脚地走到床边，俯身拿起了手机，翻开最近通话的查看界面，看到刚刚和林映桐通话的是个叫骆顾城的人。

易纬安根本没有做好心理准备要找骆顾城问个究竟，也没有想好要和这个人说些什么，但不知道为什么，他就是不由自主、鬼使神差地用手指点了下屏幕里骆顾城的名字。电话就这么拨了出去，易纬安似乎也没有要把通话立即挂断的意思，而是把手机提到了耳边。

"对不起，您所拨打的号码是空号，请查证后再拨。"那段机械的录制语音在易纬安的耳畔回响，反反复复，他霎时感觉毛骨悚然，一阵莫名的凉意一跃而过，触动他身体的每一条神经线，使他不禁胆寒起来。

易纬安一度怀疑自己按错了别的号码，不死心地又一次重复了刚刚的举措，可得到的依旧是同样的结果。他垂下了拿着手机的右手，呆呆地站在那，面容黯然神伤。

他不知道该为自己庆幸还是替林映桐担忧，庆幸会破坏两人之间感情的骆顾城也许根本不存在，担忧林映桐可能已经出现了比他想象中要严重的心理或精神上的问题。易纬安戳动着手机屏幕，删掉了刚刚拨出去的两次通话记录，把手机放回原来的位置。

即便如此，易纬安还是想尽一切办法查明真相，了解林映桐最近到底发生了什么事。易纬安突然想起了一样东西，能透露秘密和真相的不一定是嘴巴，还有一样东西能真正把一个人的内心世界表露无遗，那就是日记。

易纬安知道林映桐一直有在电脑里写日记的习惯，在两人在一起以后他就知道了。因为他们彼此都默契地达成了"尊重对方隐私"这一共识，双方都从未偷看过对方的东西，但这一次为了林映桐，也为了他自己，即使明知道这么做不对，被林映桐知道后或许她会很生气，易纬安还是得这么做，别无他法。

随后，易纬安很顺利就从林映桐的房间里借来了手提电脑，他轻易地找到了那个她用来写日记的文档，打开后发现设置了密码。易纬安知道林映桐有个单纯又很不好的习惯：她会新建一个文本文档，把各种网站、论坛、邮箱等的账号和密码都记在这个文档里面，以免忘记和混淆，并且为了方便易找，还会把文档放在桌面的显眼位置。

易纬安因此笑话过她，要是电脑弄丢了，那别人就可以毫不费劲地窃取到她所有的重要信息；或是哪天他的好奇心作怪，想要知道她所有不可告人的秘密，更是易如反掌，可以神不知鬼不觉地完成。

而林映桐对易纬安开的玩笑完全不以为意，一笑置之，文档照样放桌面，账号密码照样记得那么明目张胆。不是林映桐笨，这一切都只证明了，她一直以来对易纬安就丝毫没有过一点戒心，全心全意地相信他。

易纬安果然就从那个文档中找到相应的密码，他从最新的一篇开始，专心致志阅读起林映桐的日记，字里行间，他都明眸细看。最近的一篇是 3 月 9 日，也就是昨天晚上才写的。

3 月 9 日，日记 9 内容：

在这一个星期里，我过得很开心，是很久很久都没有过的开心。3 月 3 日那天我和顾城一起到了海边度假，我们每天一起做饭，一起吃饭，晚上一起在海边散步，手牵着手抵达浮华海浪处，在沙砾上拥吻，于海水中嬉戏，视世上旁人若空气，仿佛红尘俗世就只剩下我和他两个人，每时每刻都和他在一起，如影相伴。

在海边的最后一个晚上，我们还约定了等我处理完在 A 国的所有事情，我们就一起回到 C 国，到一个没有人认识我们的城市，重新开始，我们要永远在一起，再也不会分开。可是我不知道该怎么跟纬安开口说出这一切，我真的不知道。

3 月 2 日，日记 8 内容：

我好想骆顾城，每时每刻地想，每天就只是秒无停顿、永不休止地想他，完全没有心思做其他事。今天下班后回到家就是坐在那，什么都不想做，饭也不想吃，到了晚上我终于按捺不住跑了出去，发疯似的满世界找骆顾城，满大街喊他的名字。我不知道他会在哪，只是把这个城市感觉他有可能会出现的地方都跑了一遍。

不知道找了多久、花了多少力气，我终于真的找到了他。就在中天广场前的华新街街角，他就站在华灯初放的咖啡馆外，灯火阑珊的地方。我们又再次重遇，他是真的再一次真真切切地站在我的面前。

最后我们在淅淅沥沥的雨中深情拥吻，那时候我觉得，世界的一切都不再重要，最重要的是这一刹他给我带来的温暖。现在唯独只有骆顾城是我至亲的依恋，而这一刻他就确切地存在在我的面前，给我最深的吻，这已是我一生中最大的幸福。

3月1日，日记7内容：

最近心情很失落很糟糕，生活糊里糊涂忘东忘西的，什么都装不下，心里空荡荡的，灵魂被掏空了似的，脑子里满满都是骆顾城。他到底去哪了，我已经一个星期找不着他了，打他手机也没人接，像人间蒸发了似的，杳无音讯。他到底去哪了啊，我真的很想他。

只是看了短短的几篇，易纬安早已紧紧皱起了眉头，神态愈渐凝重起来。原来林映桐真的移情别恋，喜欢上了别人，而且已不是一天两天的事，在很长的一段时间里，她心里已经不再有易纬安，取而代之的是骆顾城。

在离开的这一个星期里，她也是和骆顾城这个人在一起，朝夕相处，他们还约定了将会一起离开A国，远走高飞，到一个陌生的城市重新开始，双宿双栖。易纬安在心里不断地责怪自己，林映桐有如此之大的心理变化，身为她最亲密的爱人，为何他会迟迟未有发现。

2月22日，日记6内容：

昨天发生了太多太多事，弄得我方寸大乱，都忘了写日记这回事。我现在的心很慌，心乱如麻，不知该如何是好。因为纬安的事，昨天白天工作就一直魂不守舍，后来语菡给我打来电话说和我一起吃饭，她看出了我一副心事重重的样子，问我怎么了，我再三斟酌还是向她提出了想要去她家住几天的请求。语菡问我发生什么事，我就如实告诉了她说，怀疑纬安出轨了，我亲眼看到的，眼见为实。

听我这么说语菡很快答应了我，吃完饭后，带了些衣物我就去了她家。晚上在她的房间里我们一起聊天，当她问起我打算怎么办时，我说我不能怎么办，因为我不能失去纬安。她说我这是在逃避，我们都快要结婚了，有什么事都得说清楚，弄明白，不然以后会后悔。

最后在她的再三劝说之下，我答应了，答应回家向纬安问个究竟。可是当我回到家后我却看到了让我无比绝望的一幕，我在房间外看到，纬安和别的女人在床上缠绵不休。那一刻我心里是撕心裂肺般的疼痛。

我离开了家跑到大街上，失魂落魄地一个人坐在海滨公园的长椅上。我不知道该怎么形容我那时的心情，万念俱灰，想要自寻短见，不如就这么死了一了百了。就在这时我的手机响了，收到一条信息，一个陌生号码发来的，问我在哪，说他来 A 国找我了。

我第一直觉就认定了是那人骆顾城。我给那个号码回拨了电话，发现他就在附近，我激动地四处奔跑，寻找着他。电话接通了可是没有人说话，我听着电话里的周围场景的声音跑到了中天广场，四处叫喊着骆顾城的名字，最后我真的找到了他。

我们在广场外的钟楼下相遇，久别重逢，感觉像做梦一样，可他是真的真真切切地站在我的面前，我还伸手紧紧环抱住他。那天晚上我们一起到了附近的酒店开了个房间，感觉有些许不真实，但彼此都满含深情。

在缠绵时，他摸到了我手指上的戒指，问我是不是已经结婚了。我说没有，只是订婚，一切都还来得及。他要我明天就和纬安说清楚，我答应了他。第二天早上醒来，发现他已经离开了，我用手机再次拨他的号码想找他，可是就再也打不通了。

第十五章　幻想症患者（下）

2月20日，日记5内容：

今天休假不用上班，时不时看看手机上的GPS追踪定位，查看着纬安所在的位置，在家坐立难安，那是我昨天晚上趁他熟睡后偷偷装上的。

到了接近中午的时候，我终于忍不住出门了，我要跟踪他。我看到他的位置由公司转到了文华广场，我就直接去了那。很快我就在百货大楼内找到了他的身影，只是转眼间，透过百货商铺玻璃，我就看到了一个女人挽着他走，走出了百货大楼接着又一同走进附近的一家餐馆。我就站在餐馆外静静地窥视他们，发现两人有着亲密举动，我不知道其中是否有着误会，在我想走进餐馆找纬安问个清楚时，发现他们已离开。

到了晚上我不甘心，打了电话给纬安约他一起吃饭，想问清楚他，可是他说他要加班，婉拒我了。我觉得事有蹊跷，就买了夜宵去装修公司看他，结果我在他办公室外，透过百叶窗的空隙，真的看到他和那个女人在办公室里拥吻。那时我的心是如刀绞般一阵阵绞痛，纬安他真的背叛了我，之前的都有可能是误会，可是这一次亲眼所见，眼见为实。

我不知道该直接开口质问揭穿他，还是选择伴装不知，闭口不言。如果直接揭穿也许我们这么多年的感情就完了，如果我装作不知道，是不是他就永远不会抛弃我。

2月17日，日记4内容：

在C国和朋友重聚了一下，清晨六点就坐早班机飞回A国，当天就到了。几天没见纬安了，我迫不及待地想要见到他，下了飞机我就悄无声息地去了他公司，想给他一个惊喜。

在公司大门外，我看到他就在公司前台的位置，和一个女同事坐在一起，对着电脑，像是在讨论公事，可是感觉气氛特别暧昧不清。两人靠得很近，近得仿佛谁不自觉转头都要亲到对方，还有女人时不时偷瞄纬安那爱慕眼神，明眼人一看就知道她喜欢纬安。他们到底什么关系啊？还是只是我想太多了呢？不管怎样，我一定会找机会查清楚的。

易纬安越看越是诧异万分，一头雾水，他完全弄不清楚林映桐日记里写的种种事情到底是怎么一个状况。他在脑海里仔细回想林映桐从 C 国回来那天她到公司找他的情景，那时候他确实和一个女同事凑在一起谈着公事，但仅此而已。

至于日记中写到他和一个女人一起逛街吃饭，办公室中偷情，还在自家的房间内和林映桐口中的那个女人上床，易纬安感觉极度莫名其妙，不明白林映桐为什么要无中生有。

他压根就没有做过这种事，他每天中午十二点下班都会在文化广场的百货大楼内穿过，走到附近的餐馆吃中饭，可从来都只有他自己一个人，有时候会和几个同事一起，但是从来没有过和女同事单独出行。

前段时间确实连续好几个晚上，因为要急着赶出一个新楼盘的几个样板间材料预算报表，被迫留在公司加班，但前台的女职员阿敏早就下班了，公司里办公室内明明就只有易纬安一个人。

至于 2 月 22 日的日记中提到亲眼看见他和别人上床，易纬安翻起了放在桌子一旁的日历表，21 号晚上，几个朋友约他去看球赛，看完球赛因为太晚的缘故，他就直接到朋友家过了一夜，所以那天晚上他根本就没有回家。

想到这里易纬安闭起双眼，无力地扶起额头，苦恼起来，百思不得其解。这完全不合乎常理，他甚至开始怀疑，林映桐口中的骆顾城是否真的存在，日记中提到她和骆顾城重逢并和他发生关系，到海边度假，这一系列的事又是否真实发生过。为了弄明白所有事，易纬安继续看林映桐的日记。

2月14日，日记3内容：

今天我回到C国见到了好朋友阿丽，我们一起去参加一个朋友的葬礼。在灵堂内听到死者的妈妈哭喊着说她的儿子是在飞机失事意外中身亡的，而且我总觉得站在她一旁的女人一直在盯着我看，她应该是那位死者的家属吧？她认识我吗？为什么一直用怪异的眼神看着我？不过我们以前好像真的见过。

我和阿丽一起离开殡仪馆，阿丽说对于他的死我一定很难过，让我别太伤心。当我回答她说还好，我和他不是很熟的时候，阿丽却是一副非常惊诧的样子。我这么回答她很奇怪吗？

2月12日，日记2内容：

昨天我收到了阿丽发来的邮件，是说C国一位朋友过世的消息，我看完后就哭了，一直哭到虚脱，最后被纬安送到了医院。我都被自己吓了一跳，只是个普通朋友过世奇怪为什么我会哭得这么惨烈啊？

2月10日，日记1内容：

今天无聊打开了以前在C国常用的一个邮箱，居然有两封未读邮件，而且还是前不久刚发来的。一封是阿丽发来的，她说顾城他要离开，让我回去见见他；另外一封是顾城发来的，他说他将会来A国找我。

看到他发来的邮件，还说他要来找我，那时候我的心情很复杂。我们两年多没见了，顾城他为什么要来找我？他是不是还爱着我？我没有想过他还会来找我，当初他一声不吭地从我的世界里销声匿迹了，他不是已经放弃我了吗？

在移民A国后，我就一直强迫自己在最短的时间内忘了他，但现在我发现自己其实从来就不曾忘记过他。可是我现在已经订婚了，我现在爱的人是纬安。我现在的心很乱，不知道该如何是好。

易纬安看到日记中提到的那个邮箱，他机智地打开了那个储存了许多账号和密码的文档，试图在里面找到那个 C 国邮箱，果然在文档上方的位置找到了唯一的一个 C 国的邮箱。他登陆了那个邮箱，发现里面只有三封收件，易纬安对照 2 月 10 日日记的时间，点入了最下面第一和第二封邮件内，看了邮件内容，果然对应了日记：骆顾城说将要来 A 国找林映桐；阿丽说骆顾城将要离开，让林映桐回去 C 国见见他。

他还看到了林映桐回复阿丽的邮件，邮件内容是问阿丽是怎么一回事。随后易纬安又打开了最后发来的第三封邮件，也就是那封林映桐看了之后哭得死去活来，还至虚脱晕厥过去的邮件。

邮件内容是：映桐，顾城他已经去世了，前几天他要到 A 国找你，不料遇到空难，抢救无效。他瞒着他的家人说和朋友到 A 国旅游，其实是为了来找你，所以我觉得你真的非常有必要回来见他最后一面，送他最后一程。

在看这封邮件的过程中，易纬安的瞳孔放大了好几倍，惊愕失色，全身上下一阵阵毛骨悚然，因为恐惧而一直澎湃跳动的心脏久久无法平息。他紧张地咽了咽喉咙，深呼吸了一下，冷静下来后，直接用林映桐的邮箱给阿丽发了封邮件，坦言是林映桐在 A 国的男朋友，因为担心她的精神状况所以想搞清楚一些事，问阿丽要了手机号码，说想在电话里问阿丽几个问题，希望她能为他解答。阿丽很快便有了回复，在电话里头，易纬安问了阿丽林映桐和骆顾城的关系、她们那天到底参加谁的葬礼，葬礼现场有没有谁一直盯着林映桐看等一系列问题。

阿丽一一回答了易纬安。骆顾城是林映桐的初恋，当年他们爱得很深，后来林映桐因为交通意外没有了左手，骆顾城家人得知后擅自和林映桐提出分手，并隐瞒骆顾城，不让两人相见。骆顾城知道后很生气，毕业后工作努力存钱，想有一天到 A 国找林映桐。

因为阿丽的告知，林映桐也知道了为何她发生意外后骆顾城就没有再出现，但知道了也没用，林映桐大概那时候已经爱上了别人，也就是易纬安，直到后来骆顾城遇到空难逝世。

那天她们一同参加的就是骆顾城的葬礼，所以在听到林映桐说她不怎么伤心，因为读书的时候和他不是很熟时，阿丽才会有那么惊诧的反应。至于那个再葬礼一直盯着林映桐看的女人，大概就是骆顾城的姐姐，当年擅自替骆顾城向林映桐提出分手的人。她大概猜到，骆顾城坐飞机到 A 国根本不是为了什么旅游，而是为了找林映桐。

弄清楚了这些疑惑后，剩下的就是林映桐了，她是在逃避，逃避骆顾城已经死去这一事实。而在她日记里记载无中生有的事，大概是因为她的精神出现了问题，这是易纬安能想到的合理解释这一切的唯一缘由。想到这里，易纬安拿起手机拨通了白语菡的电话。

"喂，语菡，之前听你说过，认识一个专业的精神科医生，是吗？"他问。

"是啊，怎么了？"

"之前我们不是发现映桐她有很多奇怪之处吗？"

"是啊，你知道她发生什么事了？"白语菡继续追问，她不明白这和精神科医生有什么关系。

"我怀疑她有精神病。"易纬安静谧地呼了一口气后说。

每个人心里面都有不能被别人触碰的东西，我们称之为"秘密"。在自我保护的意识下，秘密会被压抑、扭曲、隐藏、遗忘，但当这种意识被触及、戳穿的时候，人的情绪会被牵动，执着、疯狂、崩溃，一切将会一发不可收拾。

第十六章　分不清梦境与现实的人（上）

只要选择相信就会有希望，有了希望只要坚持努力就能梦想成真。你信吗？

如果这个世界只要相信就有希望，只要坚持努力就能梦想成，那人世间的痛苦又从何而来？许多事并不是只要有信念就能得偿所愿，有时候就算用尽了力气也未必如愿。

如果无法承受那残酷的事实，那就逃避吧，这是能在最短的时间内减轻痛苦的便捷方法。对于在痛苦的悬崖边缘苟延残喘的你我而言，逃避或许也是一种解脱。

得知林映桐极有可能患了精神疾病后，白语菡和易纬安一起到了她相熟的专业精神科莫医生的私人诊所中，想要先了解林映桐的大致情况。

易纬安向莫医生耐心地讲述了近段时间以来他发现林映桐的异常之处，还有过去和最近发生过在她身上的一些不幸的事，以及她日记中记述的那些根本不存在的人和事。易纬安认为林映桐会患上精神疾病，十有八九是因为在林映桐身上发生过太多不幸的事，那些所受的刺激，一次又一次地给她带来心理上的严重重创。

果不其然，和易纬安猜测的相去不远，莫医生初步推测林映桐患上了"幻想症"，指的是对一件事情产生没有理由和根据的或过多的想法，或是憧憬不存在的事物，而现在的林映桐分明属于后者。

这是一种关于潜意识和自我暗示的疾病。她对一件事物有着强烈的欲望（这一事物无疑就是和骆顾城永远在一起），但又不能马上或不能在现实中实现和发生，那么在右半脑就会产生一种脱离现实的幻觉，只有她自已能看到，能听到。

适度的错觉会是良性的，对压力有一定的缓解作用，但如果过度发生，则会演变成恶性，使人脱离现实。比如精神病患者，大部分都生活在幻想之中，没有现实，也无法逃离。现在的林映桐就正处于严重的恶性阶段之中。

莫医生建议易纬安他们尽快把林映桐带到诊所来，让他对她的病情进行进一步的诊断和医疗，事态严重，不宜再拖。

易纬安和白语菡离开了诊所，易纬安说他会找个理由瞒着林映桐然后带她到诊所看病，白语菡也同意了，并说若是失败了就再想想别的办法，不管结果如何都第一时间电话联络告知。两人商量好后就在诊所楼下分别了。

易纬安一个人走在回家的路上，回想起刚才莫医生所说的话，他很快就大致想通了许多他之前想得焦头烂额都没想明白的事。

就是林映桐会得幻想症这一精神病，不是一朝一夕陡然发生的事情，而是这近几年来发生在她身上不幸的事，和接踵而来的痛苦和刺激，使她的内心受到了极大的伤害，精神和意志也早已被折磨得体无完肤，身心俱疲。

伤痛未来得及愈合，伤害却一次又一次在她的心里扎根，最后根深蒂固，无法痊愈。

先是因车祸失去了左手，同时她所爱的人也因此离她而去，最后带着无尽的失望和绝望离开，到一个完全陌生的国度生活。

弟弟是导致自己伤残的间接凶手，她的母亲对弟弟却有没一点责怪，反倒变本加厉地偏爱着弟弟。就连她最亲近的人——她的母亲也嫌弃她的断臂，嫌弃她因此没能找到一个好夫婿结婚；连庆幸断臂的是她而不是弟弟都说得那么心安理得。这一切在无形间给林映桐的精神和心理都造成了巨大的伤害。

从那以后，在不知不觉间，易纬安成为林映桐生命中最重要的人，他是她的全部亦是她的唯一，她视他比自己的生命还重要。

后来，林映桐看到那封关于骆顾城死讯的邮件，骆顾城的死成为她意识崩溃的导火线。像潘多拉的魔盒被打开的那一瞬间，所有埋藏在她心里已久的压抑、痛苦、伤害、执着、遗憾，统统释放开来，汹涌而出，从此一发不可收拾。

　　林映桐无法接受骆顾城因为来找她不幸遇到空难去世的这一事实。她选择逃避，选择不相信，选择自己欺骗自己，在参加骆顾城的葬礼时，林映桐就已经潜意识把死者幻想成一个无关痛痒的人。至于她会幻想易纬安出轨，大概是对心里那极度不安全感的最大宣泄。越重要就越害怕失去，当她回到 A 国后看到易纬安和别的女人在一起，距离稍为亲密，她敏感得抓狂，认为易纬安和那个女人有着不可告人的关系。在这种病态想法下的她非常不安和恐惧，觉得全世界人都要背叛她，离开她。

　　她越是这样就越是想要奋不顾身地牢牢抓住精神上以为依然存在的骆顾城，那是她最后剩下的一丝希望。她心不由己、无法自拔地游历在这美好的梦境里，甘愿永远活在幸福的幻想之中。

　　下午两点时分，易纬安以要去一个精神科医生朋友那取一些社区中心要用的资料为由，让林映桐一起去。因为已经整整一个星期没有到社区中心上班，现在中心在处理什么案子，举办什么活动林映桐一无所知，所以对于易纬安说的她完全没有起疑。

　　两人一起来到了莫医生的私人诊所，易纬安从莫医生那取了关于"幻想症"的资料后，他们开始装模作样地闲谈了起来。莫医生说起，现在社会的生活给人带来的压力非常大，特别是处于满是高楼、工业大厦的发达城市中，极其容易得都市病，这些城市的人多多少少都受到了心理或精神上的疾病的困扰，所以他最近在对周围的人做一个精神学上的问卷调查，以作学术研究使用。

　　他问易纬安和林映桐是否有兴趣试试，易纬安爽快地答应了，见此情况林映桐不好拒绝，也就答应了。

　　莫医生让林映桐先来，医生体贴地先是问了林映桐是否介意有第三个人也就是易纬安听到他们的对话。到目前为止，对于易纬安，对于眼前这位莫医生，对于什么所谓的精神问卷调查，林映桐都未曾丝毫有过怀疑，所以她低声回应了莫医生说不介意。

"你最近的心情怎么样?"莫医生向坐在他跟前的林映桐问。

"挺好的。"她轻声回答。

"以前呢?"

"嗯……很压抑,很郁闷,总之就是开心不起来。"

"最近有感到不舒服吗?身体和心理上的都可以说出来。"莫医生继续耐心问着问题。

"心里好像失去了些什么,可它又明明还在,我也搞不清楚是怎么一回事。"林映桐稍微仰起头,皱眉苦思冥想着。

"这种感觉是在什么情况下发生的,或说发生过什么让你不开心的事,就开始觉得自己有这样一种症状?"莫医生一边说,一边明眸细视她的面容神态,析微察异着她每一个细微的表情变化。

"我……"林映桐垂下眼帘,眼睛有意无意间瞟过搁置在大腿上的左手假肢,她瞬间猛然闭起了双眼,那些关于左手、关于邮件、关于葬礼的记忆,都在刹那间在她的脑海中一跃而过。

她的右手扶起额头,手不自觉地抽搐起来,手心正直直冒汗,不管怎么遮掩,都已无法遮挡她黯然神伤的苍白面容。

"如果想不到,或者你能不能试着详细谈谈,发现自己精神、行为、心理上哪些地方有异常不妥之处。"莫医生继续毫不留情地逼迫着林映桐触动那些在她心里万万不想触碰的部分,那些潜意识费尽心思去逃避,一想起便会撕裂灵魂的那些痛苦记忆。

"我……我想我还是不做这个调查了,不好意思。"林映桐放下了支撑着额头的右手,提起义肢用力按住不禁抽动的右手,但依然无法抑制住那股飞袭而来的恐惧感,就连说话声音都有些颤抖,心神恍惚。

她很快站了起来,转身顷刻离开了莫医生的就诊室。易纬安向莫医生说了句"不好意思",点头示意再联系后,也尾随林映桐离开了莫医生的诊所。

当易纬安追到楼下走出大厦时,看到林映桐已经上了一辆出租车绝尘而去。他立马开车追了上去,发现那是回家的方向,才稍微松了一口气。

第十七章 分不清梦境与现实的人（下）

易纬安回到家后，看见林映桐只是一个人呆呆地静静坐在客厅的沙发上，没有任何举动，空洞了的瞳孔，一脸神情恍惚。

"为什么要带我去看精神科医生，我有精神病吗？"林映桐抬起头盯着易纬安，疾言厉色地向他发怒道。

"我这都是为了你好，我不希望你再这样沉沦下去。"易纬安走到林映桐的跟前蹲下了身子，仰头看着眼前的林映桐，语重心长地跟她说。

都到了这种时候，他也只好正色敢言地直接戳穿她的一切。

"呵，你现在是怎么了？我没病，为什么把我说得像个疯子似的呢？"林映桐满脸无奈地苦笑一声，反问易纬安，她不明白自己有何不妥。

精神病患者往往都是这样，永远不觉得自己有异常之处，永远觉得自己是全世界最无辜的那个人，周围的所有人都误会了他。

"那好，那我们明天就结婚。"易纬安忽然间紧紧抓起了林映桐的双手，看着她，一脸认真，一点也不像是在开玩笑。

"为什么突然这么说？"林映桐那双被易纬安紧抓的双手不自觉间畏怯地缩了缩，眼看着他那一副郑重其事的样子，林映桐的心里萌生出一种莫名的畏惧感。

"因为我知道你已经不爱我了，已经不打算和我结婚，决定找机会和我提出分手，决定离开这里。你喜欢上别人了，对吗？"他静谧凝睇着她的容颜，保持着沉声静气，用最最低沉的声音静静地对她说。

"你为什么会知道这些？你看了我的日记？"听完了易纬安所说的话

后，无法平静的林映桐，讶异万分地向他厉声质问道。

"回答我，你是不是又重新爱上骆顾城了？"

"对不起，纬安，我已经决定要和他一起离开。"林映桐垂下眼帘和易纬安坦言再多的道理也已经无法掩饰她的于心有愧，她明白，她这样做对不起易纬安。

"可是你有没有想过其实他已经不在了，所有的一切都只是你自己一厢情愿。"易纬安终于决意要残酷地打碎林映桐心中所有的梦境和幻觉，不留一丝余地。

"你在说什么啊？"就在易纬安说出了那一句话后，林映桐那双空洞的瞳孔，变得漆黑深远，仿佛是只要一不小心多落实一会，都会迅速跌入的万劫不复的无尽深渊。她只是呆滞地凝望着眼前这个人，一副怅然若失的迷茫神情。她感觉自己的灵魂在一刹那被掏空了，她的心在慢慢地萎缩，一点一点地被腐蚀掉，失魂落魄，肝肠寸断。她的梦塌了，在一丝一丝地枯萎，逐寸逐寸地破碎。

"我说的是，骆顾城已经死了。"

"不可能，我明明前两天还跟他在一起。"此时此刻两人都已经哑言说不出任何话，面面相觑。

记得易纬安曾经轻握起林映桐的左手搁置在他的脸庞上，感受着她那假肢的温度，然后轻声细语地告诉她："事实是真是假并不重要，最重的是只要你相信它存在，它就会存在。"

奈何同样一句话，从易纬安口中说出是可以激励人心的座右铭，但当林映桐用来做自己的心理暗示，就变成了逃避现实的借口。

世界上很令人失望的事，是你以为自己很了解一个人，但某天才发现，其实你从来就没有认识过他。而更令人失望的是，这个你发现你从来没有了解过的人，就是你自己。

林映桐根本无法接受易纬安口中说的那个事实，她甩开了他的手，像疯了似的，起身就夺门而出。易纬安想要拦也拦不住，在他追到电梯口时，已经被林映桐更先一步关上了电梯门，追到楼下时，发现已不见了林映桐的踪影，也不知道她所向何去。

就在这个时候，他突然想起了在知道林映桐有可能患有精神病的那天晚上，为防万一，他在她的手机里安装了 GPS 定位追踪软件。他打开了手机中的 GPS，果真看到了现在林映桐的所在的准确位置，此时她正向中兴街移动，易纬安立刻开车往林映桐正前往的方向去。

最后易纬安看到，在手机位置地图上移动的红点在中天广场的位置停了下来。他幡然醒悟那里就是林映桐幻想中和骆顾城在 A 国第一次重逢的地方。

此时此刻的林映桐，正提着手机一次又一次地拨打着骆顾城那个根本不存在的号码，发疯似的拼命四处奔跑，寻觅着那个其实根本不存在的人。

在海滨公园梧桐树下，她确定成功拨通过骆顾城的号码；在中天广场外周围，她曾经大声呼喊着他的名字；她和骆顾城重逢的大钟楼下，在那一棵他们紧紧相拥的大树下，他曾用最温柔熟悉的声音和她说"好久不见"。

还有广场前的那条华新街街角的咖啡店前，骆顾城明明就站在那灯火阑珊的地方，那天他明明就真真切切地出现在了她的面前，并和她在绵绵细雨中深情拥吻。这一切怎么可能都只是梦境，她不相信，也不愿去相信。

易纬安就只是悄无声息地在远处窥视着林映桐的一切举动，就只是静静地看着，没有前往阻挠，也没有要刻意影响或破坏的意思。

直至林映桐突然跑到街口，拦截了一辆出租车，易纬安明眸厉眼看到此情况跟着快速上了车，紧紧尾随在那辆出租车的后头。出租车到了南海区的码头前停了下来，易纬安尾随林映桐，两人一同坐上了能抵达对岸海滩的渡海小轮。

下船后，林映桐又再次开始锲而不舍地寻找骆顾城，她找遍度假屋、菜市场、码头，在那一个星期里他们游历过的所有地方，快要找遍了整个海滩，却也没能找着关于骆顾城的一丝踪迹。

林映桐像个疯子似的，在海滩上哭天抢地地不断奔跑着。在右脚绊到左脚的一瞬间她狠狠摔倒在了沙砾上，紧握于手中的手机也一溜烟滚到了老远,她含着汹涌而出的泪水,耗尽了全身的力气爬出了几步,捡起手机。

用颤抖的手拨动手机屏幕,打开了手机相册,想要再重温一次在那七天里,她和骆顾城用照片记录下的点点滴滴、一起共度的美好时光。

林映桐开始发狂似的拼命一下下拨动着手机屏幕,在海边照的每一张照片里,都只有她一个人。

在绝望的那一刻,林映桐提起手机,一把将它扔到了海里。手机很快便沉入茫茫大海,了无踪迹。她瞬间崩溃,痛哭失声,哭得撕心裂肺。

第十八章 爱无界限，亦无所求

其实林映桐活在她所希望的梦境中，选择继续爱一个已经不存在于世上的人，但却偏偏忘记了，那个不离不弃的人，其实一直就在她的身旁。

易纬安走到林映桐的身旁蹲了下来，轻轻扶起她，将她拥入自己的怀中，任由她呼天抢地，悲壮惨绝地哭泣。

直至林映桐哭到筋疲力尽，花光了全身的力气，只能静静地在易纬安的怀里低声抽噎着。

易纬安背起林映桐走了将近两公里的路到了码头，回到海的对岸后再开车回家，那时已经是凌晨十二时许。而林映桐呆呆地坐在后座的位置上，也没有再哭泣，只是像个没有灵魂的木偶般，瞳孔空洞，面色苍白，没有一丝表情。

回到家后，易纬安把林映桐抱到房间的床上，把她安顿好后到浴室里洗了澡，临睡前还不忘到林映桐的房间看看有无异常的动静，确认她是真的入睡后，才安心下来回到自己的房间。

"骆顾城你答应我，再也不要离开我，我们要在一起一辈子。"

"我答应你。"

"再没有人能把我们分开，就算是老天爷，就算是命运也不可以。"

"好，等我处理完这里的事，我们就一起离开这里。"

那些黑白、无声却又跌宕起伏的关于骆顾城的记忆，和他和她之间信誓旦旦许过的承诺，像走马灯剧场在她的梦中一一倒映，盘旋交错。

梦在暗夜里飘荡，有着多少痴心妄想，费尽心思也戒不掉对他的思念，只能把他永远锁在回忆的梦境中。为何如此莽撞，为何这般痴狂，是为了梦一场，一场只要她愿意就永远不会醒来的梦，为它她宁愿选择离开安稳的胸膛，谋虚逐妄。

别笑她太荒唐，只因梦太难舍难忘。无法承受用曾经的铭心刻骨说着如今的别来无恙，用一生信仰的人，要她该怎么遗忘。千辛万苦也忘不了的模样，只能一辈子藏在心上。想必只有永远活在谎言的梦境中才能拥有真正的幸福。

凌晨五点，林映桐被突如其来的手机短信铃声吵醒。她打开手机，点入了那条信息："我先回C国了，到时候C国见。骆顾城。"

林映桐看完后，怔了一下，猛然坐了起身，呆呆静谧凝视着骆顾城的名字。随后她下床搬了张高凳子站了上去，伸手拿衣柜顶上的行李箱，开始急急地收拾行李。用了一个小时的时间收拾好行李后，给易纬安留了张字条，便不假思索，行色匆匆地离开了他的家。

早上七点，易纬安醒来时，走到林映桐的房间才发现，房间里已空无一人，只留下了一张字条："对不起，纬安，我将会回C国找骆顾城，请你忘记我。"

当易纬安看到这张字条时，林映桐已经上了飞往C国的早班飞机。易纬安拨打了林映桐的电话，可语音一直提示关机状态，他刹那间意识到大概她已经上了飞机，也立刻简单收拾了一些行李，赶往机场。

在去机场的路上，他还不忘及时打给林母，问了林母以前她们在C国的居住地址、骆顾城家的地址，还有林映桐以前读的大学名字和地址。易纬安一一记录了下来。

十个小时后，晚上七点，林映桐顺利抵达了目的地，她在以前的家附近的一家旅馆内先安顿了下来，因为以前的家已经在他们移民A国前就已经卖了出去。

她顾不上坐了十个小时飞机的疲惫，把行李放好后，就迫不及待、连续不断地给骆顾城打电话，只是电话一直没有人接听。这使她心乱如麻。她怕千辛万苦回来了，她却再也找不到他；怕朝思暮想要在一起的人，最后发现他早已销声匿迹；她怕失望，怕又再一次美梦落空，变得一无所有；她更怕一次又一次忍受失去的痛苦和煎熬。

林映桐离开了旅馆，跑到大街上，她先是去了以前的家，天真地认为，说不定骆顾城会在那。

随后她又去了骆顾城的家，发现房子已经出租给了别人住，问了问租客，租客说他们已经租了快两年的时间。林映桐问他们要了房东的联系方式，转头打电话过去，发现房子的主人也已经不是骆顾城的家人。

林映桐依然不放弃地去了以前骆顾城名下的单人楼房套间，可得到的还是同样的结果。林映桐继续大海捞针地四处寻找，把以前他们会一起去的餐厅、甜品店、咖啡馆、娱乐广场、酒吧等各种地方都跑了一遍。

但三年了，三年的时间足够改变一个人的内心，也足以让一个城市发生很大的发展变化。有的地方已经不复存在，而有的地方已经改成了别的店铺，纵使记忆有多深刻难忘，可拥有他们共同回忆的地方都随着流金岁月一天天逐寸破碎，土崩瓦解。一切仿佛都没有存在过一样，如今这一切就只存在在她的心里。

两个小时后，晚上九点，易纬安也下了飞机，他迅速坐出租车来到了林映桐家小区门口，试着打开手机中的 GPS，他们现在身处在同一个城市，距离较近。果然 GPS 跟踪到了林映桐现在的位置，易纬安再慢慢顺着她的地理位置，寻找她。

而此时此刻的林映桐慌了，整个人都开始心慌意乱起来，她不知道自己接下来该怎么办，她不知道自己还可以去哪儿，有可能寻找到骆顾城的地方她都找遍了，但依然无果。

她只是这样漫无目的地走着，直至不知不觉间走上了以前去 J 大的那条道路。这一次，虽已时隔三年，她还是会自然而然地拐入那条沿着河边的郊区大道。别的一切都变了，仿佛只有这里和三年前一样，一棵棵茂密的大树并排屹立，微风阑珊吹拂过树梢，树上的黄叶凋零飘落，漫天飞舞，落在了河边的石栏路上，落在了被阑珊的微风戏弄得波澜起伏、被华灯初放的城市灯光点缀得波光粼粼的河面上。

　　墙角会开花，蝼蚁会搬家，但时隔多年，这里的美景却并没有淡化，像一幅永恒的画。

　　就在那万籁俱寂的晚上，繁星点点的幽暗晚空下，易纬安终于找到了林映桐，他悄无声息地站在她的身后，远远凝睇着她的背影。而同时，林映桐也看到了前方不远处骆顾城那熟悉的身影，就算他已化作虚空，她也能感受到的骆顾城的气息。

　　此时此刻他就坐在河边的水泥石栏上，静谧等待着林映桐的到来。骆顾城转过头来远远凝眸细视着她的容颜，而林映桐也欢欣地微微翘起嘴角，对着不远处的他嫣然一笑。

　　人们都说时间可以冲淡一切，但如果她对一个人的思念，深刻到连时间亦无法冲淡的话，那对方就是全世界最幸福的人，而她，就是全世界最悲哀的人。

　　当她发现那个她爱得镂心刻骨的人已逝的那一刻，她就知道自己将要用一辈子去思念他，终其一生也无法忘记他。所以她选择了逃避，活在幻想之中。身边的人都觉得她很傻，为了一个已经逝去的人醉生梦死，赔上自己的未来，值得吗？

　　若问她何苦如此执着，别笑她太荒唐，只因梦太难舍难忘。千辛万苦也忘不了，那就不要忘记；勉强得遍体鳞伤也无法承受的现实，那就逃避好了。用一个善意的谎言骗自己一辈子，或许也是一种幸福。

　　如果清醒只会令人痛苦，那为什么不让人只留在梦中？如果生存的目标在现实中已经失去，为什么不可以在梦中找回？如果梦里是一个充满希望的世界，为什么她还要醒来？

　　在幻想症患者的世界里，爱无界限，亦无所求。